DIANA IN LOVE

Planeta Internacional

JEN BESSER Y SHANA FESTE

DIANA IN LOVE

Traducción de Montse Triviño

 Planeta

Título original: *Diana in Love*

© Jennifer Besser and Quiet Girl Productions, 2025
© por la traducción, Montse Triviño, 2025
© Editorial Planeta, S. A., 2025
Avda. Diagonal, 662-664, 08034 Barcelona (España)
www.editorialplaneta.es
www.planetadelibros.com

Primera edición: octubre de 2025
ISBN: 978-84-08-30966-6
Depósito legal: B. 14.639-2025
Composición: Realización Planeta
Impresión y encuadernación: Egedsa
Printed in Spain - Impreso en España

PEFC Certificado

Este libro procede de bosques gestionados de forma sostenible

PEFC

PEFC/14-38-00305   www.pefc.es

Para Carin y Toni

Piensa en el largo viaje a casa.
¿Tendríamos que habernos quedado allí y pensar
[en este sitio?

<small>ELIZABETH BISHOP</small>, «Cuestiones de viaje»

PRÓLOGO

Me gusta de inmediato. Es alta, rubia y tiene una voz agradable. Sonríe y me dice que se llama Brigitte. Me gusta su nombre inventado y lo repito en voz alta cada vez que se me presenta la ocasión: «Siéntate, Brigitte», «¿Qué quieres tomar, Brigitte?».

Se sienta frente a mí y le doy a la tecla de grabar.

—Mi fantasía transcurre en París —dice.

Sonrío. París es el telón de fondo de las fantasías de muchas personas.

—Cuéntamelo todo.

Estira las piernas y las cruza a la altura de los tobillos. Mientras habla, juguetea con las pulseras de cuentas brillantes que lleva en la muñeca.

—Crecí en un pueblecito de mala muerte. Tan de mala muerte que dejaron de contabilizar la población porque disminuía demasiado rápido. Uno de esos sitios que ves desde la carretera y te preguntas: «¿En serio hay gente que vive aquí?». Así que, naturalmente, no costaba enamorarse de cualquier otro sitio. Pero fue París. Todo lo que tuviera que ver con Francia, en realidad. A los doce años decidí que quería pasar mi luna de miel en París. Era el escenario de una película de Audrey Hepburn que había visto en casa de mi abuela, en Seguin. Mientras la veíamos, nos rociamos las dos con perfume francés para imaginarnos que estábamos allí de verdad. Más tarde, cuando fui a la universidad, colgué un póster de París en la pared de mi dormitorio. Mis compañeras colgaban fotos de grupos musicales o sonrientes estrellas de cine, pero yo soñaba con los Campos Elíseos. Me fascinaban las luces brillantes y la lluvia fina. Tenía la sensación de que París era mi destino. Todas las noches, cuando estaba a punto de quedarme dormida, me preguntaba si la lluvia francesa sería como la de Texas.

»Pero luego me casé y supe que estaba condenada cuando mi flamante marido me llevó al Texas Typhoon a lanzarnos por los toboganes acuáticos, en lugar de sorprenderme con una luna de miel en Francia. Bueno, supongo que antes de eso ya sabía que estaba condenada. La verdad es que ni yo me explico por qué elegí a alguien con tan poca clase. Hasta su nombre me inspiraba un temor silencioso. Me iba a convertir en la señora Smith, una más entre millones de mujeres con ese mismo apellido. Pero éramos jóvenes y él jugaba al fútbol y yo le gustaba, así que pensé que lo suyo era que él también me gustara a mí. La boda fue bonita. Mi madre me hizo el mismo peinado que llevaba ella cuando era *rangerette* en la Universidad de Kilgore. Pero luego estaban todos los parientes de mi marido y los amigos de sus parientes. A la mitad de ellos ni siquiera los conocía y me sentí, desde el momento en que llegué a mi propia boda, como si me estuvieran examinando. No hay otra palabra para describirlo. Me dirigí al altar con un delicado velo azul grisáceo, que era el "algo azul" de la tradición. Quería hacer algo que se alejara un poco de las expectativas frívolas y provincianas: una especie de guiño a la elegancia parisina, para que mi abuela nos sonriera desde el cielo.

»Cuando llegué al altar, donde él me esperaba, su expresión era plana, como si le hubiera pasado por encima mi rodillo de panadería. Se inclinó hacia mí y pensé que me iba a decir: "Estás preciosa", pero no. En lugar de eso, y delante de todos los invitados, me soltó entre dientes: "¿No podías haberte puesto otra cosa?". Contemplé aquel mar de caras desconocidas y, cuando todos me miraron, sentí que me invadía la humillación, como si fuera una ola que quería tragarme. Incluso las fotos de la boda salieron mal, porque mi marido me colocó en posturas extrañas e incómodas. Lo mismo ocurría en la cama. Todo se reducía a conseguir que a él no se le pusiera fofa, y eso normalmente significaba que yo tenía que quedarme quieta, o no hablar, o decir cosas que no quería decir, palabras que me hacían sentir fea y utilizada. El pueblo se escandalizó cuando me dejó por una modelo más joven a la que había conocido en un viaje de fin de semana a Port Aransas. Para ser sincera, me sentí aliviada. De verdad. Quería ver y saborear y sentir, no volver a ser insulsa ni probar nada insulso nunca más.

»Así que, en mi fantasía, tengo un amigo por correspondencia francés. Es algo que había visto en las películas antiguas de mi abuela. Este tipo y yo nos escribimos páginas y páginas en las que nos contamos nuestras vidas: dónde vivimos, cuáles son nuestros sueños... Luego empezamos a escribir sobre lo que nos excita, incluso nos enviamos fotos en las que estamos desnudos. Yo imprimo las mías y las meto en el sobre, dentro de otro sobre sellado. Y en la quinta carta descubrimos que tenemos un fetiche común. Me cuenta que lo que más lo atrajo del BDSM fue la comunicación. Hacía poco que se había divorciado porque entre su mujer y él ya no había comunicación. No eran capaces de hablar. "Si te metes en el BDSM tienes que decir lo que quieres, cuándo, cuáles son tus límites, la lista de las cosas que no quieres hacer... Y no puedes transgredir esas normas, porque, si lo haces, te expulsan de la comunidad." Su siguiente carta contiene un billete de ida y vuelta a París y no quiere nada a cambio, excepto que lo sometan. Yo.

»A la mañana siguiente me apresuro a llegar al aeropuerto y siento que estoy huyendo de mi vida. El vuelo es largo, pero, en cuanto subo al avión, empiezo a practicar para ser una persona diferente. El francés del control de pasaportes me sonríe como si supiera adónde voy y lo que he accedido a hacer. Aterrizo bajo la lluvia. Perfecto, porque en realidad ya me noto mojada.

»En la habitación del hotel, miro impaciente el reloj *art déco*, como el que tenía Audrey Hepburn en la película antigua. La diferencia es que ella no estaba a punto de encontrarse con un desconocido al que había aceptado someter.

»El coche llega puntual, con mi amigo por correspondencia dentro. Es aún más guapo en persona, como si fuera el cruce perfecto entre James Bond y un villano de las películas de James Bond. Me alegro de que haga tanto frío en París, porque así se me ponen más duros los pezones bajo el picardías de satén verde que él ya me tenía preparado. Los tacones negros son los más altos que he llevado jamás, y cuando salimos hacia el club casi me caigo en los adoquines de París. En el pelo llevo el detalle más importante, que ha viajado en mi regazo durante todo el vuelo.

»—¿Quieres que te lleve en brazos el resto del camino, ama?

»—Te doy mi permiso.

»Me coge en brazos y apoyo la cabeza en su pecho.

»Una vez que cruzamos el cordón de terciopelo, bajamos por una escalera azul. Bajamos y bajamos, yo todavía en sus brazos. Pasan unos instantes hasta que los ojos se me adaptan a la oscuridad del club, pero durante todo el descenso huelo una embriagadora mezcla de incienso y rosa damascena. Cuanto más bajamos, más intenso es el subidón.

»Cuando finalmente me acuesta, tengo la sensación de que estamos en las mismísimas entrañas del club. Estoy tendida de espaldas en una lujosa *chaise longue* y el espejo del techo me devuelve mi imagen. Me veo hermosa, más hermosa que nunca.

»Se me acerca a gatas, con una expresión suplicante, de adoración, y me entrega una maleta de cuero negro. Se abre con un clic. De todos los instrumentos que tengo a mi disposición, elijo una gargantilla con perlas engastadas y se la abrocho en torno al musculoso cuello. Me resulta excitante el contraste de las perlas con sus rasgos masculinos.

»—Eres una zorrita muy guapa —le digo.

»—Gracias, ama.

»Se pone de rodillas para que le enganche una cadena larga y pesada al collar, y la cabeza le queda a escasos centímetros de la mía. Me mira jadeando. Tendrá unos cuarenta años, pero me observa con ojos de cachorrito ansioso.

»—Haz lo que te digo —le ordeno.

»—Sí —responde—, lo que sea.

»Al principio ha tomado él la iniciativa, pero ahora me la ha pasado a mí, como si fuera un testigo.

»Lo que sí parece un testigo o, mejor dicho, una porra, es su polla, tiesa y más dura que una piedra.

»Cuando los ojos se me acostumbran a la oscuridad, veo que no soy la única que lo admira. Una multitud se ha reunido a nuestro alrededor. Tacones altos, cuerpos hermosos, rostros enmascarados.

»—Me excitas mucho —me dice.

»Las personas que nos rodean empiezan a tocarse. Son conscientes de que están asistiendo a un espectáculo. Mujeres con las piernas abiertas que se meten los dedos. Hombres con los ojos medio cerrados que se frotan despacio, con el miembro cada vez más erecto.

»—¿Te complazco?

»Medito la respuesta. ¿Me complace? ¿Me va este rollo? Observo mi cuerpo. Miro a mi alrededor, a los

15

ojos de los desconocidos que me observan fijamente. Estoy hinchada, palpitante de deseo. Sí. Tiro del pelo a mi preciosa zorrita.

»—¿Sí? —pregunta.

»—Diles que se quiten las máscaras —le ordeno.

»—Pero tienen que conservar el anonimato.

»—Díselo —repito con voz áspera.

»Se da la vuelta y les habla. Ellos se miran y se quitan las máscaras. Bien, así les veo la cara. Ahora son algo más que las manos con las que se tocan y la respiración entrecortada. Ahora veo lo excitados que están.

»Contemplo mi reflejo en el techo. A lo lejos, en la acera, oigo llover.

»—Dime que soy diferente.

»—Eres diferente —responde.

»—Dime que soy especial.

»—Eres la hostia de especial —dice, mientras se arrastra dócilmente hacia mis piernas y me las separa.

»Me mira a los ojos en busca de aprobación, y yo asiento con la cabeza, como si fuera la líder de una secta, y él, mi seguidor.

»—Eres tan especial que puedo saborearlo en ti.

»Los invitados empiezan a mover más rápido la mano, a sacudirse la polla con más fuerza.

»Y, entonces, le doy un bofetón.

»—¿Puedo hacer que te corras, ama?

16

»—No te lo mereces.

»—¡Te lo suplico!

»Tiro de la cadena unida a su collar de perlas hasta que lo tengo de nuevo pegado al cuello.

»—Dime que nunca volveré a ese pueblo —le susurro al oído.

»—Nunca volverás a ese pueblo —responde.

»—¡Hazlo! ¡Ahora! —le ordeno, y me mete la polla.

»Empezamos a movernos con avidez, abrumados por la emoción de estar por fin unidos. Él empieza a explorar diferentes ritmos y velocidades, hasta que me abandono al momento y tiro de la cadena para que me folle más rápido, más hondo.

»—A la mierda el pueblo —dice, y el público aplaude y vitorea.

»Me acerca cada vez más a mi límite..., un límite que jamás había cruzado con ningún hombre.

»—¿Tengo que volver? —me oigo decir.

»—¡Nunca! —grita mientras me folla con tanto ímpetu que su reflejo en el espejo es casi una mancha borrosa—. ¡Eres libre!

»El orgasmo es tan intenso que veo estrellas. Veo estrellas, como en el póster de los Campos Elíseos.

»Suelto la cadena, y me tiemblan las piernas. Me estremezco entera, perdida en las réplicas orgásmicas, mientras él me levanta con suavidad el velo de novia azul grisáceo para que pueda contemplar mi propio rostro extasiado en el espejo del techo.

»Vuelvo a susurrarle algo al oído y él sonríe y me lo repite exactamente como le he ordenado:

»—¿Ama? ¿Me quieres?

»— No —respondo—, y nunca te he querido.

PRIMERA PARTE

Dallas, Texas

1

L'Wren se detiene junto al aparcacoches, delante de la Galería Hunt, y observamos a la elegante multitud.

—¿Quién has dicho que era ese tío? —me pregunta.

Los invitados, todos de punta en blanco, ocupan la acera. No tienen el aspecto que yo había imaginado: son mayores y puede que el dinero no les salga por las orejas, pero desde luego tampoco les falta.

—Gracias por venir.

—Faltaría más. ¿Para qué están las mejores amigas? Pero, ahora en serio, ¿quién es este tipo?

—Un viejo amigo de Nuevo México —le digo—. Cuando nos conocimos no era tan famoso como ahora.

Me retoco el pintalabios por última vez en el espejo, con el pulso desbocado ante la idea de ver otra vez a Jasper. Pienso en todo lo que puedo hacer para tomarme esto con calma. Inspira: «Ha sido una buena idea». Espira: «Ha sido una idea pésima».

Jasper, mi primer amor, a quien no había visto en casi quince años, se puso en contacto conmigo la semana pasada. Estaba en la ciudad. Quedamos para tomar un café. Y llevo toda la semana de los nervios. Para empezar, no me esperaba verlo. Pensaba que me iba a reunir con alguien por trabajo, una especie de cita a ciegas concertada por mi amiga Alicia. Cuando levanté la vista y vi a Jasper, sentí que no podía respirar.

Era más alto de lo que recordaba, con las piernas más largas y los hombros más anchos. Cuando se sentó frente a mí, la mesa y todo lo que había en ella pareció encogerse. La mente se me aceleró, mientras trataba de averiguar cómo y por qué estaba allí, justo delante de mí, pero lo único que era capaz de evocar mi cerebro en ese momento era un recuerdo de hacía más de una década: los dos tumbados en la cama y Jasper preguntándome si me gustaba cómo iluminaba nuestros cuerpos desnudos la luz de la tarde.

—Diana —la sonrisa de Jasper era cálida y lánguida—, gracias por aceptar este encuentro. —Apoyó los codos en la mesa y la cara en las manos—. Alicia y yo pensamos que sería una sorpresa divertida. Y parecía una idea muy inteligente hasta hace un minuto, cuando te he visto por la ventana desde la calle.

Solo de pensar que me había estado observando, empecé a notar calor en la punta de las orejas. Ojalá me hubiera cepillado el pelo por la mañana en lugar de recogérmelo de cualquier manera en un moño. Y ojalá me hubiera puesto algo más sexy, algo que no fuera una vieja camiseta azul de Oliver.

—Bueno. —Sonreí. Lo único que me salía era reírme. Ahí estaba Jasper, con sus ojos marrones, su pelo oscuro, sus labios rosados—. Sí que ha sido una sorpresa.

Me he imaginado a Jasper muchas veces a lo largo de los años, pero siempre me he resistido al impulso de buscarlo. Al tenerlo delante, sin embargo, me di cuenta de lo poco acertada que había estado en mis fantasías: había omitido sus dimensiones, que tan bien conocía, y lo excitante que es la sensación de estar cerca de un cuerpo cuya energía bulle justo bajo la superficie. El *enfant terrible* de Santa Fe. Esos ojos de mirada traviesa. Esa piel suave, ese atractivo tan masculino.

Se echó hacia atrás en la silla y cruzó los brazos detrás de la cabeza, con el carisma de antes aún intacto.

—Intenté llamarte, ¿sabes? Cuando volví de aquel primer viaje a Londres. Pero tu número ya no existía.

23

De eso hace tanto tiempo que, en ese momento, sentada frente a él, la verdad es que no pude recordar si había cambiado de número a propósito cuando me mudé de Santa Fe a Dallas, desconsolada porque me habían roto el corazón, o si simplemente era tan joven y estaba tan arruinada que me había quedado sin teléfono durante una temporada porque no tenía ni para pagar la factura.

—Me imaginé que habías pasado página —dijo.

Noté que la gente se fijaba en Jasper. Algunas miradas persistentes de otros comensales. Es tan atractivo que resulta cómico. Tragicómico, como le gusta recordar a él con esos ojos que a veces parecen tristes.

—Fue hace un millón de años —le recordé.

—Catorce. ¿O quince? —preguntó.

Pero yo no quería retroceder en el tiempo. Era demasiado emocionante estar con él allí. En el presente.

—¿Cuánto tiempo te quedas en Dallas?

—Una semana, probablemente. No lo sé. —Levantó la vista de sus manos y me miró a los ojos. Se me aceleró el pulso—. Me gusta esta ciudad.

Mientras lo observaba desde el otro lado de la mesa, recordé una noche helada que habíamos acampado al oeste de Texas y nos llovió durante horas. No dormimos nada. Por la mañana, aturdida y tiritando de frío, esperaba que Jasper estuviera más que dispuesto a hacer las maletas, pero él se limitó a echar un vistazo a la tienda, gélida y empapada, y sonrió. «¿Nos quedamos otra noche?», dijo. Siempre conseguía que una idea terrible sonara emocionante. Y en ese momento me estaba mirando de esa forma.

Nos quedamos así, mirándonos por encima de la mesa, durante lo que me parecieron varios minutos. Noté que la sangre me subía a las mejillas, pero también una sensación familiar entre las piernas. A pesar de los años transcurridos, el calor entre nosotros no se había enfriado.

—Cuando le pregunté a Alicia qué estabas haciendo, me envió un enlace a la página web en la que has estado trabajando. Diana, en cuanto vi tus nuevos cuadros y oí tu voz en las grabaciones, me sentí tan orgulloso... —Se interrumpió de golpe, avergonzado—. Bueno, no es que yo haya tenido nada que ver, es solo que...

—Es bastante increíble, ¿verdad? —dije, para evitarle el mal trago—. Sexo positivo. Sexo... ¿obsesionado? Aún no sé lo que es.

—Es todo eso. Increíblemente sexy. Las ilustraciones son hermosas y descarnadas.

A Jasper le sonó el teléfono en ese momento y se excusó. Salió a la calle para hablar, y yo me quedé allí, observándolo a través de la ventana mientras caminaba en estrechos círculos y preguntándome si tardaría mucho en volver. Esperar a Jasper era una sensación familiar. Cuando por fin regresó a la mesa, se disculpó y me dijo que tenía que irse corriendo.

—¿Quieres venir a la inauguración de mi exposición? Es el jueves. Aquí, en Dallas.

Se me encogió el corazón al oír la palabra «jueves». Quería verlo esa misma noche. Y la noche siguiente. Y la otra. Para qué exactamente, no lo sabía. Así que le prometí que iría a la exposición y, al mismo tiempo, pensé: «Esta no es una jugada inteligente. Ahora no. Es un momento pésimo. Te partió el corazón, ¿recuerdas?».

Nos despedimos minutos más tarde y coincidimos en que era estupendo haber recuperado el contacto. Los dos fuimos muy educados, como si las sutilezas pudieran tapar los agujeros que nuestros sentimientos no expresados estaban cavando. ¿Qué le dices a alguien a quien amaste con locura en su día, pero que ahora es casi un extraño? Entonces nos abrazamos y, al oler su aroma, casi se me doblaron las piernas.

Por supuesto, me pasé toda la semana pensando si debía ir o no a la exposición de Jasper. ¿Cómo me sentiría al verlo ahora que el elemento sorpresa ya no contaba?

¿Y por qué no ir a ver su obra? Era aquí mismo, en Dallas. Convencí a L'Wren para que me acompañara, pero en realidad no le he contado gran cosa. Y ahora, mientras nos apretujamos entre la gente que hace cola para entrar en la galería, mi amiga permanece extrañamente callada.

—¿L'Wren? —digo, dejando que su nombre flote en el aire como una pregunta. Entrecierro los ojos para protegerme del sol de la tarde, que me da en la cara por encima de su hombro—. Cuéntame —añado.

—No es nada. De verdad. —Desvía la mirada de mi cara a sus sandalias y luego de nuevo a mí—. Estaba pensando... Kevin me ha dicho que se ha enterado de que Oliver ya no se ve con la señora esa de la zona de restaurantes.

He hablado muy poco con Oliver desde que se fue de casa y lo he visto aún menos. La última vez que dejó en casa a nuestra hija, Emmy, había una mujer sentada en el asiento delantero de su coche. La mujer en cuestión se comportó como supongo que lo haría una novia nueva: sonrió con amabilidad, con las gafas de sol puestas, y me saludó con discreción, sin hacer demasiado alarde de su presencia. Tenía una amplia sonrisa de dientes blanquísimos y uno de esos cortes de pelo *pixie* que hacen creer a otras mujeres que a ellas también les sentaría bien. Y, aunque podría ha-

27

ber sido perfectamente una astrofísica o una nadadora olímpica, a L'Wren le habían llegado rumores de que Oliver la había conocido en el centro comercial. Como muestra de lealtad a la amistad que nos une, L'Wren se limita a referirse a ella como «la señora esa de la zona de restaurantes».

—Y por eso quería asegurarme de que estabas informada de todos los detalles —insiste L'Wren—. Sobre que Oliver está soltero, me refiero.

Estudio su expresión y veo que tiene los labios ligeramente fruncidos. ¿Cree que es bueno o malo que Oliver esté soltero? Antes de que pueda decidirme, cambia de tema.

—Siempre he querido venir aquí. —La fila avanza y me coge del brazo, sonriendo—. El marido de Trish dice que compró un Seok aquí por más de cien mil pavos. Tu chico misterioso debe de ser bastante famoso.

—No es mi chico.

—¿Me lo puedo quedar yo, entonces?

Desde el escaparate de la galería, una foto de Jasper da la bienvenida a los asistentes a la inauguración. Tiene el mismo aspecto que en el café: hoyuelos y encanto fácil.

Nada más entrar, L'Wren se cruza con una pareja que conoce de su club y yo me escabullo. Me abro paso decididamente por la galería, aunque sin bajar la guardia por si Jasper aparece de repente. Echo un vistazo a la sala. No tendría que ser difícil verlo, porque seguro que tiene una multitud de admiradores pululando a su alrededor.

Como no lo encuentro por ningún lado, decido dar una vuelta para disfrutar con calma de la exposición. Es fácil dejarse llevar: las fotografías de Jasper son imponentes y, al contemplarlas, una siente el deseo de sostener su mirada inquebrantable. Una mujer sola en lo que parece arena del desierto empapada tras la lluvia; el rostro de un chico en la ventana de una villa en ruinas. Esta exposición es más variada que la última que vi de Jasper, sobre todo por la mezcla de paisajes y retratos.

Puesto que sigo sin ver a Jasper entre la multitud, busco el móvil y le envío un mensaje.

Estoy viendo tu exposición.
Es preciosa.

No espero respuesta —seguro que lo están agasajando en algún lado y llegará con el consabido retraso elegante—, pero me quedo con el teléfono en la mano por si las moscas. Paseo entre la multitud, que es mucho más numerosa cerca de la barra, y me resulta reconfortante verme engullida. Me dejo llevar por la corriente y nos movemos como un banco de peces de una foto a la siguiente hasta que una imagen en blanco y negro, cerca de la ventana, me pilla por sorpresa. Soy yo, una Diana más joven, sentada a la mesa de la cocina de Jasper. No miro a la cámara y estoy desnuda, excepto por un par de calcetines blancos. En la mano tengo una golosina para un perrito que salta, a mi lado.

Me siento incapaz de mover los pies, ni siquiera cuando el suelo parece abrirse bajo ellos. El corazón se me desboca y cierro los ojos para que la habitación deje de dar vueltas. Me obligo a regresar a esta galería y a esta multitud, a alejarme de esa cocina. Y, como si estuviera planificado, Jasper responde a mi mensaje.

No te enfades. Nadie se dará
cuenta.

Me doy la vuelta y espero encontrarlo detrás de mí, observándome.

Pero no está. Vuelvo a echar un vistazo a la multitud. Veo a una morena bajita vestida de pies a cabeza con un traje color crema de Chanel y a su acompañante, que parece bastante aburrido. A un hombre con gafas de cristales tintados en naranja que habla en voz baja por el móvil, tapándose la boca con una mano. A tres mujeres con cócteles a juego que se dedican a charlar, sin apenas molestarse en mirar las fotografías. Sigo buscando. Busco la postura familiar de Jasper cuando está conversando, la forma en que siempre se inclina hacia la persona con la que habla o cruza los brazos cuando se ríe amablemente. Pero no lo veo por ninguna parte, así que le envío otro mensaje de texto:

¿Estás aquí?

Responde al instante.

Por desgracia, no. He tenido que irme a Berlín en el último momento.

Siento que la adrenalina abandona mi cuerpo, y me alivia que Jasper no pueda verme ahora mismo, ruborizada ante mi propia foto. Pero, tras el alivio, me invade una oleada de decepción. Me llega otra notificación al teléfono.

Es mi favorita de toda la colección.
Me recuerda a ti.

¿Porque SOY yo?

31

Y, para que no piense que me molesta la foto, añado:

¿Desnuda en una galería llena
de desconocidos...?

Bueno... Sí. Supongo que podría
hacerte otra con jersey de cuello
alto y pantalones... Pero no será
tan buena.

De nuevo, noto calor en las mejillas, pero esta vez no se detiene ahí. Me baja hasta la garganta y me recorre todo el cuerpo. Siento un deseo irrefrenable de estar con Jasper, de que me rodee con los brazos por detrás, de que me abrace como solía hacer, de apoyar la cabeza en su pecho.

Tengo que saberlo. Supongo
que Dallas no es tu próxima
parada después de Berlín, ¿no?

Londres. Luego París. De vuelta
a Berlín. Y luego, a lo mejor...

Tras una pausa, añade:

¿Una bonita mesa de cocina
en algún sitio?

Sonrío, mientras intento pensar qué responder. Me siento abrumada ahora que estoy rodeada de su obra. Hace que lo eche mucho de menos. Me llega otro mensaje:

En Alemania hace mucho frío.
Me vendría bien tu calor.

Me quedo a la sombra de su fotografía, observo a la chica en calcetines y recuerdo al chico que le rompió el corazón. La forma en que él se marchó de la ciudad y dejó atrás una relación que justo estábamos empezando. Sobresaltada por el recuerdo, respondo:

Es una exposición preciosa,
Jasper.

Antes de que pueda decidir si debo añadir algo más, L'Wren aparece a mi lado.
—¿Eres tú?
Me fijo en sus ojos, cada vez más abiertos.
—Ya podemos irnos.

—¡Sabía que eras tú! Estás guapísima. Mira qué piernas.

—Deberíamos irnos.

Trago saliva, pero no consigo recuperar el aliento. De repente, la habitación me parece muy pequeña y hace demasiado calor.

—Tranquila, no pasa nada. —L'Wren me coge la mano, bañada en sudor—. Vamos a tomar el aire.

Me lleva a la azotea, que está casi vacía, salvo por una barra de bar en la que no hay cola y un grupo de hombres vestidos con traje elegante que parecen absortos en una conversación.

L'Wren me ofrece agua y me aprieta el hombro.

—¿Estás bien?

—Jasper es mi ex.

—Eso ya lo había pillado, cariño —responde entre risas.

Cuando llego a casa, escucho un mensaje de voz de Oliver. Ha cancelado nuestra cena de mañana por la noche, una cena que ya hemos reprogramado tres veces en las semanas que han transcurrido desde que se fue de casa. Su mensaje dice:

La verdad es que no me apetece.

Me doy una ducha, me meto en la cama y, luego, hago lo que he hecho todas las noches desde que Oliver se fue: quedarme despierta durante horas, incapaz de conciliar el sueño. Reproduzco mentalmente el intercambio de menajes con Jasper, mientras intento convencerme de que no pasa nada si no nos hemos visto esta noche. Claro que está ocupado, tiene una vida plena. Y yo también. Ha pasado mucho tiempo desde Santa Fe. Ya casi ni nos conocemos. Tal vez vuelva a verlo, tal vez no.

Vuelvo a verlo. Cuando por fin me duermo, Jasper se me aparece en sueños. Estamos en una habitación con una luz cegadora y le pregunto si podemos correr las cortinas.

En cuanto las corre, la habitación se vuelve nítida. Las paredes están pintadas de un azul pálido y no reconozco nada del lugar. Hay una cama, una silla y una alfombra demasiado pequeña para la habitación. «No te fijes demasiado en los detalles», me oigo decir en voz alta, aunque solo quería pensarlo, en silencio, para mí misma.

Jasper se ríe y tira de mí. No lleva camisa, solo vaqueros, y noto el calor de su pecho desnudo contra el mío. Por lo demás, está exactamente igual que en el café. Y regresa el rubor que me invadió cuando lo vi allí, solo que esta vez con una intensidad abrumadora.

No llevo camiseta, solo una falda negra y un sujetador rosa de encaje que no reconozco. Cuando Jasper me lo desabrocha, me siento aliviada al notar que se me baja de los hombros y cae al suelo. Quiero sentir sus manos sobre mis pechos desnudos.

—Jasper.

Lo digo como una especie de advertencia para los dos: no deberíamos estar aquí, algo me dice que no está permitido. Pero, en lugar de eso, suena exactamente como lo que es: una súplica. Como si le estuviera pidiendo que me toque en todas partes a la vez.

—¿Por qué has venido a mi habitación de hotel? —me pregunta.

¿Esta es su habitación de hotel? No hay nada en las paredes, ni cuadros, ni fotografías. La cama solo tiene una manta, no hay almohada.

—¿Por qué estás aquí? —vuelve a preguntar, esta vez susurrándome al oído.

Me pasa los dedos por los brazos y me estremezco.

—No lo sé. Quizá haya sido un error.

—Entonces ¿por qué sigues aquí? ¿Por qué no te vas? —Al ver que no le contesto, Jasper recorre la cintura de mi falda hasta encontrar la cremallera. Detiene la mano ahí, pero se acerca más a mí, hasta quedar a escasos centímetros—. Me sigues... —dice, mirándome a los ojos—. Me sigues teniendo cautivado.

Me baja la cremallera y la falda cae hasta los tobillos. Ahora estoy completamente desnuda. Da un paso atrás y me observa al tiempo que coge aire. El suelo parece combarse bajo mis pies: es una sensación de inestabilidad que me resulta familiar, como si la tierra fuera a tragarme en cualquier momento. Y entonces oigo una voz en mi cabeza: «No dejes que se vaya. Aférrate a él». Lo agarro por una de las trabillas de los vaqueros y tiro de él hacia mí.

—Tengo que irme. Llego tarde —digo.

Respiro el aire que nos separa y dejo que me caliente todo el cuerpo.

—Quédate un poco más...

—No —susurro. Pero sigo sin moverme. No soy capaz.

Jasper me levanta la barbilla y me besa, despacio, apoyando sus cálidos labios en los míos. El suelo que tengo ahora bajo los pies está enmoquetado, es suave y mullido.

—Quédate conmigo —susurra—. No te vayas, por favor.

Siento una oleada de placer al oír su voz suplicante. Me alejo un poco para desabrocharle los vaqueros. Gime de expectación cuando se los bajo y le cojo lentamente el miembro. Lo noto crecer en mi mano y pienso que hacía meses que no me sentía tan viva.

—Túmbate —le digo, empujándolo con suavidad hacia el suelo.

—Diana —gime. Aun así, hace lo que le digo. Lo observo mientras se tumba, pero me mantengo fuera de su alcance—. Por favor —repite.

No dejo que me toque. En lugar de eso, lo rodeo, contemplando con avidez su cuerpo mientras él contempla el mío. La habitación se vuelve aún más oscura, pero es agradable: estamos solos los dos y, cuanto más se oscurece la habitación, más pequeña parece, como si quisiera acercarnos más y más el uno al otro.

Me siento en el borde de la cama y abro las piernas. Vuelve a gemir y lo miro mientras se acaricia.

—No te toques —le digo—. Solo mira. —Obedece y retira la mano de su miembro erecto—. Bien. —Abro más las piernas para que pueda ver lo hinchada que estoy, lo mucho que deseo que me toquen. Acerca de nuevo una mano, pero se la aparto—. Solo yo.

Deja caer la mano al suelo, junto a su cuerpo. Cuando se relaja, me meto dos dedos y cierro los ojos. Me invade una oleada de placer. Me dejo caer de espaldas en la cama, hundo un poco más los dedos y empiezo a moverlos cada vez más rápido. Levanto un poco las caderas, aprieto la mano con los muslos. Cuando abro los ojos, Jasper está de pie delante de mí. Le cojo una mano y los dos notamos una descarga eléctrica. La familiaridad de la sensación nos hace sonreír.

—Te he echado de menos —dice.

—Ahora estoy aquí.

—¿Ya puedo tocarte? —Le cojo las dos manos y acerco su cuerpo al mío—. Diana —susurra junto a mis labios.

A modo de respuesta, le doy un largo beso y luego lo ayudo a tenderse de espaldas en la cama.

Me coloco a horcajadas sobre su cintura y la habitación empieza a dar vueltas. Lo único que quiero es apoyarme en él para no perder el equilibrio, pero temo que desaparezca si lo hago. Me quedo en esa postura y dejo que me toque. Primero le doy permiso para acariciarme las caderas y, luego, el culo. Le cojo las manos y me las acerco a los pechos. Se apoya en los codos para chuparme un pezón. Sus labios son cálidos y carnosos y no quiero que deje de besarme nunca.

—Oliver —grito, al tiempo que dejo caer la cabeza hacia atrás.

Mierda. El nombre equivocado queda flotando pesadamente en la habitación. Ya no puedo retractarme.

Jasper levanta la vista, sorprendido, y luego sonríe.

—¿Quieres que sea él?

La habitación se oscurece aún más, tanto que Jasper no puede ver mi angustia.

—No. Solo quiero que seamos nosotros. —Cierro los ojos y deseo que la habitación siga igual, que sigamos siendo lo que somos.

A modo de respuesta, me levanta por las caderas y me penetra. Noto una oleada de calor y deseo, y me colma la sensación de tenerlo dentro de mí. Nos movemos al mismo ritmo y empieza a crecer algo que ninguno de los dos quiere que termine. Cuanto más nos acercamos al clímax, más se ilumina la habitación, hasta que nos corremos juntos, bañados por el sol cálido y deslumbrante.

Abro los ojos. Reconozco la habitación en la que estoy. Cada detalle me resulta abrumadoramente familiar. Las paredes están pintadas del tono exacto de blanco que Oliver y yo debatimos durante semanas; las contraventanas son las mismas que colocamos hace cuatro años, tras ahorrar el dinero necesario; el sol que se cuela a través de ellas entra justo por el mismo ángulo de cada amanecer de finales de primavera, y los fragmentos de cielo que veo lucen las habituales tonalidades de amarillo y naranja.

Pero lo que me resulta más familiar es la sensación, una sensación antigua que regresa de golpe: la sensación de despertarme feliz y saciada después de una noche de sexo con Jasper.

2

Dos días después, me apretujo en el asiento trasero del Range Rover de L'Wren, encajada entre el elevador vacío de Halston y una impresionante cesta de aperitivos para niños: galletas en forma de animales, tiras de fruta y varias cajitas olvidadas de pasas. L'Wren va en el asiento del acompañante y su marido, Kevin, conduce. Yo estoy detrás de él, pero Kevin lleva el asiento tan echado hacia atrás que tengo que colocar las rodillas en diagonal para acomodarme en el reducido espacio.

Anoche, cuando ya era bastante tarde, me dejé llevar por un impulso y le envié un mensaje a Jasper. Volví a decirle lo mucho que me había gustado su inauguración. Era solo una frase, pero la borré y la reescribí cuatro veces.

Luego pasé un rato vergonzoso intentando decidir si añadir «un beso», pero al final decidí que no y le di a enviar. Dejé el teléfono en la mesilla de noche y me dije que no tendría noticias suyas hasta el día siguiente. Sin embargo, su respuesta fue instantánea:

Supongo que como en Dallas
no pudimos vernos mucho,
tendrás que venir a visitarme
a Londres.

Luego una pausa —tres puntos que aparecían y luego desaparecían, mientras el corazón me latía con fuerza—, hasta que al final añadió:

Debe de ser muy tarde ahí, ¿no?

Quiero mover los dedos con rapidez, como si al teclear pudiera transmitir de algún modo la despreocupación que en realidad no siento.

No he podido dormir.
Últimamente tengo mucho
insomnio.

Oh, oh. Eso te lo he pegado yo.

No sé por qué, pero me da la sensación de que el mensaje va con segundas.

¿O no? No lo pienso demasiado, solo escribo:

Es verdad.

Aparecen tres puntos, luego desaparecen. Una vez. Luego dos veces. Y, por último:

Buenas noches, Diana. Besos.

Decir que no me he pasado todo el día mirando el móvil y, lo que es peor, pensando en ir a Londres, sería una gran mentira.

—¿A quién le estás mandando mensajes? ¿A que lo adivino? —me dice L'Wren desde el asiento del acompañante.

Kevin le lanza una mirada que dice «silencio». Está atendiendo una llamada de trabajo a través del altavoz del coche y a nosotras no nos queda más remedio que escuchar. En menos de dos minutos, me he enterado de que el tipo con el que está hablando se llama Howie; de que Howie está muy decepcionado por la falta de transparencia de un tipo llamado Jeremy; y de que el trabajo de Kevin parece muy aburrido.

—A nadie —susurro desde el asiento trasero.

En vista de que no hay mensajes nuevos, vuelvo a guardarme el teléfono en el bolso.

L'Wren ignora la advertencia de Kevin.

—Hay zumos, cariño, si tienes sed.

Le hago un gesto con el pulgar hacia arriba y cojo uno de cóctel de frutas. Intento desenvolver la pajita en silencio mientras Kevin le dice a Howie «retomamos el tema la semana que viene».

—Vale, hermano —dice Howie antes de colgar.

L'Wren pone los ojos en blanco.

—Buf.

—¿Qué? Howie es un buen tipo.

—Es un tontaina. Y no debería llamar «hermano» a nadie. Nunca.

—Pues ese «hermano tontaina» ha pagado este coche.

—Esa defensa se está volviendo muy cansada. Diana, deberíamos empezar un nuevo juego de beber: cada vez que uno de los hermanos de Kevin diga «barreras» o «punto débil», bebemos.

—Eres un encanto. —Kevin suspira al tiempo que le aprieta la rodilla.

—¿Esto no es un poco raro? —les pregunto desde el asiento trasero—. Que yo vaya con vosotros, quiero decir.

—No hay una única forma de hacer esto, Diana. Nos alegra mucho ir todos juntos. ¿Verdad, Kev?

—Desde luego. Me encanta que la mejor amiga de mi mujer se acople a nuestra cita. —L'Wren le da un golpe en el hombro—. Ay. Era broma. —Kevin me mira por el retrovisor y sonríe—. Y sí: a estas alturas ir a una función escolar se considera una cita romántica. Así de bajo hemos caído, parece.

—Dios mío —dice L'Wren, al tiempo que se vuelve hacia mí—. Pero si no hacemos más que tener citas. Lo que ocurre es que Kev se las pasa trabajando para que parezcan reuniones.

—¿Cuándo fue la última vez que tuvimos una cita de verdad?

—Quizá si las planearas en lugar de asumir que lo haré yo, además de mis otras noventa tareas pendientes.

—¿Tú la oyes, Diana? Soy una tarea pendiente.

Lo dice en un tono frívolo y alegre, pero yo sigo pensando que es mejor abandonar cuanto antes este terreno pedregoso.

—Bueno, supongo que, viniendo de mí, no aceptáis consejos matrimoniales, ¿verdad? —Iba a ser un comentario gracioso, pero cae como una losa. Kevin gira lentamente a la izquierda para entrar en el aparcamiento mientras yo sigo parloteando—. Lo que quiero decir es que se supone que sois vosotros los que tenéis que darme consejos a mí. Por ejemplo, cuando entremos, ¿le guardo un asiento a Oliver? ¿O asumo que nos sentamos separados? ¿Deberíamos sentarnos separados? Si él ya ha llegado, ¿voy a ver si me ha guardado sitio o me limito a pillar el primer asiento libre que vea?

Desde que Oliver se fue de casa, me he mantenido tan ocupada que resulta casi patético. He pasado horas haciendo de voluntaria en el colegio de Emmy: he colocado libros en las estanterías de la biblioteca, he diseñado la camiseta para el pícnic de fin de curso, he recogido dinero para los regalos de las maestras y, ayer, respondí con entusiasmo a un correo electrónico sobre la posibilidad de organizar un concierto de flauta dulce antes de fin de curso. Y, ya puestos, me he ofrecido también a preparar el picoteo de después, no hay problema.

En el trabajo, mantengo la cabeza gacha, intentando no pensar demasiado en el hecho de que sigo trabajando para mi suegro, a pesar de estar separada de Oliver. También intento no preguntarme qué pensarán mis compañeros de que yo esté allí, lo que significa que evito la cocina de la oficina y procuro no hacer demasiados viajes a la sala de correo, la fotocopiadora o el baño.

Las noches en que no tengo nada en la agenda me acuesto pronto, pero no consigo dormirme. Al final me doy por vencida y bajo a la cocina, mientras las tablas del suelo crujen bajo mis pies. «Voy a comprar una alfombra nueva para amortiguar este ruido horrible —pienso—. ¿Fabrican esa clase de alfombras? ¿Alfombras para curar la soledad?» Esas noches me acabo comiendo un bol de cereales de Emmy sentada delante de la televisión. Mi programa de intensa actividad ha sido un experimento fallido, porque estoy cansada, sí, pero no duermo. Y la tristeza y la confusión por haberme separado de Oliver aún me invaden.

L'Wren se da cuenta de que estoy sumida en mis pensamientos. Se inclina hacia el asiento trasero y me aprieta la mano.

—Diana, es un recital de primer curso y Emmy estará encantada de que estéis los dos aquí. Tú limítate a disfrutar el momento, ya sabes.

—Tiene razón —asiente Kevin—. Deja que todo transcurra orgánicamente.

Orgánicamente no era una palabra que usara Kevin hasta el mes pasado, cuando L'Wren lo envió a un «retiro de bienestar» porque trabaja demasiado —aunque esté medio jubilado— y teme que caiga muerto de un ataque al corazón por el estrés. «Suele pasar», repetía a menudo.

El primer día del retiro le confiscaron el teléfono, y se pasó los tres días siguientes estudiando sus chacras y «comiendo semillas», como él mismo dijo. Pero luego, a la vuelta, alabó a L'Wren y le agradeció que hubiera añadido cinco años más a su vida. Se dedicó a esparcir cristales de cuarzo rosa por toda la casa, compró frutos secos crudos a granel y empezó a preparar su propia leche de cáñamo. L'Wren sintió alivio al ver que Kevin había empezado a cuidarse... hasta la semana siguiente, cuando lo oyó en una serie de multiconferencias cerrando un acuerdo para franquiciar el centro de bienestar. Cuando le dije a L'Wren que al menos estaba motivado, ella me dedicó una sonrisa triste y tensa.

—Tienes razón. Que sea lo que tenga que ser —digo, al tiempo que me desabrocho el cinturón—. Es que no hemos coincidido en ninguna función escolar desde que se fue de casa. Nos repartimos los partidos de fútbol y las actividades de Emmy...

Kevin suspira, melancólico.

—Ojalá nosotros también pudiéramos hacer estas cosas por separado...

Se detiene en una plaza de aparcamiento, luego ve otra que le gusta más y da marcha atrás.

L'Wren finge ofenderse. O quizá lo esté de verdad. Trato de interpretar sus gestos mientras reprende a Kevin.

—Porque así podrías quedarte en casa escuchando *This Little Light of Mine* por enésima vez, ¿no?

—Claro que sí.

Apaga el motor del coche y besa a su mujer en la mejilla. L'Wren sonríe y relaja los hombros, y a mí me invade una poderosa mezcla de envidia y soledad. Clavo la vista en mis bailarinas y finjo que estoy recogiendo el bolso para no echarme a llorar. Últimamente se me saltan las lágrimas por cualquier cosa. Le echo la culpa al insomnio, porque tampoco es que esta experiencia sea una novedad para mí: siempre que estoy con Kevin y L'Wren me doy cuenta de que, cuando discuten, luego se perdonan con facilidad. Su enfado o su decepción siempre parecen disiparse con rapidez. Cuando Oliver y yo no estamos de acuerdo en algo, sin embargo, es como si la tensión nunca fuera a evaporarse. Se adueña de la atmósfera, llena la habitación y se cierne sobre nosotros, densa y sofocante.

El auditorio de la escuela huele a espray desinfectante y a sudor de niño pequeño. Los asientos se llenan rápido.

—¿Ves a Oliver? —pregunto, con la mirada fija en L'Wren para evitar buscarlo—. ¿Ya ha llegado?

—Joder, Diana, ni que fuera La Roca. Tú ten cuidado con la Dama del Sombrero.

50

—Raleigh —le recuerdo.

Así se llama la madre del cole con la que se acostó Oliver, aunque sé que ella lo sabe muy bien.

—Ya. —L'Wren aprieta los labios—. Pues va a ser la Dama del Sombrero hasta el día en que la muy zorra expulse su último aliento.

Encontramos sitio en una fila y nos sentamos. Queda un asiento vacío a mi lado.

—¿Qué hago, dejo el bolso aquí, por si acaso?

—Ay, por favor, Diana. —L'Wren se ríe—. Ponte el bolso en la cabeza si quieres. Le estás dando demasiada importancia a todo esto.

Los rizos rubios de Jenna se dirigen hacia nosotras.

—Entre bastidores hay una muralla de olor corporal, y lo digo literalmente. Madre mía, los de sexto. —Jenna, que es amiga de L'Wren desde el instituto, coge aire de forma exagerada, tanto que le vibran las aletas de la nariz—. Por fin puedo respirar. ¿Es que no se huelen? ¿Y sabéis qué es lo más raro? El olor corporal de Brooksie es exactamente como el de su padre. Es tan raro. Me pregunto si eso significa que Alice olerá como yo. Ay, madre —exclama, mirando por encima de mi hombro—. Oliver a las once.

—Muy sutil, Jenna —la regaña L'Wren.

—¿Está solo? —susurro.

—Completamente solo. ¿Le estás guardando sitio? ¿Cuál es el plan?

—No —respondo, al tiempo que apoyo con timidez una mano en mi bolso.

Jenna se yergue.

—Entendido. Bien. Pues que se siente al fondo de todo con los cuidadores. ¿O me equivoco?

Las luces de la sala se encienden y se apagan para indicarnos que es hora de sentarnos. Jenna cierra los puños.

—¡Porras! Tengo que ir a echar laca a unos niños de tercero.

En cuanto Jenna desaparece, dejo mi bolso en el asiento vacío para reservarlo.

—Gracias por guardarme sitio. —Oliver entra corriendo en nuestra fila y casi ni lo reconozco. No hay disculpas incómodas cuando se dirige hacia nosotros, pasando por delante de padres que no parecen muy contentos. Se mueve con rapidez y seguridad, como si honrara el auditorio con su presencia—. Perdón por llegar tarde —dice, al tiempo que se sienta a mi lado—. He perdido la cuenta de los kilómetros.

Debe de haberse duchado hace poco, porque aún tiene el pelo húmedo.

—¿Cuántos has hecho?

Mira el reloj.

—Quince.

—¿Tantos?

Pienso en lo a menudo que Oliver solía apoltronarse en nuestro sofá y en el tiempo que pasaba allí. A veces, mientras veía la tele, se hundía tanto en las profundidades de los cojines que tenía que levantarlo con las dos manos.

Las luces de la sala se atenúan por completo y las maestras sientan a los niños de preescolar en las gradas del escenario. Pronto están todos muy ocupados mirando fijamente al público, buscando a sus padres y chocando con los cuerpecitos que tienen delante. Oliver me sonríe con las cejas alzadas, en un gesto conocido que dice: «Vamos allá». Por norma me agobia lo largas que pueden llegar a ser estas actuaciones, pero estar junto a Oliver me hace sentir bien, como si fuera yo quien acaba de salir a correr.

Un niño con una alborotada mata de pelo, vestido con ropa vaquera de pies a cabeza, ocupa el centro el escenario. Abre la boca y entona el comienzo de *You've Got a Friend in Me* con una voz angelical. Cada una de sus notas triplica mis nervios por Emmy, pues sé muy bien que cantar no es lo suyo.

Oliver se inclina hacia mí y me fijo en su expresión preocupada.

—¿Te acuerdas de cuando fuimos a cantar villancicos con Emmy el año pasado? Estaba tan confundida la pobre cuando la gente se alejaba a mitad del estribillo...

—Aún estoy traumatizada. La siguiente clase es la suya...

La mujer que tenemos delante gira la cabeza y sacude la coleta, como si así quisiera dejar constancia de que le molesta que estemos hablando. Cuando Emmy sube al escenario, me invade una especie de emoción, unas ganas tontas de reír. Oliver y yo no nos atrevemos a mirarnos mientras los niños de primero cantan *Happy*. Emmy no pierde de vista a su maestra, que está en la parte delantera del escenario, y sigue sus indicaciones la mar de sonriente. Me relajo y apoyo el cuerpo en el respaldo de mi silla por primera vez desde que ella ha subido al escenario. Pero entonces, casi al final de la canción, Emmy da un paso al frente, se dirige a la primera fila de las gradas y luego baja al suelo del escenario, como si quisiera separarse de sus compañeros.

—Tiene una voz muy penetrante, ¿verdad? —susurra Oliver.

—Pues sí.

—¿Qué hace con los brazos?

Sacudo la cabeza.

—Se le ha ido la olla.

Emmy ataca una nota aguda —demasiado aguda— y Oliver me apoya una mano en el muslo y me lo aprieta.

—Esto es culpa tuya, la verdad —le digo—. Tiene la voz de tu madre.

—Mi madre tiene la voz de Eleanor Roosevelt.

No puedo evitar que se me escape un resoplido y, esta vez, la mujer de la coleta nos manda callar. Ambos intentamos no reírnos, pero sin éxito.

L'Wren se inclina hacia nosotros.

—¿Qué está pasando aquí, amigos? ¿Os ha entrado la risa tonta o qué?

Me aclaro la garganta y miro al frente, mientras me ruedan silenciosas lágrimas por las mejillas. Con el rabillo del ojo veo a Oliver apretar los labios y mostrar la misma determinación que yo. La canción termina y el público aplaude. Bien. Conseguiremos salir de aquí esta noche sin meternos en más problemas.

Justo en ese momento, las luces del escenario se atenúan y el foco ilumina a Emmy.

—Ay, ay, ay —resopla Oliver.

Y entonces ya no aguanto más: el pánico sincero de Oliver me hace perder el control. El profesor de piano empieza a tocar *True Colors* y a mí me empiezan a temblar los hombros mientras me muerdo la cara interior de la mejilla. «No te rías, no te rías. No puedes reírte mientras tu hija canta», que es exactamente el motivo por el que no podemos parar de reír. A mi lado, Oliver se tapa la boca y estoy segurísima de que se le escapa un hipido, como si hubiera intentado ahogar la risa sin éxito. Y allí, en la oscuridad del auditorio, nos cogemos de la mano.

Nos apretamos la mano para transmitirnos una especie de calma. Adoptamos una expresión seria, fría como el hielo, mientras escuchamos a Emmy cantar con todas sus fuerzas, sin acertar ni una sola nota.

Después del espectáculo, Oliver y yo nos quedamos en el escenario vacío con L'Wren, esperando a que Emmy y Halston se cambien.

—¿Qué le decimos? —pregunto.

—La felicitamos por el esfuerzo —dice Oliver, citando un libro sobre paternidad que hojeamos hace años, pero que nunca llegamos a leer.

Abre los brazos de par en par y Emmy corre directa hacia él.

—¿Puedo quedarme a dormir en casa de Halston? ¡Vamos a repetir toda la función!

L'Wren no pierde los nervios.

—Chicas, me encanta esa idea, pero tengo otra mejor: llevemos la función en el corazón —dice, al tiempo que se apoya una mano en el pecho—. Que permanezca para siempre en nuestro corazón.

—¡Queremos repetir la función para papá! —exclama Halston, mientras salta primero con un pie y luego con el otro—. Estaba durmiendo, lo he visto.

—¿Papá? —pregunta L'Wren, fingiendo sorpresa—. No, no. Puede que haya descansado los ojos unos segundos, pero luego enseguida se ha espabilado.

Seguimos la mirada de Halston hacia el público: las filas de asientos están vacías, pero Kevin duerme la siesta, con la cabeza caída hacia atrás y la boca abierta.

L'Wren se inclina hacia mí y susurra:

—Kevin me debe tanto... —Y luego, dirigiéndose a las niñas, añade—: ¡Vamos, chicas! Despertad a papá cuando salgáis. Espera, Diana —dice, al tiempo que se detiene al pie del escenario—. ¿Te llevo?

Me mira a mí y luego a Oliver.

—Yo puedo llevarla —se ofrece él, y siento una oleada de emoción.

Las observamos mientras se alejan y recogen a Kevin de camino a la salida. Las puertas del auditorio se cierran con un fuerte ruido tras ellos. El teatro está ahora vacío por completo: los pequeños intérpretes están ya en sus coches y algunos, los más afortunados, se van a tomar el helado prometido. El año pasado por estas fechas, Oliver y yo habríamos vuelto juntos a casa y, probablemente, cada uno se habría refugiado en su rincón tras darle un beso de buenas noches a Emmy, pero no el uno al otro.

—No tendrás hambre, ¿verdad? —pregunta Oliver, con una voz que resuena en el auditorio vacío.

—Estoy famélica.

Oliver conduce hasta un restaurante al que no hemos ido desde antes de que Emmy naciera: un pub muy exclusivo con comida cara, cervezas importadas y una mesa de billar en la parte de atrás. Me trajo aquí cuando empezamos a salir, supuse que porque estaba tan oscuro que nadie se daría cuenta si nos enrollábamos. Pero aquella noche se comportó como un perfecto caballero.

Ahora, sentada frente a él mientras saboreamos un whisky caro, recuerdo el pánico que sentí hace tantos años, cuando un camarero nos trajo la carta y yo la leí rápido en busca de algo que pudiera permitirme. En nuestras primeras citas, yo insistía en que solo quería agua para acompañar mi bistec y Oliver nunca me cuestionaba. Pero luego, cuando iba al lavabo, le daba discretamente la tarjeta de crédito al camarero y, al volver, me decía que nos habían invitado. «Resulta que los dueños son viejos amigos de la familia», me aseguraba, o algo parecido. Yo fingía no darme cuenta de que había pagado, y así seguimos durante un tiempo, hasta que mi sueldo se equiparó al suyo y entonces fui yo quien le daba discretamente la tarjeta de crédito al camarero.

Esta noche, pido una ensalada de cítricos para empezar, calamares para compartir y un bocadillo de bistec para mí. Cuando llega la comida, la devoramos como si no hubiéramos comido en días.

—Sabe igual de bien —digo entre bocado y bocado.

—Claro que sí —conviene Oliver, bebiendo un sorbo—. Es el Fitz.

—Era nuestro sitio favorito. Al principio.

—Y míranos ahora.

El tono de Oliver es de lo más neutro: podría fácilmente querer decir «y míranos ahora, todavía en la vida del otro después de tantos años». O: «Y míranos ahora, sentados tan cerca, pero habiéndonos distanciado tanto».

—Sí, míranos —repito, imitando su tono desapasionado. Luego, tras obligarme a adoptar un aire algo más frívolo, añado—: Dos padres orgullosos de una niña inteligente y guapa que de mayor podrá ser lo que quiera. Excepto vocalista. Y, tal vez, cualquier cosa que tenga que ver con la música. Y con el ritmo, seguramente.

Cuando Oliver se ríe, relajo los hombros. Él tampoco quiere regodearse. «Y míranos ahora.»

—Tienes buen aspecto —le comento—. Lo de salir a correr te está sentando bien.

—Tú también tienes buen aspecto. Hagas lo que hagas.

—Lo digo en serio. Vuelves a ser tú mismo.

A Oliver le brilla más la piel y hasta su sonrisa parece más amplia. Me muero de ganas de preguntarle qué ha estado pensando, qué planes tiene. ¿Dónde va a trabajar? ¿Ha ido a alguna entrevista prometedora? Sin embargo, temo que cualquier pregunta sobre el futuro estropee el momento.

—Soy más feliz, eso seguro —responde. Su voz es tranquila y me inclino hacia él sin querer—. A veces pienso, sinceramente, que no sé cómo me has aguantado tanto tiempo, siempre tan amargado. Tengo que darte las gracias. Si no nos hubiéramos separado, creo que no habría hecho todos estos cambios.

—¿Dejar tu trabajo?

—Todo.

—Oh. Bueno. No todos los cambios han sido buenos.

Oliver bebe otro sorbo de su whisky.

—Es extraño, ¿verdad? Hacer todo esto el uno sin el otro.

—Es extraño, sí.

Se me saltan las lágrimas y parpadeo rápido para no llorar.

—Oh, Diana. —Me coge la mano por encima de la mesa—. Por favor, no. No llores.

Cierro los ojos. Me niego a estropear la velada. Bajo la mesa, con la mano que Oliver no me sostiene, me pellizco el muslo hasta que el dolor agudo consigue distraerme. No quiero llorar en la mesa. No quiero que esta noche se convierta en tristeza, pero veo dolor en la expresión de Oliver, y no sé si es el suyo o el mío. ¿Acaso importa? Y, además, he mentido: la comida tampoco es nada del otro mundo. La ensalada no está bien escurrida y los calamares parecen de goma, como si hubieran estado demasiado tiempo en el congelador. Cambio de postura en mi asiento y recuerdo, también, lo incómodas que han sido siempre estas sillas, con sus cojines de cuero opaco.

Oliver me aprieta la mano.

—No podemos llorar en los restaurantes. Es demasiado triste. Nosotros no somos así.

—Vale. —Asiento, pero solo consigo que me caigan aún más lágrimas—. No lo puedo evitar: si eres amable conmigo, voy a llorar aún más. —Me da su servilleta para que me seque los ojos y un sollozo se me queda atrapado en la garganta—. ¿Lo ves?

Mi «ya te lo había dicho» consigue que a los dos se nos escape una especie de risa ahogada.

—Respira —me dice, y lo hago. Inhalo profunda y lentamente—. ¿Otra copa? —pregunta—. A lo mejor hasta cerramos el local.

Apenas son las nueve, pero el restaurante se está vaciando. Solo queda un hombre de rostro cetrino, vestido con una camisa de cuadros, que está sentado a la barra. La luz de la lámpara que cuelga sobre nuestra mesa parpadea, la música es demasiado melódica y el local huele a cerveza rancia y calamares correosos.

—No —respondo, al tiempo que niego con la cabeza—. Me gustaría irme a casa.

—Vale, vamos. —Me sorprende su respuesta decidida, casi como si estuviera aceptando una invitación—. Sí.

Voy un momento al servicio, me sueno la nariz y me limpio el rímel corrido mientras Oliver da la vuelta con el coche. Cuando salgo, me abre la puerta desde dentro, como solía hacer en nuestras primeras citas. De camino a casa, contemplo la carretera, intentando averiguar cómo debo sentirme. ¿Cree Oliver que va a entrar en casa conmigo? ¿Quiere hacerlo? ¿Quiero yo que entre? Me escuecen los ojos de tanto llorar, así que los cierro, bajo la ventanilla y me dedico a escuchar a Spoon en la radio mientras el viento me da en la cara. Cuando vuelvo a abrirlos, Oliver me está mirando. Dirige de nuevo la vista a la carretera, despacio. Está tranquilo. No lo recuerdo tan tranquilo.

Al llegar a casa, aparca el coche, baja y da la vuelta para abrirme la puerta. Nos detenemos en los escalones de la entrada, y me roza el hombro con el brazo. Si saco las llaves, ¿se romperá el hechizo? No me da tiempo a averiguarlo. Oliver se mete la mano en el bolsillo y saca su propio juego de llaves. Claro, él también tiene las llaves de casa. Por un momento, me alivia y me reconforta por dentro pensar que no soy la única adulta que vive aquí. Es una sensación extraña, como si tuviera los pies más en contacto con la tierra, como si la casa también fuera más sólida y ya no tuviera que preocuparme de que saliera volando o se derrumbara. Oliver abre la puerta y yo lo sigo al interior. Ninguno de los dos dice nada.

Cierro la puerta detrás de nosotros y enseguida nos besamos. Me acaricia la cara con las manos; sus labios son cálidos y suaves, y saben a whisky. Le rodeo la cintura con los brazos y lo acerco a mí. Su cuerpo me parece tan sólido... Nos quedamos así, besándonos en la entrada, durante lo que parecen horas. Entre beso y beso, nos confesamos que nos hemos echado de menos.

A lo largo de los dos últimos años, he levantado poco a poco un muro entre nosotros sin saber por qué. Quizá es que tengo demasiado miedo de preguntarme de qué me estoy protegiendo. ¿Era la tristeza de Oliver lo que tanto temía? ¿O la mía? Ahora, cuando no puedo dormir por la noche, me pregunto si lo que ocurría es que me daba demasiado miedo analizar a fondo nuestro matrimonio y descubrir que no tiene arreglo. Nuestra intimidad fue en otros tiempos una laguna profunda que ahora se ha secado. Y yo me negaba a admitir que las aguas se habían vuelto peligrosamente superficiales. No me importaba por qué, ni quién era el culpable; lo único que me importaba era que no íbamos a ser capaces de arreglarlo y que yo estaba demasiado asustada para admitirlo. Esta noche, sin embargo, el muro parece más bien una valla de madera; y la valla es endeble y tosca, está hecha de ramitas y estupidez, todo ello unido con chicle y rencores inútiles.

Oliver me mete la lengua en la boca. Me atrae hacia él sin vacilación, con urgencia. Estar así con él me resulta familiar y excitante a la vez, como si hubiera encontrado por arte de magia un juguete perdido tiempo atrás.

Noto todo el cuerpo hinchado de deseo. Este no es el Oliver de hace unos meses. Nos deshicimos de esas versiones de nosotros mismos, y esto, esta chispa persistente, es lo que tenemos ahora.

Me quita rápidamente la camiseta, me desabrocha el sujetador y lo deja caer al suelo. Me acaricia los pechos con las manos.

—Diana.

Me coge del pelo y me inclina la cabeza hacia atrás para besarme el cuello. Me dice que le gusta el sabor de mi piel.

Me quito los vaqueros y luego la ropa interior. Me mira con los ojos muy abiertos.

—Vamos.

Me coge en brazos y sube las escaleras; me siento arropada entre sus fuertes brazos. Al llegar arriba, me deja en el suelo. No podemos dejar de acariciarnos.

—Tu cuerpo es diferente —le digo.

—¿Sí?

—Tú eres diferente.

—Sigo siendo yo —responde, pero capto algo parecido a la tristeza en su voz.

—No, es bueno —me explico.

Lo único que quiero para los dos es esta sensación tan agradable.

Sonríe y me acaricia con las manos, me recorre el cuerpo con gestos decididos. Trato de mostrar esa misma confianza y lo empujo al suelo, justo delante de la puerta de nuestra habitación. Me subo encima de él y abro las piernas para que pueda comprobar lo excitada que estoy. Gime de placer cuando me roza el sexo húmedo con la punta de la polla.

—Diana —repite.

Le cojo el pene con la mano y lo deslizo entre mis muslos. Lo muevo despacio por mi sexo, hacia delante y hacia atrás. Una y otra vez. Oliver respira entrecortadamente y alargo el momento todo lo que puedo.

—Bésame —me ordena.

Hacía mucho que no nos besábamos así. Con besos de verdad. Le chupo el labio inferior y, luego, le meto la lengua y jugueteo de manera incansable con la suya. Nos besamos así hasta que los pelos de su barba incipiente me irritan la barbilla. Cuando me aparto de sus labios, gime aún más fuerte. Me tira del pelo hacia atrás y yo abro más la boca, sorprendida, cosa que él aprovecha para volver a meterme la lengua. Estamos a unos segundos de hacerlo y lo único que quiero es notarlo dentro mí. Quiero tener a Oliver dentro de mí, hasta el fondo. Trazo lentos círculos con la pelvis para acariciarle la punta del pene. Estamos los dos a punto de estallar.

—Vamos a la cama.

Nos arrastramos juntos por el suelo del dormitorio, yo todavía encima de él.

Cuando llegamos a los pies de la cama, rodamos y ahora es él quien está encima.

—Más —me dice al oído—. Quiero más.

Nos quedamos así un instante, besándonos más profundamente, con las caderas pegadas. La punta de su pene erecto me provoca.

Y entonces, algo cambia. Sucede muy deprisa. Un murmullo en la rejilla del aire acondicionado, un crujido en algún lugar del desván, los familiares ruidos de fondo de nuestra casa. Una sinfonía que nos sabemos de memoria. No sé si le afecta a él primero, a mí o a los dos a la vez. Es como si alguien hubiera encendido las luces demasiado deprisa y los dos nos hubiéramos quedado mirando nuestros cuerpos desnudos. Nuestros besos se vuelven fríos y húmedos, porque estamos aquí, en nuestro dormitorio, en el escenario de demasiadas peleas sin resolver, abrumados por la fantasmal sensación de sentirnos muy solos a pesar de estar juntos, tumbados en el suelo.

Oliver es el primero en incorporarse.

—Lo siento.

—Yo también.

—He dejado que esto fuera demasiado lejos.

Me ayuda a levantarme y nos sentamos en el borde de la cama, con los pies descalzos apoyados en el suelo.

—Y yo —le digo—. Los dos hemos dejado que fuera demasiado lejos.

Vuelvo a notar el escozor de las lágrimas detrás de los ojos y de nuevo parpadeo rápidamente para contenerlas. Hemos permitido que nuestro propio pasado nos haga luz de gas y ahora nuestros cuerpos son como serpientes que siguen retorciéndose incluso después de que nos hayan cortado la cabeza.

—Eh... —dice, al tiempo que me aprieta la rodilla.

—Me siento tan triste todo el tiempo, Oliver. ¿Me sentiré siempre tan triste porque estamos separados? ¿Y si no estamos haciendo lo correcto?

—Bueno, no soy un genio, pero supongo que esto... no es exactamente lo correcto.

Contemplo nuestros cuerpos desnudos, su pene flácido entre las piernas.

—¿Qué hacemos ahora?

—No lo sé. Pero no creo que tengamos que analizarlo esta noche.

—¿Cuándo, entonces? —Me siento avergonzada porque hemos ido demasiado lejos y me entra el pánico creciente de que estemos atrapados en un bucle—. Nunca hablamos de lo que viene después. Necesito hablar contigo de cosas reales.

Oliver se vuelve hacia la puerta del dormitorio, como si escudriñara la habitación en busca de su ropa y de una salida fácil.

—Si a estas alturas no podemos hablar con sinceridad... —añado.

—Es triste. —Me mira a los ojos—. Estoy triste. No es lo mismo. Y esto, esta noche, solo es una tirita que intenta tapar un agujero de bala.

Tiene razón, lo que hace que sea tan difícil de escuchar. Cojo una manta para cubrirme el pecho desnudo.

—Entonces, ahora...

Se encoge de hombros.

—Admitimos que las tiritas no funcionan. A pesar de lo bien que podríamos hacernos sentir el uno al otro durante un rato.

—Cierto.

En mi mente, oigo a Oliver decir: «Nos quedamos aquí toda la noche y nos abrazamos. Y cuando nos pongamos tristes, nos abrazamos más fuerte», aunque no estoy del todo segura de que sea eso lo que quiero que diga.

—Y probablemente debería irme.

—Probablemente.

Me coge de la mano y la amabilidad de este gesto me hace llorar otra vez.

—Diana, siento mucho que no podamos resolver esto.

—Yo también lo siento. Hago lo mismo una y otra vez: disculparme después de que te disculpes tú.

Me da un beso en la mejilla y se levanta.

—¿Oliver? —Me asalta el recuerdo de la última vez que se marchó. Cuando nos peleamos y salió por la puerta para no volver—. No sé si puedo ver cómo te vas dos veces. No creo que pueda soportarlo.

—Entonces no me iré —dice—. Me quedaré contigo todo el rato que quieras.

—No —niego, al tiempo que sujeto más fuerte la manta—. Solo sería posponer lo inevitable. Nosotros aquí tumbados en la cama, juntos. Es casi insoportable.

—Sí.

—Oliver, voy a hacer algo muy inmaduro.

—Vale...

—Pero es lo único que puedo hacer ahora mismo.

—Vale —repite, con una mirada tan tierna que me resulta dolorosa.

Me tapo con la manta para no verlo.

—Ya puedes irte —le digo desde debajo de la manta—. ¿Vale?

Escucho atentamente el crujido de las tablas del suelo bajo sus pies. Siento el calor de su cuerpo cuando se inclina hacia mí y me besa en la cabeza por encima de la manta. Y, entonces, me llega otro sonido demasiado familiar: el de Oliver que sale de la habitación y cierra la puerta, por segunda vez.

3

—Así que ¿se fue y ya está? —grita L'Wren desde la línea de fondo.

Le devuelvo el golpe, con fuerza. Demasiada para un partido de tenis matutino.

—Sí, se fue. Los dos decidimos que era lo mejor.

L'Wren mira la pelota, que pasa zumbando, y ni siquiera se molesta en correr a por ella.

—Lo siento, pero... Oliver, no puedes presentarte aquí y echar un polvo posruptura con alguien con quien te has disfrazado de la Patrulla Canina en Halloween.

—Lo invité yo. Y no hubo polvo.

—Por favor, no digas «solo la puntita».

—¡L'Wren! No. Por favor —me escandalizo, aunque en realidad eso es exactamente lo que hicimos.

—Bien. Pues casi polvo, llámalo como quieras.

Coge una pelota del bajo de su falda pantalón de tenis y levanta la raqueta para servir.

—¿Te importa si lo dejamos aquí? —grito—. Es que quiero que me dé tiempo a ducharme antes de ir al trabajo.

—Gracias a Dios —exclama, al tiempo que dobla el cuerpo con gestos exagerados y se apoya en las rodillas—. Pensaba que me ibas a obligar a jugar otro set mientras resolvíamos todos tus problemas con Oliver. Estoy medio muerta.

Las dos estamos empapadas en sudor. Intentamos jugar temprano para combatir el calor, pero solo son las siete de la mañana y ya estamos a más de treinta grados.

—Te invito a un té helado antes de que te vayas —propone.

—¿Sabes qué? —dice L'Wren, que no ha parado de darme un consejo marital tras otro desde que hemos salido de las duchas.

El club de campo al que Kevin y ella se apuntaron hace poco es lo más de lo más, con sus toallas de felpa y sus agradables albornoces. L'Wren me ha enseñado el conducto especial por el que envías la ropa sudada para que te la laven; luego hemos probado todos los productos de cortesía en los tocadores, perfectamente iluminados, y hemos utilizado los secadores de pelo de alta velocidad. En el bar del club, un camarero de pelo plateado rellena nuestros vasos de té helado.

—Deja que siga viviendo en ese loft cutre —prosigue L'Wren.

—En realidad no está tan mal. Tú misma lo has visto. Y a Emmy le encanta la piscina...

—Sí, vale —dice, haciendo un gesto vago—. Que se hinche y se ponga como un globo con esas tristes cenas congeladas que llevan tanta sal...

—Tiene muy buen aspecto, L'Wren. Está entrenando para una maratón. Todo el cuerpo se le está poniendo... —Me golpeo con un puño la palma de la otra mano, como si fuera una pared de ladrillos.

—Genial —dice L'Wren, con un gesto de exasperación—. Pero piensa en lo que se siente al estar en un espacio nuevo con toda esa tranquilidad. Joder, este enfoque no funciona. Ahora quiero la vida de Oliver... Vale, pues que se vaya a la mierda por estar mejor después de haber roto contigo. ¡Menudo cliché! Un cliché total, y te aseguro que todo eso no tardará en venirse abajo.

Me río mientras hurgo en el hielo perfectamente picado con la pajita de mi vaso.

—Solo quiero... —Busco las palabras adecuadas en

el fondo de mi té—. Ojalá supiera mejor lo que quiero. Cuando Oliver y yo estábamos juntos, siempre pensaba que era demasiado dependiente. Me lo imaginaba como un pulpo que siempre intentaba agarrarme con sus tentáculos, y me parecía sofocante. Y ahora que ya no me necesita así... Joder, L'Wren, yo sí que soy un cliché.

—No, no. Lo que pasa es que él ya no está haciendo las cosas que más te desagradaban. O, al menos, tú ya no estás ahí para verlas, así que es normal que vuelvas a encontrarlo atractivo. Es confuso.

—Es triste. Ya, ya lo sé, claro que es triste: estamos separados. Pero supongo que no esperaba sentirme tan triste y perdida. No tengo la sensación de que todo se haya acabado y esa es la parte que no consigo entender. Después de que naciera Emmy, supe que ya no íbamos a tener más hijos. Supe, en lo más profundo de mi ser, que nuestra familia estaba completa. Pero esta separación... No sé, es como estar en el purgatorio. Como si fuéramos fantasmas que se persiguen el uno al otro. ¿Sigue habiendo algo entre nosotros? ¿O es que me he puesto las gafas de verlo todo de color de rosa?

Cuando levanto la cabeza, L'Wren me coge firmemente por ambos hombros.

—Ve hacia la luz blanca, Diana. Es la hora.

Sonrío.

—Lo sé. Tienes razón. Estamos a años luz el uno del otro. Y la prueba es lo de anoche.

—Estupendo. —Da una palmada con decisión, pero su sonrisa desborda cariño—. Seguimos adelante y no estás sola. Cambiemos de tema. ¿Qué más me cuentas?

Una oportunidad perfecta. Es el momento de hablarle sobre Dirty Diana y mis esperanzas de que se convierta en algo real. Pero ¿cómo se lo cuento? Y... ¿de qué va, en realidad? ¿Yo escuchando las fantasías de otras personas en mitad de la noche? ¿Intento convertirlo en un proyecto para ahuyentar la soledad? Cuando la casa me parece demasiado silenciosa, me pongo los auriculares e intento descubrir algo en esas historias sobre el deseo, las fantasías de otras personas sobre el futuro, algo que las aleje de los clichés sobre el intercambio de poder y la lujuria, y las conduzca hacia... ¿Qué estoy buscando? Me siento inútil y perdida.

El teléfono de L'Wren vibra en la barra. Tras leer el mensaje, esboza una enorme sonrisa.

—¿Quién es?

Vuelve a dejar el teléfono, esta vez con la pantalla bocabajo.

—¿Qué?

—Estás sonriendo mucho. ¿Qué es eso tan divertido?

L'Wren hace un gesto vago con la mano para quitarle importancia al asunto.

—Arthur. El veterinario que me está ayudando con el grupo de rescate de gatos. Ya te he hablado de él.

Niego con la cabeza.

—¿No? Ah, pues sí, me está ayudando porque últimamente me llegan muchísimos gatitos para dar en acogida. Tengo suerte con él. Le encantan los gatos.

—Me lo supongo.

Después de años acogiendo gatos callejeros, L'Wren ha puesto en marcha su propio grupo de rescate.

Coge otra vez su teléfono y me enseña el mensaje. Es una foto de un gato con media rodaja de limón en la cabeza, como si fuera un sombrero.

—¿Es humor felino?

—Qué excéntrico, ¿verdad? —dice, poniendo los ojos en blanco—. Le encantan los gatos.

—Eso ya lo he pillado.

Suelta una carcajada poco sincera y no me mira a los ojos.

—Está obsesionado. Raro, ¿verdad?

Lo único raro es que L'Wren llame raro a otro amante de los gatos.

—Parece perfecto para el trabajo.

—¿Te he dicho que hace ejercicio con ellos? ¡Mira esto!

Me enseña otra foto, esta del pecho de un tipo, de cerca y sin camiseta, haciendo flexiones de bíceps con dos gatos.

—¿Por qué tiene la cara cortada?

Me quita el teléfono.

—Porque lo importante son los gatos, Diana. Quiero decir, si te gustan, claro. ¡Mira estas hermanitas atigradas! ¿A que son monas?

Me fijo una vez más en los brazos y el pecho, que ocupan la mayor parte de la imagen.

—Esto es como una fotopolla para una amante de los gatos, L'Wren.

—¡Diana! Para ya. Arthur es veterinario.

—¿Y? —Se guarda el teléfono en el bolso—. L'Wren, no estarás un poco enamorada de ese tío, ¿verdad?

—¡No! ¿Qué? ¡Claro que no! —Trato de recordar la última vez que vi a L'Wren ponerse roja como un tomate—. Trabajamos juntos. Y yo estoy casada. Y él es divertido. O sea, es divertido hablar con él.

Me invade una sensación reconfortante. No soy la única que guarda secretos.

Me he dejado las gafas de sol en el club, pero cuando me doy cuenta ya casi he llegado al trabajo y es demasiado tarde para volver a buscarlas. Me dirijo hacia el este, con los ojos entrecerrados para protegerme del sol. Los rayos me deslumbran y me recuerdan un lienzo vacío de un blanco cegador. Me imagino cómo lo pintaría ahora mismo si pudiera. Utilizaría pinturas al óleo de colores oscuros y llenaría con trazos gruesos todo el espacio, como si fuera un cielo nocturno. Dedico demasiado tiempo a pensar en Oliver. En Jasper me permito pensar porque ahora mismo está muy lejos.

Ya en el trabajo, paso por delante del despacho casi vacío de Oliver. En la pared, acumulando polvo, queda una foto enmarcada de Emmy —de la época en que se le habían caído las dos palas de arriba— y un título de la Universidad de Texas a nombre de Oliver.

—Es raro —dice nuestra recepcionista, Talia, al cruzarse conmigo en el pasillo—. Yo también sigo esperando verlo ahí. —Noto que me arden las mejillas, pero me limito a sonreír y a coger el correo que me entrega—. Ah, Diana, Allen quiere verte —añade—. Lo antes posible.

La frase me llena de pavor. Mi suegro es el director de la empresa de gestión patrimonial en la que he trabajado los últimos quince años. Nuestra tarea consiste en ayudar a los clientes con sus inversiones y posesiones, cosa que le permite a mi suegro hacerse un poquito más rico cada vez. A Allen le gusta participar en todos y cada uno de los consejos que damos a nuestros clientes, desde la planificación fiscal o inmobiliaria hasta el modelo de coche que deberían comprar, pero desde que Oliver y yo nos separamos, Allen y yo hacemos todo lo posible por mantener las distancias.

Esta mañana, sin embargo, no va a poder ser. Me voy derechita a su despacho y llamo a la puerta abierta. Levanta la vista: tiene los ojos relucientes y el pelo perfectamente peinado. Su despacho huele tanto a loción para el afeitado y cuero que, cuando estoy aquí dentro, me imagino una vaca con colonia.

—Hola, cielo. Pasa.

—¿Va todo bien?

—Eso debería preguntártelo yo a ti.

—Estoy bien. Perfectamente. Todos estamos bien.

—No lo soporto —se lamenta, al tiempo que golpea el escritorio con un puño, sin demasiada fuerza, pero con mucho dramatismo—. Lo de la separación. Vivian y yo no lo soportamos. —Los dos sabemos que, en el caso de mi suegra, eso no es verdad—. Es duro para todos, pero sigues siendo mi nuera. La madre de mi nieta preferida. No necesito un trozo de papel que me lo diga.

Me dedica una sonrisa compasiva que conozco muy bien, porque es idéntica a la de Oliver: los dos tuercen hacia arriba los labios un poco más en el lado derecho que en el izquierdo. Son sonrisas alegres, bonitas y radiantes.

—Gracias.

Sus manos, que ahora tiene unidas sobre el escritorio, también son muy parecidas a las de Oliver.

—Entonces, Casino Royale. ¿Nos vemos allí?

—¿Perdón?

—Es el tema que ha elegido Viv este año. Ha contratado a auténticos crupieres de Las Vegas, o algo así. Va a ser la bomba. —Una vez al año, mi suegra organiza una fiesta temática para los directivos de la empresa. El tema va cambiando: vaqueros y diamantes, botas y pajarita. Siempre extravagante y exagerada—. Invitamos a Oliver, pero respondió que no. A saber en qué andará metido ese hijo mío...

—Allen, eres muy amable, pero no tenéis por qué incluirme...

—Petra Rowling acaba de confirmar que asistirá. Es una oportunidad perfecta para presentártela.

—Oh.

Petra es la reciente viuda de uno de los mayores clientes de Allen, el jugador de fútbol americano Mitch Martin, que murió trágicamente en el accidente de un jet privado a principios de este año. Mitch jugaba en los Cowboys, y él y Petra se casaron jóvenes. Cuando él se retiró, grabaron su propio *reality show*, que se hizo muy popular por ofrecer una visión sin filtros de su matrimonio. Petra tiene ahora una colección de libros de cocina, muchos patrocinios, y tal y cual.

—Me encantaría que te pasaras a saludar y estuvieras un rato con Petra en la fiesta, para asegurarte de que se divierte. Quiero que se sienta cómoda con la idea de que el dinero de Mitch se quede en la empresa.

—Oh.

Ahora todo encaja: Allen necesita demostrarle a Petra que en su empresa también trabajan mujeres y yo soy su única opción. Por eso quiere que hable con ella.

—¿El dinero no es suyo también?

—Por supuesto, sí, y todo esto es por el bien de Petra. Me preocupan todos esos buitres que no hacen más que llamar a su puerta y he pensado que en la fiesta le iría bien contar con un poco de tu... energía.

La señorial casa de estilo Tudor de mis suegros resplandece desde dentro. Puede que sea por los miles de velas de té que el personal de servicio de Vivian ha colocado cuidadosamente por todas partes. Debe de haber al menos veinte camareros con camisa blanca y delantal negro en posición de firmes en el vestíbulo, como si fueran soldados de juguete. Uno de ellos me ofrece una copa de champán y lucho contra el impulso de coger dos. Vivian se apresura a saludarme y se muestra en exceso cariñosa, lo cual es mucho más inquietante que su frialdad.

—Estás preciosa, Diana. Muchas gracias por venir. Ya sé que no es fácil estar aquí.

—Te has vuelto a superar a ti misma —le digo, mientras ella me da un abrazo rápido pero cariñoso.

—Al final las cosas salen bien, ¿verdad?

Vivian sonríe, y yo también, y entonces me doy cuenta de que ya no nos queda nada que decirnos. Me siento aliviada cuando Allen entra con paso elegante y me lleva directamente hasta Petra.

—¡Ahí está! —anuncia Allen.

Su voz resuena en el jardín trasero, donde alguien ha colocado un enorme lienzo, iluminado desde abajo con focos gigantes, que supuestamente representa la costa de Mónaco. Es llamativo y brillante, y Petra es lista, porque ha encontrado el rincón más sombreado, en una pequeña mesa cerca de la barra.

Petra es guapísima. Lleva el pelo oscuro con raya en medio y recogido en un moño bajo, pero se ha dejado un mechón rizado suelto que le enmarca la cara.

Luce un vestido de color verde esmeralda, largo hasta el suelo. Aún es temprano, pero ya está descalza. Sus zapatos de tacón de aguja, de suela roja, descansan sobre la mesa, delante de ella.

—Petra —vuelve a llamarla Allen con voz atronadora—, ¿cómo estás?

—Es una fiesta preciosa, Allen —dice Petra, con una sonrisa cálida. Luego se vuelve hacia mí—. Tú debes de ser Diana.

—Encantada de conocerte.

Nunca he conocido en persona a alguien que salga en la tele. Me siento incómoda y rígida, como si creyera que tengo que decir algo más. Con la intención de prepararme para esta noche, he visto una temporada entera del *reality show* de Petra, así que conozco toda clase de detalles íntimos sobre ella. Sé que su madre es escocesa y su padre nigeriano; que se crio en Londres; y que la expulsaron de dos internados antes de que se graduara con honores en el tercero. Conoció a su marido en un partido de rugby en Gales, donde ambos eran invitados del dueño del club, y fue amor a primera vista.

—Seguro que te lo dicen mucho, pero me siento como si ya te conociera —le digo.

—Repítelo.

—¿Perdón?

—Repítelo.

—¿Qué parte?

—La que quieras —responde, observándome atentamente—. Tu voz me suena mucho.

—Ah, ¿sí?

Empiezo a notar calor en las puntas de las orejas. Es imposible que haya escuchado las entrevistas de Dirty Diana, ¿verdad? ¿A cuánta gente se las ha enviado Alicia?

—¿De qué me suena? Ah, esto me pone de los nervios.

—¿La voz de Diana? —interviene Allen—. No, no es posible que la hayas reconocido. Hace años que no atiende llamadas en la recepción. Ha ido subiendo peldaños, como nos gusta en nuestra empresa, y ahora es muy valiosa para nosotros. La solución perfecta.

Es un don que tiene Allen: con tan solo unas pocas palabras, consigue que los tres nos sintamos incómodos.

—Bueno —dice, al tiempo que da una palmada—, os dejo para que os conozcáis. No os perdáis la sección de trinchado. Vivian ha contratado al chef Dennis para que prepare los costillares —añade. Luego, tras guiñarnos un ojo, desaparece.

—¿Quién coño es el chef Dennis y cuánto tengo que esperar para despedirme a la francesa? —susurra Petra de inmediato.

Me río más alto de lo que debería.

—Yo me estaba preguntando lo mismo. —Y luego, porque no hacerlo me parece una traición demasiado grande a mis suegros, propongo—: ¿Quieres que vaya a buscar algo de comer mientras tanto?

—Eres un encanto. Soy vegetariana. ¿Es prudente reconocerlo delante de esta gente? —dice, mientras entrecierra los ojos y pasea la mirada por el patio.

—¿También eres abstemia y atea? —le pregunto, sentándome frente a ella—. Porque, en ese caso, mi suegra hará que te acompañen a la puerta.

—Aaah. —Suspira, con un centelleo en los ojos—. Allen es tu suegro, además de tu jefe.

—Sí, más o menos.

Por la forma en que frunce el ceño, veo que ha captado el significado de ese «más o menos», pero no insiste. En ese momento, por encima del hombro de Petra, veo a la amiga más antigua de Vivian, Joy: tras apartarse de su grupo de celebridades medio derretidas por el calor, viene derechita a nosotras. Antes de que pueda encontrar un rincón para esconderme, Joy se planta a mi lado, vestida de Carolina Herrera de pies a cabeza.

—Diana, cariño, Vivian me contó lo tuyo con Oliver. Estoy conmocionada. Absolutamente conmocionada. Hacíais tan buena pareja...

—Gracias. —Al verla con las manos pegadas al corazón, me entran ganas de poner los ojos en blanco—. Joy, esta es mi amiga Petra.

Joy le dedica una sonrisa forzada a Petra y vuelve a centrarse en mí.

—Recuerdo el día de tu boda como si fuera ayer. Bueno, durante mucho tiempo les has demostrado a todos que estaban equivocados. Porque vuestro matrimonio ha durado bastante, ¿no?

—Pues sí, así es.

—Vivian está destrozada, como sabes. A nuestra edad, no es fácil manejar esta clase de estrés. El estrés es el asesino silencioso, y yo ya tengo bastante en mi vida, no necesito más. Me pasé el día llorando. Todo el día. Cuando Vivian me lo contó, ni siquiera tenía fuerzas para levantarme de la cama. Y la pobrecilla Emmy... También lloro mucho por ella. De verdad que sí.

—¡Diana! —me regaña Petra, inclinándose por encima de la mesa y cogiéndome un codo—. ¿Es que no sabías que tu divorcio le estaba causando a Joy tanta angustia?

Aprieto los labios e intento no sonreír.

—No tenía ni idea. —Estiro el cuello para mirar a Joy—. Lo siento muchísimo.

—Te ahorraré los detalles escabrosos del final de

mi matrimonio, Joy —interrumpe Petra—. Él murió. De repente. En un jet privado. Muy estresante.

—Oh, cielos —exclama Joy, arrugando las facciones en una mueca de horror.

—De hecho, Diana, no creo que sea justo que estemos en esta fiesta con nuestras deprimentes historias de fondo. No queremos causar problemas indebidos a los invitados. ¿Sabes qué, cariño? Creo que este es un buen momento.

Ante la mirada de absoluta perplejidad de Joy, Petra me agarra una mano y coge sus zapatos con la otra. Nos abrimos paso a través de la fiesta y salimos por la puerta principal. Experimento la placentera y vertiginosa sensación de estar cometiendo una maldad. Petra corre hacia su chófer, que le abre la puerta de un coche negro ridículamente grande, del tamaño de una casa pequeña. Tiene asientos mullidos y lujosos y una mampara que separa la parte trasera de la delantera.

—¿Huelo a muerto? —me pregunta Petra mientras subimos. Por un momento me quedo paralizada, pienso en su marido y en si se supone que debo decir algo acorde con las circunstancias—. De todos esos putos puestos de carne —añade, arrugando la nariz.

—Ah. —Me echo a reír—. No. Bueno, puede que un poco.

—Huéleme el vestido.

Se inclina tanto hacia mí que me roza la mejilla con la nuca.

—No, hueles a... ¿a rosa de té?

—La flor favorita de Mitch —dice con naturalidad, mientras se acomoda en el asiento de al lado y estira las piernas. Parece diminuta en este coche tan grande.

—Te acompaño en el sentimiento —le digo.

Se vuelve hacia mí y me sonríe.

—¿Te está estresando? ¿Te has pasado todo el día en la cama?

Le sigo la corriente.

—Es muy duro para mí, sí.

—Por supuesto. Totalmente comprensible. Os enviaré a Joy y a ti una cesta de fruta.

Me río y, cuando se hace el silencio en el interior del coche, digo:

—Lo siento mucho. Es muy injusto.

—Gracias. —Me aprieta la rodilla, como para decirme que no pasa nada—. Era un buen hombre. Y Allen le caía muy bien. Pero si te han enviado para convencerme de que deje nuestro dinero en la empresa, me temo que voy a decirte que no te molestes. Aún no he decidido qué hacer, y no me voy a dejar convencer solo porque alguien agradable con vagina trabaje en la firma. No te ofendas. Si te digo la verdad, ya me pareces más que agradable.

Sin esperar respuesta, abre la neverita del coche y saca una botella de cristal transparente con una especie de líquido ámbar en el interior. Me sirve un vaso y luego coge otra botella de la nevera —esta vez con un líquido turbio de color púrpura— y se sirve otro vaso.

—Allen puede ser... —empiezo a decir—. Tiene buenas intenciones.

Petra pone un poco de hielo en cada uno de los vasos.

—A Mitch siempre le gustó que los viejos ricos le dijeran lo que tenía que hacer. Era su único defecto. Y sentía debilidad por Allen, cosa que nunca llegué a entender del todo.

—Allen es digno de confianza.

—Puede. Y a Mitch le gustaba ganar. Allen siempre parece estar ganando. Como si viniera de una estirpe de ganadores. Salud.

Entrechocamos los vasos y bebo un sorbo.

—Mmm. —Me sorprende que algo con hielo pueda tener una textura tan cálida. Y un sabor tan rancio. Como una bufanda vieja guardada durante un largo y caluroso verano—. Es diferente. Espumoso.

—Té kombucha casero. ¿Te gusta?

—No. —Sacudo la cabeza y las dos nos reímos—. Está malísimo.

—Pero va de fábula para el intestino. Toma. Prueba el mío. —Me da su vaso—. A lo mejor lo que no te gusta del tuyo es la fruta de la pasión.

Beber de su vaso es una sensación íntima. Pruebo un sorbo.

—Mmm —digo, y me entra tos.

—¡Tampoco está tan mal!

—Mmm —repito, y nos reímos las dos.

—Eres graciosa.

Eso es lo que suele decir la gente cuando se sorprende de que tengas personalidad. Debería sentirme insultada, pero estoy encantada. Me obsesiona la idea de querer caerle bien a Petra.

—Así que... —empieza a decir, al tiempo que vuelve a reclinarse en su asiento— ¿tú y tu marido estáis separados? —Petra se fija en cada parte de mi cara: los ojos, la nariz, los labios—. Pero ¿tú sigues trabajando en la empresa de Allen?

—Por ahora. No es para toda la vida. Creo. Oliver, mi ex, todavía está buscando otro empleo, así que es bueno que uno de los dos tenga un trabajo fijo.

Petra abre la puerta de su coche, coge mi vaso y lo vacía bruscamente en el camino de entrada de Vivian y Allen. Abre de nuevo la nevera del coche y, esta vez, me prepara un gin tonic, tras lo cual se echa una generosa cantidad de ginebra en su vaso.

—Sabes —me dice—, Mitch no creó nuestra marca. Fui yo. Si no me hubiera conocido, habría jugado unos años más al fútbol profesional, habría vuelto a Odessa y habría comprado mansiones horteras y Lamborghinis a todos sus amigos. Se habría quedado sin dinero en menos de dos años.

»Yo lo introduje en la alta costura y, cuando llegó el momento, le compré su primer juego de carillas dentales y lo preparé antes de cada entrevista. Mi marido era encantador, pero nunca fue muy ambicioso. Yo sí. El programa, las colaboraciones con las marcas, incluso el anuncio de Nike... Todo idea mía. Convertimos la "honestidad" en nuestra marca... —Se le va apagando la voz, como si de repente se hubiera cansado de leer su propio comunicado de prensa.

—Seguro que lo echas mucho de menos.

—Y en cuanto al dinero... —prosigue, retomando el hilo que ninguna de las dos había empezado, pero se interrumpe. Da unos golpecitos al vaso con los dedos, luego se los apoya con suavidad en los labios y, por último, de nuevo en el vaso. Tras una larga pausa, empieza a hablar otra vez, pero ahora es como si estuviera muy lejos de aquí—. Algunos días me despierto y sé exactamente adónde voy. Y otros, ni siquiera me veo capaz de apoyar los pies en el suelo. Abro los ojos y me siento tan perdida que creo que, si me incorporo en la cama, la habitación entera empezará a dar vueltas o desaparecerá. Así que me quedo muy quieta, con la esperanza de que eso me ayude a no sentirme tan perdida. Como si fuera yo quien se ha extraviado.

Del exterior me llegan las risas lejanas de la fiesta y la música de la banda que ha contratado Vivian. En el interior del coche, en cambio, solo se oye nuestra respiración y, a través de la mampara del conductor, los ecos amortiguados de un partido de béisbol en la radio: el crujido del bate y la narración entusiasmada del locutor. Sé que en algún momento debería volver a hablar de Allen y de todas las razones por las que su firma es la «solución perfecta», pero me parece tan tedioso...

Una franja de luz, procedente de la iluminación del casino de Vivian, baña el hombro desnudo de Petra, la mano con la que sostiene el vaso y el perfil de su rostro. Cuando se vuelve para mirarme, toda la cara le queda en sombras.

—Entiendo por qué sigues trabajando allí.

—¿Sí?

Pues ojalá me ayude a mí a entenderlo.

—Es seguro y tranquilo. No me iría mal un poco de eso. Me estoy poniendo celosa.

—Tengo otros intereses, aparte de la empresa.

Y, sin dudarlo, le hablo acerca de Dirty Diana. No sé por qué empiezo a hablar, pero Petra parece

93

tan abierta, tan honesta y real, y tan ajena a cualquier prejuicio, que cuando empiezo a hablar ya no puedo parar. Ella no me quita los ojos de encima, y me resulta embriagador acaparar su atención. Le cuento que apenas he dormido desde que Oliver se fue de casa, le hablo de lo inquieta que me siento y de que, últimamente, cuando no puedo conciliar el sueño, solo pienso en coger un avión y largarme a cualquier parte. No menciono a Jasper, pero sí digo que quizá a Europa. Londres, o tal vez París, en busca de inspiración. Cuanto más hablo, más fácil me resulta contarle cosas. Cosas que hace tiempo que quiero contarle a L'Wren, pero no lo he hecho. Cuando me detengo a coger aire, me siento como si estuviera flotando.

Petra me acerca la palma de la mano.

—Déjame tu teléfono. —Lo desbloqueo y se lo paso para que pueda añadir sus datos de contacto—. Me voy a Europa dentro de una semana. Mitch y yo siempre pasábamos los veranos allí. Estaré en París todo el mes de junio y parte de julio. Y luego... Grecia, quizá. O puede que Suiza. No lo sé. Llámame cuando llegues.

4

Mayo da paso a junio y las últimas semanas de colegio convierten lo que antes era una agenda manejable, pero repleta, en algo más caótico. Estoy tan ocupada con los detalles y los horarios —fiestas de fin de curso, actuaciones, partidos de fútbol, viajes con Emmy de la casa de Oliver a la mía— que no puedo pensar más allá de un día. Excepto para planificar el verano de Emmy. Tras un largo intercambio de mensajes de texto, Oliver y yo hemos acordado que se vaya una semana de campamento con Halston, cosa que lleva tiempo suplicándonos.

Pero es que es tan pequeña.

Insistí.
Oliver me contestó con fotos de niños felices en canoas y me recordó:

Yo fui todos los veranos durante
once años. ¡Y mírame!

Pues por eso lo digo.

Ja, ja. Muy graciosa.

¿Y si no le gusta?

¿Su mejor amiga y nubes de azúcar?
No le pasará nada.

Luego me envió un largo discurso sobre la independencia y la confianza que —creo— cortó y pegó de la página web del campamento. Finalmente acepté porque sabía que Emmy se moría de ganas de ir y el único inconveniente era lo mucho que yo la iba a echar de menos.

Sigo al pie de la letra la lista de material para el campamento. Le compro otro bañador y marco con el nombre todas las piezas de ropa que meto en la mochila. Y hoy, cuando solo quedan dos días de curso, aprovecho mi hora de comer para ir corriendo a casa y coger las rodajas de sandía que hay que llevar al pícnic del colegio a las 12.15, ni un minuto más tarde.

Al salir por la puerta, veo la bolsa de ballet de Emmy. Subo corriendo al coche y llamo a Oliver.

—Hola, soy yo. Se me olvidó darte la ropa de ballet de Emmy para la clase de esta tarde. Puedo dejártela en el felpudo de tu casa, si quieres. Me viene de camino, porque tengo que ir al colegio a llevar la fruta que tiene que estar allí sin falta dentro de treinta minutos; si no, se acaba el mundo.

Finjo reírme de mi broma tonta: es una risa falsa y rara que, no sé por qué, utilizo cada vez más con él desde la noche en que casi nos acostamos. Y cada vez que lo hago, me entran escalofríos. Desde esa noche, mis conversaciones con Oliver se centran en Emmy. Hacemos lo que a lo largo de los años se nos ha dado tan bien: evitar una conversación incómoda y fingir que aquella noche no existió. Acordamos tácitamente barrerla bajo la alfombra, con el resto de nuestros problemas.

Al llegar a su edificio, paso junto a dos mujeres preciosas con bikinis minúsculos que están tomando el sol en la piscina. ¿Es a ellas a quienes Oliver les pide leche prestada cuando se le acaba? Dejo la bolsa de ballet de Emmy en el felpudo y, en cuanto me doy la vuelta para marcharme, la puerta se abre.

—¿Diana?

—Ah, ¿estás en casa?

—Sí. Estoy haciendo café. ¿Te apetece uno?

—Te he llamado desde el coche. Pensaba que a lo mejor estabas en una entrevista.

—¿Quieres pasar?

Me fijo en que va descalzo, con unos vaqueros recortados y una camiseta tan vieja que el cuello está deshilachado. Parece guapo, descansado y bronceado, como si estuviera de vacaciones en lugar de parado en la puerta de su casa un martes cualquiera.

—Anda, pasa.

De la pared del salón cuelga un dibujo gigante a carboncillo de un oso. ¿Cuándo ha empezado Oliver a comprar obras de arte?

—¿De dónde has sacado...?

—Hoy no tengo entrevista.

—Oh. ¿Ya han contratado a alguien?

—No, no, quieren que nos veamos, pero... —Se encoge de hombros—. No quiero el trabajo. Me he dado cuenta de que es más de lo mismo. Despacho diferente, gente diferente, pero la misma mierda.

Habla como un artista melancólico al borde de un arranque de inspiración. A lo mejor el dibujo a carboncillo del oso lo ha hecho él. Quizá ya no debería fingir que soy capaz de adivinar lo que está pensando.

Lo sigo a la cocina, donde se pone a moler granos para nuestro café.

—En realidad, no he ido a ninguna de las entrevistas —dice, alzando la voz para hacerse oír por encima del ruido—. He mentido sobre eso.

—¿No has ido a entrevistas de trabajo? —El chirrido del molinillo se interrumpe—. ¿Desde que dejaste tu trabajo? ¿Ni a una sola?

—No. —Sonríe—. Tranquila, sé lo que hago. De hecho, nunca he sido más feliz. Quizá tú también deberías dejar ese sitio.

Noto la cara ardiendo mientras lo observo espumar leche para mi café. Después de varios minutos viendo cómo prepara un elaborado café y preguntándome hasta qué punto debería cabrearme, me ofrece una taza blanca, llena hasta arriba, con una foto serigrafiada en ella. Es una foto de Oliver y Emmy en una especie de feria a la que no me han invitado. Ni siquiera he oído hablar de ella.

—Vale. ¿Qué estás haciendo? ¿Pedirle dinero prestado a tu padre?

Es un golpe bajo, pero, en lugar de ponerse a la defensiva, suelta una extraña risotada, como si quisiera decir «sí, hombre». Aunque no lo digo, pienso: «¿De qué coño vas, Oliver? ¿Por qué te parece tan gracioso? Como si no nos hubieran prestado dinero antes, ni nos hubieran ayudado con la entrada de nuestra casa hace años».

Coge una copia impresa de la mesa de la cocina y me la da. Es un anuncio de una pequeña casa de estilo Tudor que no está muy lejos de aquí. Construida en 1927, dice la descripción, solo ha tenido tres propietarios y conserva la mayoría de los detalles originales. Es una casa tan bonita que parece sacada de un cuento de hadas: ventanas con paneles de cristal en forma de diamante, y una puerta de arco, como si fuera un castillo pequeño.

—La estoy reformando. No hay que hacer gran cosa. Pintura nueva, cocina nueva y los baños. Arrancar la moqueta y rezar para que debajo el suelo sea de madera. Cosas así. Pero los paneles de las paredes y las vigas del techo son originales.

—¿Reformando? ¿Con quién?

—Era una propiedad sin herederos. La compré en una subasta por cuatro duros y lo estoy haciendo casi todo yo mismo. Fui al garaje de mis padres a recoger las herramientas. ¿Te acuerdas de aquel viejo caballete? Estaba seguro de que mi madre lo habría acabado tirando. Y la hidrolimpiadora. Pero no, mantuvo su palabra y lo guardó todo. Me encanta volver a trabajar. Con la ayuda de unos cuantos vídeos de YouTube, claro.

—¿Vídeos de YouTube?

Sonríe y me quita el folleto de las manos.

—¿Diana? ¿Por qué solo respondes con preguntas?

—Porque me estoy poniendo al día, Oliver. —Suelto el aire despacio—. O intentándolo. ¿Cómo has pagado esa casa?

—Respira hondo, Diana. Lo devolveré todo.

—No... —De repente, noto que me quedo pálida—. ¿De nuestra cuenta?

—Sí, nuestra. Y solo he tocado mi mitad, que voy a duplicar. Dame seis meses.

¿Cómo que su mitad? Ni siquiera la hemos dividido aún. ¿O sí?

—Estoy tan confundida, Oliver. ¿No se te ocurrió preguntarme antes?

—Diana... De todos modos, acabaremos dividiendo nuestros bienes, ¿no?

Recupero de golpe el color en la cara y me sonrojo por la vergüenza de estar evitando esa cuestión. Pero no soy la única que rehúye hablar de nuestra separación. Entonces ¿por qué a él todo le parece tan sencillo?

—Funcionará —dice—. Resulta que se me da muy bien.

Me hierve la sangre al verlo tan relajado: descalzo, con los putos vaqueros cortos, apoyado en la encimera de la cocina. Y yo sudando con mi traje pantalón de color beige, durante mi pausa de cuarenta y cinco minutos para comer.

—¿Cómo lo sabes? —le espeto—. Cualquiera puede ver un vídeo de YouTube.

—¡Uy!

—¿Crees que no tengo derecho a estar cabreada? Ahora mismo tenemos un sueldo. El mío. ¿Y encima me dices que deje mi trabajo cuando es el único que tenemos?

—Porque quizá haya algo ahí fuera que te haga más feliz. He estado muy confundido durante mucho tiempo, Diana. Me limitaba a hacer lo que los demás querían que hiciera, pero por fin he encontrado algo que me encanta.

Me invade una rabia tan fría que hasta se me eriza el vello de los brazos.

—Pues qué bien.

—Pensaba que te alegrarías por mí.

—Y si no hubiera venido hoy, ¿cuándo ibas a contarme todo esto?

—Tienes razón, pero te lo estoy contando ahora. Y yo habría...

Tengo ganas de gritar, pero en vez de eso me sale un siseo.

—¿De qué va esto? ¿Estás en plena crisis de los cuarenta y te ha dado por el bricolaje?

Oliver se pasa las manos por el pelo, como suele hacer cuando intenta no perder la calma.

—Entiendo que estés cabreada, Diana, pero tienes que admitir que, de los dos, siempre he sido yo quien se ha ocupado de las finanzas. Cuando nos conocimos, estabas sin blanca...

—Creo que deberías dejar de hablar.

—Venga ya, Diana, sabes que lo del dinero se me da bien.

—Porque lo has tenido desde que naciste, joder... —Siento tanta rabia que las palabras se me atascan en la garganta—. No. —Niego con la cabeza—. Ahora no. Llego tarde a dejar la puta sandía.

Me arrepiento al instante de haber añadido el detalle de la sandía. Sonaba mejor en mi cabeza, la verdad.

A mi pataleta le sigue una salida muy poco dramática. En lugar de dar un portazo, dejo en el fregadero mi taza de café —que está delicioso, cosa que me cabrea aún más— y Oliver me abre la puerta. Me sigue en silencio hasta el coche.

Ninguno de los dos dice una palabra hasta que estoy sentada en el asiento del conductor. Mi coche está caliente y huele a fruta podrida.

—Tengo que ir a trabajar —le digo, poniendo énfasis en la palabra *trabajar*.

Se apoya en la ventanilla abierta.

—Por favor, ven a ver la casa. Si vieras lo que hago, quizá cambiarías de opinión.

Esa tarde, cuando aún no hace ni media hora que he vuelto a mi escritorio, Allen asoma la cabeza.

—Petra acaba de llamar. Parece que habéis congeniado mucho, ¿no? —dice, con una sonrisa que está a medio camino entre su media sonrisa de simpatía y una risita de sincera alegría—. Quiere que os veáis en París para hablar de su relación con nuestra empresa.

—¿Petra?

—Así mismo lo ha dicho. Y ha añadido que, de todas formas, ya tenías la intención de hacer el viaje a París, así que...

—Bueno, dije que tal vez iría...

No he salido de Estados Unidos desde que nació Emmy. Oliver y yo habíamos hecho planes para viajar a Europa, pero... siempre los aplazábamos por motivos de trabajo, o porque teníamos que cambiar la caldera o arreglar el tejado. La idea de subir a un avión y aterrizar en París me da ganas de estrujar a Allen en un abrazo de oso.

—Ya. Claro. —Allen, que ha captado mi emoción, me guiña un ojo—. Deberías ir. Petra necesita que alguien le solucione algunas trabas y te ha elegido a ti.

—Vale, pues genial. Gracias.

No sé si estarle agradecida a Petra o enfadarme porque está interfiriendo en mi vida. Elijo estarle agradecida.

Al ver que Allen se queda en la puerta, le pregunto si va todo bien.

—Sí, sí. —Baja la voz—. Las cosas en la empresa este año... Nos ayudaría mucho. A mí, sobre todo. Si pudieras ocuparte de ese asunto de Petra...

Desde que nos conocemos, Allen nunca se ha mostrado vulnerable delante de mí. Nunca, ni una sola vez, me ha pedido ayuda. En este momento, ahí de pie en mi despacho, parece haber envejecido diez años.

—Sí. Por supuesto.

—Estupendo —dice, más animado—. Le pediré a Cindy que te eche una mano con los vuelos. Y ya hemos preparado unas cuantas presentaciones para que las revises antes de irte.

Al día siguiente, durante la hora de comer, Liam y yo quedamos en el centro comercial, pero enseguida se desanima al ver que nos dirigimos a la tienda de maletas.

—¿Quién va de compras con el estómago vacío?

—Yo.

Suspira y me sigue hasta la tienda. Es un espacio ordenado y bien iluminado, con maletas perfectamente alineadas a lo largo de todas las paredes. Liam es el hijastro de L'Wren y yo lo considero una especie de hermano pequeño. Todavía no le he contado a L'Wren que Liam me está ayudando con Dirty Diana. Es la única persona de Rockgate a la que le he hablado de Dirty Diana, en realidad. Cuando Alicia y yo decidimos que necesitábamos ayuda para crear una página web, Liam nos pareció la persona perfecta, la que menos nos iba a juzgar. Y cuando se lo pedí, se le iluminó la cara.

—Lo entiendo, de emprendedor a emprendedor. —Hizo un gesto con las manos que abarcaba el sótano (el sótano de L'Wren, del que tendría que haberse mudado hace años porque ya es lo bastante mayorcito) y los montones de prótesis y efectos especiales sangrientos que crea y vende por internet—. Necesitas que tu proyecto crezca, pero estás convencida de que no llegarás muy lejos si tienes que empujar la roca cuesta arriba tu sola, ¿verdad?

Liam es creativo y desordenado, y, desde el día en que nos conocimos, cada uno de nosotros ha experimentado el abrumador deseo de echarle un cable al otro.

—¿Puedo ayudarlos?

106

Un hombre con acento italiano, vestido con un traje de franela gris hecho a medida, aparece ante nosotros y se presenta como Enzo.

—Está buscando una maleta... —me ayuda Liam.

—Por supuesto. ¿Sabemos de qué tamaño?

—Equipaje de mano.

—Para viajes internacionales. Se va a París.

—Oh, *magnifique*. —Enzo sonríe.

Tiene el pelo abundante y oscuro, y los ojos de un marrón intenso. Habla sin descanso sobre las maletas que nos rodean y Liam va asintiendo. Nos muestra diferentes modelos, y yo trato de no distraerme demasiado con la forma en que mueve los elegantes dedos al abrirlas y cerrarlas.

Se interesa por mi viaje y le digo que voy por trabajo.

—Y para divertirse un poco —añade él, al tiempo que asiente.

Luego anota los nombres de sus cafés favoritos y un bar que regenta su mejor amigo del colegio. Le digo que me pasaré por allí, desde luego, y durante unos instantes me pierdo al imaginarme sentada en un bar parisino junto a Enzo.

—¿Diana? ¿Salvia o terracota? —pregunta Liam.

—Perfecto.

Los dos se ríen y preguntan:

—¿Cuál?

—Salvia —digo, roja como un tomate.

—Se la queda.

—¡Estupendo! Si me lo permiten, iré a buscar una al almacén.

Cuando se gira, Liam levanta las cejas y sonríe. Pongo los ojos en blanco, pero me pilla.

—Dale tu número —susurra, y le clavo el codo en las costillas para que se calle—. ¿Qué? —pregunta con expresión inocente—. Está claro que le gusta viajar. Es italiano.

Enzo reaparece.

—Pues aquí la tenemos.

—A Diana le encanta viajar.

Le lanzo una mirada asesina.

—Ah, ¿sí?

—¿Y usted viaja mucho? —le pregunta Liam, y yo me pongo aún más roja.

—Siempre que puedo —responde Enzo—. Una de las ventajas de estar soltero.

Liam sonríe como si dijera «bingo» y yo busco mi cartera.

En la cola de los *pretzels*, Liam suspira.

—Dios, qué vergüenza. Tienes que refrescar un poco el tema coqueteo.

—No estaba coqueteando.

—Lo sé; quería ser generoso con la elección de palabras. La verdad es que no sé cómo definir esa especie de danza incómoda que acabo de presenciar.

—Cállate —le digo, echándome a reír.

Nos sentamos en una mesa pegajosa e intento no imaginarme en qué rincón de la zona de restaurantes se conocieron Oliver y la señora del corte de pelo *pixie*.

—¿Quieres un poco?

Liam arranca un trozo de su *pretzel* de azúcar y canela y me lo ofrece.

—Liam: de emprendedor a emprendedor —empiezo a decir, y enseguida veo un centelleo en sus ojos—, ¿aún crees que tú y yo podemos construir poco a poco Dirty Diana?

Liam y yo somos conscientes de nuestros papeles: yo soy la persona de las finanzas y él es el que tiene azúcar con canela en la barbilla. Aun así, siempre se le ocurren un montón de ideas creativas y sabe que en este momento no estoy buscando una respuesta, solo un poco de ayuda, la clase de apoyo bondadoso que él ofrece de todo corazón.

—Te llevo mucha ventaja. Sí. Y te van a encantar mis nuevos diseños. He creado uno pensando en una suscripción mensual, pero... vas a necesitar más contenido. —Da otro bocado al *pretzel* y luego se termina su limonada—. Lo entiendo. Quiero decir, entiendo por qué te vas a París.

—Voy a París por trabajo.

Sonríe.

—Claro. Vale, entonces entiendo por qué te preguntas si deberías desarrollar la página web.

—Ah, ¿sí?

—Sí.

—¿Y?

—Deberías tener algo que sea solo tuyo. Para ganar algo de dinero, claro, pero sobre todo para que tu alma no se marchite y muera en las aceras residenciales de Rockgate, como el alma de tantas mujeres vestidas con mallas de lululemon antes que tú.

Intento no sonreír demasiado mientras le cojo el *pretzel* a Liam y arranco un trozo generoso. El murmullo de la gente a la hora de comer llena nuestro silencio, hasta que por fin digo:

—Es un viaje de trabajo, en serio. Lo paga Allen.

Le doy un mordisco al *pretzel* y pienso en la posibilidad de llamar a Jasper mientras esté allí.

Liam se inclina hacia atrás en su silla y me mira como si me estuviera leyendo el pensamiento.

—Sí, ya, trabajo.

Esa tarde, de camino a casa, llamo a Alicia desde el coche. Alicia y yo hablamos casi todas las mañanas, pero hoy aún no hemos podido. Somos amigas desde que teníamos veinte años y, últimamente, ella también es la fuerza que me impulsa a hacer algo —lo que sea— con las entrevistas de Dirty Diana, que es como las llamamos nosotras. Creo que piensa que lo que necesito ahora mismo es concentrarme en algo creativo, sobre todo para no estar todo el día comiéndome el tarro por Oliver.

—¡París! ¿París, Francia?

—Sería más fácil si fuera Paris, Texas.

—¿Y no necesitas una ayudante?

—¿Para qué?

—Pues para lo que sea, literalmente: lavar tus prendas delicadas en el lavabo, pasearte en coche por la ciudad, editar cada una de tus fantasías parisinas. Hasta te regalaré mi propia fantasía. Pero llévame, ¡por favor!

—Es un viaje de trabajo. ¿Alicia? Te oigo teclear. ¿Estás comprando un billete mientras hablamos?

—Diana, esta mañana me he encontrado un gusanito de queso atrapado bajo una teta. No es broma. Creo que necesito escaparme. Podemos convertirlo en un viaje de trabajo de Dirty Diana.

—Nada de Dirty Diana. He quedado con una clienta.

—Entendido. Dirty Diana sigue siendo tu segundo trabajo. Oh..., vuelos baratos desde Dallas.

—¿Este domingo?

L'Wren se gira para mirarme desde el asiento del conductor mientras volvemos a casa tras una reunión escolar.

—Es un viaje de trabajo, L'Wren.

No sé por qué, pero hay algo en la expresión «viaje de trabajo» que no convence a nadie.

—Exacto. Te vas a reunir con una clienta importante, ¿verdad? Una. ¿Y eso te va a llevar cinco días? Dos cenas como mucho. Y luego, ¿qué vas a hacer? Conozco París como la palma de mi mano. —Habla deprisa, casi sin pararse a coger aire—. Es el momento perfecto. Halston y Emmy pueden quedarse a dormir en casa de Oliver el domingo y luego él puede dejarlas en el campamento el lunes. No le importaría, ¿verdad? Y probablemente sea lo mejor, porque si las llevamos nosotras nos entrará la llorera cuando se vayan.

Solo ha estado dos veces en París, pero, comparada conmigo, sí que conoce la ciudad como la palma de su mano.

—Me acompaña una vieja amiga de Santa Fe.

—¿Alicia?

—Sí.

Me preocupa que la noticia —el hecho de haber invitado a otra persona— hiera los sentimientos de L'Wren. Sin embargo, ella sonríe alegremente.

—Me muero de ganas de conocerla. Ya sabes que me llevo bien con todo el mundo. —Eso no es del todo cierto, pero me encanta que L'Wren lo piense—. Nos lo pasaremos muy bien.

—Es un viaje de trabajo —repito, esta vez solo porque me hace gracia.

—Por supuesto. Pero yo necesito largarme de Dallas unos días. No en plan «oh, París, qué divertido, ¿puedo ir contigo?». Es algo más —añade, con la voz entrecortada.

—L'Wren...

Se le llenan los ojos de lágrimas, sale de la carretera y, tras entrar en el aparcamiento de un 7-Eleven, apaga el motor.

—Si no voy a París contigo, puede que me acueste con Arthur. Varias veces.

—Oh, L'Wren.

—No puedo ni pensarlo y, al mismo tiempo, no dejo de pensar en ello. ¿Cómo es posible? Ojalá no lo hubiera conocido nunca.

Me desabrocho el cinturón de seguridad y apoyo una mano en la suya.

—¿Kevin y tú estáis pasando un mal momento?

—Lo mismo de siempre. Él es el mismo de siempre. Ni siquiera se da cuenta de lo ausente que estoy. ¿Qué significa eso?

—Bueno, la verdad es que es Kevin el que siempre ha estado un poco ausente. Por el trabajo, quiero decir.

—Ya, pues ahora yo necesito una distracción parisina. —Se seca los ojos y arranca para volver a la carretera—. Reservaré el mejor hotel. Disfrutaremos de un poco de tiempo para nosotras. Me vendría muy bien, Diana. Me estarías haciendo un favor.

L'Wren me ha estado haciendo favores desde que me acogió bajo su ala, cuando Emmy estaba en preescolar. Me dijo en qué colegio matricular a Emmy, me recomendó las mejores actividades extraescolares y me aconsejó a qué padres evitar en el carril para vehículos de alta ocupación. Sin ella, hubiera estado muy perdida.

—Claro. Cuantas más, mejor.

Cuando L'Wren me deja en casa, me alegro de que no haya ni una sola luz encendida, porque lo que quiero es que la oscuridad de la casa me absorba para poder esconderme aquí un rato. Recorro el pasillo a tientas, deslizando la mano por las paredes hasta llegar a mi dormitorio. Me tumbo en la cama y pienso en todas las cosas que debería hacer: editar nuevas entrevistas y terminar un cuadro, doblar la colada, apuntar a Emmy a la próxima temporada de fútbol, pagar esa factura electrónica que nunca se carga en mi tarjeta de crédito.

Voy al baño, me quito la ropa y me ducho a oscuras. Me meto en la cama y busco viejos episodios en *streaming* del programa de Petra; me paso las tres horas siguientes viéndolos a ella y a Mitch. Se apuntan a una clase de cocina y aprenden a hacer gofres. En el siguiente episodio, ella le enseña a conducir un coche de cambio manual. Entre bromas, acuerdan que no quieren tener hijos y, tumbados en la cama, hablan de cómo les gustaría que fuera el futuro: ella quiere ir a Cuba, él quiere probar la pesca con mosca.

El sonido de fondo de sus pequeñas discusiones me arrulla hasta que me duermo.

SEGUNDA PARTE

París

5

Alicia está delante del Yogurtland del aeropuerto internacional Fort Worth de Dallas, con una boina de color lavanda.

—*Bonjour* —exclama. Le entrega a L'Wren una boina roja a juego, de fieltro flexible—. Encantada de conocerte, L'Wren —dice, al tiempo que la abraza.

L'Wren no parece muy contenta. Para mí, Alicia saca una gorra de béisbol de color crema: en la parte delantera pone «París» escrito en el interior de un trébol de lentejuelas verdes.

—Es lo más hortera que he encontrado —añade.

Me la pongo y me admiro en una franja de espejo, delante de la tienda *duty-free*.

Llegamos a la puerta de embarque con tiempo de sobra. Alicia abre la cremallera de su maleta de cabina y nos muestra lo meticulosamente que la ha organizado: todo está comprimido en pequeños cubos y envases de 100 ml. Recuerdo que, cuando teníamos veinti-pocos, Alicia se pasó un año entero sin llevar ni monedero: guardaba las tarjetas de crédito y el dinero en una bolsa de plástico de una cadena de farmacias.

Una vez que embarcamos, me acomodo en mi asiento de primera clase, que en sí mismo es una especie de cápsula: la butaca es totalmente reclinable, tengo un edredón de plumas, dos almohadas y un neceser con muestras de productos de lujo. L'Wren está justo detrás de mí, quitándose los zapatos. Asomo la cabeza por el pasillo, intentando ver a Alicia.

—Lo siento —dice L'Wren, al ver que frunzo el ceño—. Se suponía que cambiarte el asiento a primera clase iba a ser una sorpresa agradable.

—No, si es increíble. Has sido muy generosa, pero me siento un poco mal por Alicia.

—Bueno, iba a volar en clase turista de todos modos, ¿no? Tampoco le ha cambiado nada.

—Sí, pero yo también iba a volar en clase turista. Íbamos a sentarnos juntas.

—No tiene doce años, Diana. Está bien.

—Sí, sí, claro.

Pero, en cuanto el avión despega y nos sirven la primera ronda de bebidas, me levanto con sigilo de mi asiento y paso junto a L'Wren, que ya duerme profundamente gracias al Xanax. Cojo mi copa de champán helado y me dirijo hacia Alicia. Es peor de lo que me temía: está en el asiento central, entre un hombre con cara de estar aterrorizado que viaja con un bebé y otro hombre, este bastante más mayor, que ya está roncando. Alicia está metida de lleno en la lectura de su libro y sigue llevando su boina.

Cuando me ve, levanto la copa.

—¡Salud! ¡Por París! —brindo, y le ofrezco la copa. Alicia sonríe.

—Me estás avergonzando delante de mis nuevos colegas.

Tras unos minutos de cháchara en susurros, el hombre que ronca se quita el antifaz.

—Tu amiga está bien. Vuelve a primera clase.

Volamos durante toda la noche. Cuando ya estoy a punto de dormirme, me imagino que viajo para encontrarme con Jasper, que me recogerá en el aeropuerto con un ramo de flores silvestres y me llevará al sur de Francia para pasar unos maravillosos días al sol. Pero, después de ponerme el bikini en el baño de la villa, abro las puertas y veo a Oliver esperándome en la cama, con un bañador azul brillante, el pecho bronceado y los ojos relucientes. Me despierto sobresaltada. Intento distraerme con la televisión. Voy bajando por la lista de canales durante un buen rato, hasta que me decido por una reposición de *Seinfeld*. La situación, sin embargo, me recuerda demasiado a cuando Oliver y yo veíamos la tele juntos, así que la apago. Contemplo a través de la ventanilla el destello rojo de las luces traseras hasta que me quedo dormida.

A mitad del vuelo, regreso junto a Alicia, que sigue absorta en su libro y parece cansada. La convenzo para que me cambie el asiento. Después de algunas maniobras, consigo colocarme de lado, con las rodillas pegadas al pecho, y caigo en un sueño poco profundo. Entonces se encienden las luces de la cabina, que me deslumbran, y se sirve el desayuno. Mientras mordisqueo un *croissant* y bebo un zumo de naranja tibio, pienso en mandarle un mensaje a Jasper. ¿Debería decirle que voy a Europa? Fue él quien inició todo esto. ¿Qué pasaría si le dijera que estoy en París?

L'Wren y yo vigilamos su montaña de equipaje mientras Alicia va en busca de un taxi lo bastante grande. L'Wren me rocía la cara con algo fresco que huele a rosas y me da una bolsita de vitamina C en polvo.

—Para el *jet lag* —dice, al tiempo que levanta la botella de agua como si fuera a hacer un brindis—. Míranos. Tú has pasado por un infierno estos dos últimos meses. Yo he sentido la tentación por primera vez en mi vida y tengo un reflujo ácido que mi acupuntor no puede curar. Pero vamos a dejar todo eso en Rockgate, porque ahora somos mujeres nuevas. Y aceptarás todas mis sugerencias, ¿verdad?

—Claro. —Sonrío—. Dentro de unos límites razonables.

—No. Sin límites. Vamos a decir que sí a las ideas más descabelladas, sean cuales sean. Durante cinco días enteritos.

—Vale.

—«Vale» no me sirve.

—Sí. Sí, L'Wren.

—Perfecto. Bueno, pues aquí está el itinerario —dice, mientras me muestra una lista en su teléfono— con unos pequeños huecos para tus reuniones.

Una vez que nuestro equipaje está bien apilado en el maletero y el asiento delantero del taxi, me apretujo entre Alicia y L'Wren en la parte de atrás. Me siento deslumbrada, fascinada incluso por lo distintas que parecen aquí las anodinas carreteras que suelen rodear los aeropuertos. Contemplamos en silencio el paisaje hasta que nos acercamos a nuestro hotel y la belleza del centro de la ciudad se despliega ante nosotras.

—¡Hasta los perros son más elegantes en París! Mirad qué abriguitos tan monos llevan —dice Alicia.

—¿Te he enseñado el perro de Arthur? No es que a

mí me entusiasmen los perros, pero este es una pasada.

L'Wren me muestra en el teléfono una foto de un husky blanco y negro precioso. Alicia echa un vistazo al teléfono de L'Wren.

—¿Arthur es tu marido?

—¡No! Qué va. Arthur trabaja conmigo. Es voluntario en mi grupo de rescate de mascotas.

Reconozco al instante la postura que adopta Alicia: se inclina hacia delante, con expresión curiosa.

—¿Por qué tienes una foto de su perro en tu teléfono?

—A L'Wren le encantan los animales —digo.

—No sé por qué —se limita a responder L'Wren—. Supongo que porque es mono.

Alicia se reclina de nuevo en el asiento y mira por la ventanilla mientras avanzamos lentamente entre el tráfico. Me alivia que haya perdido el interés.

—¿A tu marido le cae bien Arthur? —pregunta al poco.

Aún no hemos llegado al hotel, y mis temores sobre la posibilidad de que no congenien se están haciendo realidad.

—¿A mi marido? —repone L'Wren en tono alegre—. Mmm. En realidad, a Kevin no le cae bien nadie.

—¿Cómo está? Quiero decir... A mí Kevin me cae muy bien.

Me doy cuenta de que las dos me están observando fijamente, así que dirijo la mirada hacia la parte trasera de la gorra del conductor y luego finjo un bostezo.

—Me alegra saber que te cae bien, Diana —se ríe L'Wren—. Está en Londres por no sé qué asunto importantísimo.

—¿Vas a ir a verlo? —pregunta Alicia, que al parecer no quiere dejar el tema.

—No me lo había planteado.

—Está tan cerca. ¿Una noche romántica en París?

—¿Y tú? ¿Vas a ver a tu marido? —contraataca L'Wren.

—Mi marido está en Santa Fe.

—¡Pues yo me alegro de no tener marido! —exclamo—. Todas tenemos maridos majos, menos yo, y niños majos y personas encantadoras con perros monísimos en nuestras vidas. ¡Oh, mirad! La torre Eiffel.

—La luz es perfecta —dice Alicia, al tiempo que se gira para ver mejor—. ¡Tenemos que hacer una foto!

Miro a L'Wren. Intuyo que lo último que quiere ahora mismo es parar, pero sonríe y dice:

—Es el viaje del sí.

Mientras nos acercamos al hotel, L'Wren explica que, durante una de las antiguas reformas del hotel, los albañiles encontraron un perro callejero y lo acogieron.

—Por eso su logotipo es un galgo —concluye.

Alicia y yo intentamos escuchar con educación, pero el vestíbulo nos deja sin aliento: grandioso, de techos altos y delicadamente decorado con brocados, mármol, oro y cristal. El botones nos enseña nuestra suite, que consta de dos dormitorios con una sala de estar compartida. L'Wren saca la cartera y le da una propina.

—Muchas gracias. ¿Se asegurará de que las reservas para esta noche estén en orden?

—Por supuesto.

—Esta habitación es preciosa —murmura Alicia, que está tan asombrada como yo—. Gracias, L'Wren. *Merci.*

Es una suite contemporánea y elegante, con lámparas de cristal de Murano y suelos de roble teñido. Alicia da vueltas frente a la chimenea como si por fin estuviera en casa.

L'Wren se sienta en el amplio escalón de mármol de la entrada de la suite. Su expresión es recelosa, como si no se fiara de aceptar la gratitud de Alicia.

—Diana, no me importa compartir habitación. ¿Nos quedamos esta? —pregunta, mientras señala una habitación con dos camas grandes y su propio balcón con vistas a los lujosos jardines del hotel.

—No seas tonta. —Alicia lleva mi maleta hacia la habitación compartida—. Tú has elevado este viaje a otro nivel. Diana y yo compartiremos habitación.

Ahora formamos un triángulo perfecto: somos tres ángulos que suman 180 grados de habitación de hotel. Lo único que quiero es desplomarme en una cama y que estas dos dejen de tratarse con falsa amabilidad.

—¿Por qué no la compartís vosotras y yo me quedo la otra habitación?

No espero su reacción. Apenas me puedo creer lo que acabo de decir: es L'Wren quien debería quedarse la otra habitación, ya que la ha pagado, pero creo que París me está empezando a afectar. En cierto modo, me siento más libre, a pesar de que acabamos de llegar. Mis amigas se me quedan mirando, boquiabiertas, mientras arrastro mi maleta al dormitorio más pequeño.

—Bien, pero nada de siestas —exclama L'Wren, al tiempo que da una palmada—. Hoy tenemos que aguantar como sea para adaptarnos a la hora de París.

Sola en mi habitación, abro las cortinas y veo los Jardines de las Tullerías y las copas de los castaños al otro lado de la calle. Es incluso más bonito de lo que había imaginado. Un verano, mi madre y yo nos pasamos una semana entera en el cine, viendo solo películas francesas. Ella intentaba empaparse de «su oficio». A mi madre le encantaba Jeanne Moreau, imitaba cada una de sus expresiones. No le valió para conseguir papeles como actriz, pero las dos agradecíamos el aire acondicionado y los grandes cubos de palomitas. Ahora que estoy en París, me sorprende lo mucho que recuerdo la atmósfera de esas películas.

Deshago el equipaje, cuelgo mis vestidos de verano en el armario y me pregunto si L'Wren tenía razón al traer tanto equipaje. A lo mejor tendría que haber metido algún conjunto más en la maleta.

—¡Diana! —me llama Alicia—. Nos vemos abajo dentro de diez minutos para desayunar. L'Wren y yo nos morimos de hambre.

Debería aliviarme que se hayan puesto de acuerdo en algo. Me doy una ducha fría rápida y me pongo un vestido arrugado. Miro el móvil: quiero llamar a Emmy antes de que se vaya de campamento, pero sé que aún es demasiado temprano en Texas. No tengo llamadas perdidas de Oliver, lo que debe de ser una buena señal.

Sentadas en la terraza de un pequeño café con la fachada pintada de azul y adornada con flores, tomamos café expreso y comemos pastelillos de hojaldre.

—*Petit déjeuner* —repite Alicia, hablando consigo misma.

—*Oui. Très bien* —la felicita L'Wren, en un tono un tanto condescendiente.

Yo me acomodo en la silla y bebo un largo sorbo de agua. El café está en una colina y desde aquí puedo ver parte de la Feria de las Tullerías. Me imagino que estoy aquí con Emmy y que hacemos cola para las atracciones. Imagino que viajamos las dos solas. En mi fantasía, la he convencido para que me deje dibujarla de pie frente al Louvre: el viento le sacude la larga melena ondulada, que le cae por delante de la cara. Es una imagen preciosa, que espero hacer realidad algún día, pero tengo un mal presentimiento. Sé lo que es: la sensación de que falta alguien, aunque no sé quién. Pero... ¿por qué tengo que sentir que falta alguien?

Me paso una mano por delante de los ojos, como para ahuyentar esos pensamientos. Me incorporo un poco y doy un mordisco a mi *croissant*. Si sigo moviéndome, quizá no sienta esta tristeza.

—L'Wren, ¿qué es lo siguiente en la agenda?

Se le iluminan los ojos.

—He tenido en cuenta que hemos dormido poco,

129

que es la primera vez que vosotras visitáis la ciudad, y también he considerado la afluencia de gente y el tiempo... —Levanta la vista hacia el cielo, como si quisiera entender la posición del sol y su influencia en nuestro itinerario—. Empezaremos por el Arco de Triunfo. Luego iremos a los Campos Elíseos y, después, cogeremos la avenida George V hasta la Llama de la Libertad. Cruzaremos el puente y haremos una paradita en Pierre Hermé para comer unos *macarons* y beber algo fresquito antes de que nos dé un síncope por el calor. Y luego, esta noche..., esta noche decimos a todo que sí... Comida, champán y más comida... —L'Wren se interrumpe. Los rasgos se le suavizan y los ojos se le empañan: su expresión es tan visiblemente soñadora que tengo la sensación de que podría estar bromeando, como una actriz que intenta impresionarnos con su asombroso talento—. Dios, qué ganas tengo de sexo —murmura. Luego, al notar nuestros ojos clavados en ella, se sonroja—. ¿No tenéis la sensación de que aquí todo el mundo está un poco enamorado?

Miramos las tres a nuestro alrededor. El murmullo suave de otras conversaciones. La glicinia que cuelga de la fachada, tan inmensa que requiere un permiso municipal especial.

—Deberías llamar a tu marido —dice Alicia con

voz dulce—. Que se reúna contigo en París para pasar la noche. Es solo un viaje en tren. O ve a verlo tú a Londres.

—Sí. —L'Wren deja de contemplar la acera y se concentra de nuevo en la mesa. Me mira primero a mí y luego a Alicia—. ¿Por qué no suena divertido?

—Porque estás enamorada de otro.

—¡Alicia!

—¿Qué? ¿No se puede decir en voz alta?

L'Wren se yergue en su silla.

—Tú no puedes decirlo —afirma, en tono gélido—. Solo te conozco desde ayer.

Alicia insiste.

—Lo siento. Quiero decir que... es completamente normal. Esperable, incluso. Ha sonado un poco bestia al decirlo yo, pero en realidad no es para tanto. Estas cosas pasan.

—Es mi matrimonio. Es mi vida. Claro que es para tanto —murmura L'Wren sin apartar la vista de su café.

—Lo siento mucho —dice Alicia—. Pero, sinceramente, todo el mundo pasa por momentos así en un matrimonio. El año pasado quería acostarme con mi alergólogo. No hacía más que inventarme excusas para ir a verlo.

Consigue hacer reír a L'Wren, pero eso solo sirve

para que las lágrimas le caigan aún más rápido. Se las seca con la servilleta.

—¿Y te acostaste con él?

—Qué va. No podía estar menos interesado en mí. Tampoco sé si yo quería llegar a eso de verdad. Y ese es el tema: entiendo tu confusión y siento haber sido demasiado directa.

—No, estaba siendo un poco frívola. No es culpa tuya. —Se suena la nariz en la servilleta—. Tienes razón. Me preocupa estar enamorándome de Arthur. Y no quiero.

—A lo mejor es una cosa pasajera —sugiero.

—No. Te aseguro que quiero follarme a Arthur. Aquí mismo, en esta mesa. En la calle. En un coche.

Me sorprende que L'Wren se abra tanto. Me escuecen los ojos por el cansancio y estoy un poco grogui por la cafeína.

—¿Y en un barco también?

Alicia se vuelve hacia mí y frunce el ceño.

—Lo siento —le digo—. Un comentario muy infantil. Lo siento mucho.

—Pues sí, en un barco también me lo follaría —responde L'Wren.

—Madre mía.

—Quiero hacerlo. ¿Puedo? Solo una vez...

—L'Wren... —digo, intentando sonar madura—,

probablemente ni siquiera se trate de él. Tus sentimientos por Arthur tal vez tengan más que ver contigo y con Kevin. Puede que esto no tenga nada que ver con Arthur.

—Pues claro que tiene que ver con Arthur. Es perfecto, Diana. Hablamos. En plan que nos pasamos toda la noche hablando por teléfono. Kevin y yo nunca hablamos. O sea, hablar de verdad. Nos ponemos al día y luego nos vamos a la cama. Hacía mucho que no me apetecía tanto hablar con un hombre.

Busco la mirada de Alicia, pero ella está observando a L'Wren con una expresión serena y empática. No sé muy bien qué decir, aunque intuyo que L'Wren quiere que la aconseje, o que lo intente al menos.

—Puede que Alicia tenga razón. A lo mejor deberías quedar con Kevin, en un sitio nuevo, lejos de vuestro día a día. Me dijiste lo mismo cuando Oliver y yo teníamos problemas: «Haz todo lo que esté en tu mano para salvar tu matrimonio o con el tiempo te arrepentirás».

De vuelta al hotel, paseamos cogidas del brazo por un amplio y frondoso bulevar repleto de tiendas de lujo. Pasamos por delante de impresionantes escaparates repletos de chaquetas italianas acolchadas combinadas con vestidos lenceros de satén, mocasines dorados de piel de cordero, y atrevidos y extraños looks de alta costura. Alicia y yo intercambiamos una mirada: si hay algo que pueda levantarle el ánimo a L'Wren...

—Oh, L'Wren —exclama Alicia, al tiempo que se para delante de una chaqueta corta de cachemira—. Fíjate, te quedaría increíble.

L'Wren sonríe. Parece contenta.

—El rojo no me va mucho. —Da un codazo a Alicia y señala un conjunto vaquero con tachuelas metálicas—. Pero a ti te veo con eso.

—Es precioso —admite Alicia—, pero es que soy muy meona y los monos me parecen incómodos.

En la tienda de al lado, soy yo la que se queda sin aliento: el vestido del escaparate es espectacular. Es de un verde intenso, con la falda larga y amplia. No se me ocurre ningún motivo por el que no debería tenerlo.

—Guau —se limita a decir Alicia.

—Pruébatelo —me anima L'Wren.

—Seguro que cuesta más que mi hipoteca.

Motivo más que suficiente para no probármelo.

—Solo te pido que te lo pruebes —insiste L'Wren.

Entramos en la boutique, iluminada por una peculiar lámpara de araña en forma de pájaro. Delante de cada uno de los probadores hay sillones de cuero gastado.

La mujer que está detrás del mostrador, vestida con un traje de pantalón en color negro, es la viva imagen de la elegancia. Tiene los pómulos afilados y luce un corte de pelo recto. Si no fuera porque L'Wren tiene una mano apoyada en mi espalda, ya habría dado media vuelta y habría salido corriendo de la tienda.

—¿En qué puedo ayudarlas? —pregunta la mujer.

—A nuestra amiga le gustaría probarse el vestido del escaparate —dice Alicia.

Estoy convencida de que la dependienta sabe que no puedo permitirme nada de lo que venden en esta tienda, pero aun así me dedica una sonrisa cálida.

—Por supuesto. Si necesitan algo más, soy Marie.

Alicia empieza a animarme, como si estuviéramos viendo un partido de fútbol en Texas.

—¡Vamos, Diana, vamos! ¡Vamos, Diana, vamos!

Dentro del probador con espejos, me pongo el vestido. La falda me llega justo por debajo de las rodillas. Apenas me reconozco al verme reflejada. Me siento un metro más alta y tengo la sensación de que mi piel parece más clara. Este vestido me transforma. Llevo demasiados años trabajando en un empleo en el que paso tan desapercibida que podría fundirme con los muebles. La mujer del espejo sigo siendo yo, pero una versión que no vive asfixiada por un divorcio inminente, las cuotas de la hipoteca y las tardes llevando a su hija a jugar con sus amigas. La mujer que veo en el espejo disfruta del sexo salvaje y recibe tantas invitaciones para fiestas que le es imposible asistir a todas.

Marie asoma la cabeza en el probador.

—¡Guapísima! Pero no puede ponerse ese vestido sin tacones. Ahora vuelvo. ¿Un 37?

—Sí, exacto.

Es buena.

—¡Queremos verte! —grita Alicia.

—¿Es para una ocasión especial? —pregunta Marie, que vuelve con un par de zapatos de tacón.

No tengo valor para decirle que no es para ninguna ocasión especial. Nunca ha habido una ocasión especial.

—Un evento nocturno —respondo con desgana.

Segundos después, Marie me pone una elegante americana negra sobre los hombros.

—¿Gafas de sol?

—Sí —contesto, escondiendo en el fondo del bolso mis gafas de diez dólares compradas en una gasolinera. Me da unas gafas estilo ojo de gato. Antes de que tenga tiempo de preguntarme si quiero un bolso, salgo del probador. L'Wren sonríe.

—Dios mío. No te irás de París sin ese vestido.

Hago cuentas mentalmente. Si no vuelvo a comer

fuera nunca más, renuncio a mis clases semanales de tenis durante un año entero y dejo para más adelante lo de cambiar el aire acondicionado, casi puedo permitírmelo todo.

—Me lo quedo —digo.

Deseo desesperadamente ser esa mujer. Aunque solo sea durante unos días en París.

Por la tarde, nos marchitamos como flores cortadas. Tenemos los pies hinchados y la cabeza espesa y dolorida. He comprado montones de postales para Emmy en cada parada del camino, y L'Wren también ha cogido una, en su caso de un gatito con boina. Pasamos el resto de la tarde en el hotel: yo aguanto como una campeona hasta las nueve de la noche. Al llegar esa hora, me rindo y me hundo en las frescas sábanas de lino, con mi vestido nuevo extendido al lado en la cama de matrimonio.

6

Me despierto antes del amanecer por culpa del *jet lag*, así que me visto sin hacer ruido y salgo del hotel. Recorro las calles del barrio y luego me aventuro más lejos: paseo junto al Sena y llego a Le Marais. El sol empieza a salir. Los cafés resplandecen y los adoquines parecen mojados. Me detengo para hacer una foto y, sin pensármelo dos veces, se la envío a Jasper.

Adivina dónde estoy.
¿Hay alguna posibilidad
de que pases por aquí?

Me guardo el móvil en el bolso y sigo la luz del sol, que baña las calles de una tonalidad naranja pálido. Las *boulangeries* del *quartier* huelen tan bien que me lleno los brazos con dos *baguettes*, dos *pains au chocolat* y tres *croissants* calientes. De vuelta en la habitación, encuentro a Alicia y a L'Wren ya despiertas, tomando un café expreso. L'Wren lleva un pijama de seda de color amarillo mantequilla y toma notas en el bloc del hotel mientras habla por teléfono con el conserje.

Alicia está tumbada en el suelo, estirando la espalda y leyendo.

—Tiempo libre hasta esta tarde —susurra—. Y vamos a retrasar la comida una hora. —Tiene en la mano el mismo libro con el que parecía tan absorta en el avión—. Sabes quién es, ¿verdad? —Se sienta y señala el nombre de la autora: Sandrine Lemaire. En la contracubierta aparece una foto de cuerpo entero de Sandrine, que está sentada en un taburete con las piernas cruzadas, sonriendo a la cámara—. Es la Katie Couric francesa. Tiene tanta clase... Y, sin embargo, sus memorias son una locura. Se ha traducido a un millón de idiomas. Muy erótico. —Me lo lanza a los pies—. He doblado la esquina de las páginas más interesantes.

Lo cojo y admiro la sencillez de la contracubierta, lisa con el título en letras doradas: *Jugando con muñecas*.

—Investigación para Dirty Diana. —Alicia sonríe. Termina de estirarse y se acomoda a mi lado en el sofá—. ¿Has quedado hoy con Petra?

Asiento con la cabeza, ya medio absorta en el libro de Sandrine. La primera página es un listado de críticas aparecidas en los medios. Entre elogio y elogio, alguna reseña negativa, como si el libro se enorgulleciera de su propia mala prensa:

Lo bastante depravado y repugnante para ganarse la atención de lectores imbéciles.

Rancio.

Escrito únicamente para excitar, carente de mérito.

Alicia me mira por encima del hombro, sonriendo.
—Deberías ver las críticas en internet, son aún más entretenidas. —Busca en su teléfono y me lee sus favoritas—: «Leí este libro de principio a fin cuando mi amante estaba de viaje de negocios. Lo más gracioso es que, mientras leía, mi reloj Apple no hacía más que recordarme que respirara... Estas memorias me ayudaron mucho en momentos difíciles... ¡Una revelación absoluta! Me encanta la honestidad de su vida de alcoba...». Te lo presto —añade Alicia—. Voy a darme una ducha, luego me voy a comprar recuerdos para Elvis y a comer en todas las creperías que encuentre por el camino.

L'Wren se marcha al mismo tiempo que Alicia, en su caso para ir al spa.

—Diviértete con Petra y nos vemos a las dos —me recuerda.

A solas en nuestra suite, le escribo una postal a Emmy, luego paseo por la silenciosa habitación, esperando noticias de Petra. Al cabo de unos minutos, me tumbo en el sofá, extiendo un brazo y sostengo el libro por encima de la cabeza. Elijo una página al azar:

El proceso de crecer consiste en comprender que no somos el centro del universo, que los demás no están aquí para servirnos. ¡Y es verdad! Pero, en tus fantasías, puedes olvidarte un poco de eso, e incluso fingir que otras personas son tus muñecas, que están aquí única y exclusivamente para tu entretenimiento. El orgasmo es, en mi opinión, el lugar más seguro para ello.

Al acabar, emerjo revigorizada de mi secreta depravación y me dedico a ordenar las habitaciones de mis hijos y a ser la persona cariñosa, generosa, respetable y socialmente comprometida que soy durante las otras veintitrés horas y media del día.

Me suena el teléfono cuando recibo un mensaje de Petra, en el que me dice que ya está libre para quedar conmigo.

Cerca de la fuente. Jardines
del Trocadero.

Cojo la ruta larga que bordea el Sena y trato de no
pensar en el hecho de que Jasper no me ha contestado.
Veo un puesto de chuches al final de la manzana: me
detengo ante las hileras de latas de alegres colores, rebosantes de azúcar, y lleno una bolsa de gominolas.
Seguro que L'Wren me regaña por comprar caramelos baratos cuando estamos rodeadas de las mejores
chocolaterías parisinas, pero las chuches me recuerdan a Emmy, y me las voy comiendo mientras me dirijo a la fuente.

Caminar sola por París es como un sueño. Varias
parejas se reúnen para bailar el tango en uno de los
anfiteatros a orillas del Sena. Me abro paso educadamente entre la pequeña multitud. Los hombres visten
impecables camisas abotonadas con jerséis informales
sobre los hombros. No se ve ni un polo de fútbol americano de la Universidad de Texas. Me hipnotiza una
pareja vestida de negro que parece flotar sobre el escenario improvisado, el hombre en una postura perfecta
y la mujer con la cabeza girada hacia el otro lado. El
aire se llena de aplausos.

Me detengo en medio del puente de Alejandro III,

decorado con esculturas de querubines, ninfas y caballos alados. Contemplo el río y la escena me deja sin aliento. Los monumentos parisinos están llenos de romanticismo, no de ego. Me fijo en un fotógrafo que está haciendo fotos a una novia que posa frente a una de las farolas, elegante y esbelta con un vestido de seda blanca. Lleva un ramo de rosas de color rosa pálido.

Cuando por fin llego a los jardines, no tardo en encontrar a Petra: está sentada en un banco, con un refresco y una bolsa de McDonald's al lado.

No puedo evitar sorprenderme.

—¿Te estás comiendo un Big Mac?

—Un McMuffin de huevo con queso. ¿Patatas? —pregunta, al tiempo que me ofrece la bolsa—. No me mires así. Es una tradición. Mitch y yo solíamos venir aquí una mañana de junio cada verano, nos traíamos comida de McDonald's y admirábamos las flores. —Sonríe—. En el fondo, seguía siendo un crío de Texas...

Su sonrisa se esfuma rápidamente. Me siento a su lado, nos quedamos las dos en silencio y sigo su mirada hasta una panorámica perfecta de la torre Eiffel.

—Debes de echarlo de menos todos los días.

Petra me tiende su refresco, sin apartar la vista del frente, y yo bebo un sorbo.

—Por las noches, cada hora en punto, se ilumina

durante cinco minutos. —Petra hace bocina con una mano—. ¡Bien por usted, querido monsieur Eiffel, y sus innovaciones de acero! Qué hombre. ¿Sabes que uno de los proyectos finalistas fue una gigantesca guillotina reluciente?

—Eso no es verdad.

—Pues resulta que sí lo es. Y tú, pobre estadounidense bobalicona, romantizando el civismo de otra cultura.

Cojo una patata frita caliente de la bolsa y observo a dos niños pequeños que se atreven a acercarse al borde de la fuente.

Petra asiente.

—A Mitch le gustaba conocer todos los detalles intrascendentes de la historia de un lugar. Todos los chismes y cotilleos.

Saco mi cuaderno y, mientras ella me cuenta por qué Mitch quería vivir en París, dibujo el vaso de refresco perlado de condensación, la pajita y el comienzo de sus dedos apoyados en el banco, al otro lado del vaso.

Petra echa una ojeada a mi dibujo y luego aparta la vista.

—Bueno, pues ahora que te tengo aquí, cuéntame más sobre tu proyecto.

Le hablo de las entrevistas que he grabado y también le digo que nadie, aparte de unas pocas personas, sabe lo que estoy haciendo.

—Ni siquiera mi marido. Bueno, exmarido. Y una de mis mejores amigas no tiene ni idea porque he sido demasiado cobarde para contárselo, pero está aquí en París conmigo, y yo todavía no se lo he dicho. Supongo que solo tengo que averiguar cómo compartirlo, qué partes son interesantes.

—Todo es bastante intrigante, Diana. Te hace mucho más interesante.

Me río, cierro el cuaderno y lo guardo en el bolso.

—Yo podría ser interesante si no estuviera trabajando para Allen.

—Eso es discutible. —Me mira a la cara y frunce el ceño—. Estoy segura de que hay muchos contables interesantes. Pero la mayoría no hacen porno. Así que les llevas ventaja.

—No es porno.

—Lo llames como lo llames, siento curiosidad.

—¿Has pensado en la empresa? —pregunto, mientras Petra sigue sonriendo.

Mi pregunta parece un poco desesperada, pero por algún motivo no puedo dejar de pensar en la mirada de Allen cuando me pidió ayuda.

Petra, sin embargo, me ignora y me acribilla a preguntas sobre Dirty Diana y lo que hemos hecho hasta ahora Liam y yo. Le describo el diseño de la página web con los retratos que he hecho de las mujeres y enlaces a sus entrevistas.

—¿Y dónde grabas?

Cuando le digo que no tengo un espacio reservado para eso, frunce el ceño.

—¿Has pensado alguna vez en crear una web profesional? En gastarte algo de dinero y buscarte un público. Una «marca». Sí, ya lo sé, es una palabra fea.

—No lo sé. Sigo grabando fantasías en la oficina cuando todos se van. Tal vez. Algún día. Hasta ahora, soy feliz dando pasitos de bebé.

—Los pasitos de bebé son para los bebés, Diana.

—Y nosotros aún estamos aprendiendo a caminar.

Vuelve a fruncir el ceño.

—Eso me gusta..., pero también me sobra una planta de oficinas en Dallas. Está vacía. Nadie la usa y sería gratis. Me gusta pensar en alguien creando algo allí.

—¿No estábamos aquí para hablar de tus negocios?

—Ah, ¿sí? Qué aburrido. ¿Podríamos no fingir que has venido hasta París para hablar de la empresa?

—Lo siento, es que..., es más o menos así.

Petra suspira.

—Mitch adoraba a Allen y supongo que se lo debo.

—Entonces ¿ya está? ¿Puedo decírselo a Allen?

146

—Lo consideraré seriamente. Te lo prometo. —Se pone en pie y arruga su bolsa de McDonald's—. Vámonos. Tengo que hacer la compra y tú me acompañas.

Tira la bolsa de papel en una papelera cercana y yo la sigo a través de las puertas del parque. Me coge del brazo.

—Sabes, sea lo que sea lo que estás construyendo, Diana, podría ayudarte.

—Pasitos de bebé.

Petra me lleva a su verdulería favorita y luego a una carnicería, a cuyo dueño saluda como si fuera un viejo amigo. Cuando volvemos a salir a la calle, me doy cuenta de que se acercan dos hombres.

—¡Émile! —exclama Petra—. Te presento a Émile y a su amigo, Gabriel. Esta es Diana.

—*Enchanté* —dice Émile, que tiene una sonrisa cálida.

Gabriel es llamativo: tiene los ojos oscuros y una espesa melena salpicada de canas.

Me besa en ambas mejillas y siento una atracción inmediata.

—Encantada de conoceros a los dos.

Émile se vuelve hacia Petra y le habla muy rápido en francés antes de besarla delicadamente en los labios. Luego se dirige hacia una tienda de ropa con Gabriel, que me mira y sonríe antes de entrar.

Petra se vuelve hacia mí, con un ligero rubor en las mejillas.

—Oh, se me olvidaba que eres estadounidense. De verdad, se me ha olvidado. Émile es mi secundario. Era. ¿Es?

—¿Secundario?

—Mitch era mi primario. Y Émile era nuestro secundario. Teníamos una relación abierta.

—Ah, ya. Sí, claro.

—No pasa nada por sorprenderse. Todo el mundo cree que éramos tal y como nos veían en nuestro programa.

—¿Sorprenderme? No. Quiero decir, es guay.

—Mientes fatal.

Petra se ríe y nos quedamos las dos contemplando nuestro reflejo en el escaparate de la tienda; al otro lado del cristal, Émile y Gabriel están encorvados sobre una mesa de camisetas con estampado de cachemira. Petra se gira sobre sus talones.

—No te preocupes, ya nos alcanzarán.

—Ahora en serio: si funciona, me parece genial —digo, mientras me apresuro a seguirla—. Yo solo tenía un marido y no he conseguido que nuestra relación funcione, así que...

En realidad, no me está escuchando, sino que se ha detenido para hacer una foto a un edificio de color melocotón.

—¡Ese es justo el color de pintura que quiero! Para el vestíbulo. —Envía la foto a su ayudante y sigue caminando—. Las cosas han estado un poco tensas desde que Mitch murió. Él era quien realmente nos mantenía unidos. Yo no lo sabía en ese momento, pero ahora, y esto nunca se lo diré a Émile, todo me parece un poco... vacío.

—Todavía es demasiado reciente —sugiero—. Imagino que te sientes muy sola.

Entramos en la tienda de al lado, como si quisiera darme a entender que se han terminado las confidencias.

—Mitch amaba a Émile. Y yo amaba a Mitch. Y me encantaba que estuviéramos los tres juntos.

Después de recorrer unas cuantas manzanas más y entrar en otras dos tiendas, Petra y yo hacemos planes para quedar a tomar algo. Me doy cuenta de que no he hecho ningún progreso para Allen, pero aun así le sugiero, como quien no quiere la cosa, que extienda a Gabriel y a Émile la invitación para tomar unas copas.

—Por supuesto —responde, con una sonrisa de complicidad.

Echo a correr por las concurridas calles para ir a comer con L'Wren y Alicia. L'Wren ha elegido su sitio favorito de cuscús y nos sentamos en la barra de zinc para comer tayín y beber cerveza fría. Cuando volvemos a la habitación, me tumbo para echarme una siesta, pero acabo sumergiéndome de nuevo en las memorias de Sandrine Lemaire.

Cuando empecé a ganar mi propio dinero, solo me preocupaba de gastarlo en cosas de chicas: telas agradables al tacto, vestidos estampados, tacones altos, medias y, tras mi divorcio, papel pintado, cortinas y alfombras, en tonos rosa y crema. ¿Y qué era lo que más placer me daba contemplar? Otras mujeres hermosas, cuanto más jovencitas mejor.

Este anhelo de tener relaciones sexuales con mujeres que parecen muñecas es algo que siento desde que iba al colegio. Al ser bajita, morena y forastera, me excluían del grupo al que más deseaba unirme: el conjunto de las rubias, las que usaban perfume que olía a brillo de labios afrutado. Todas eran delgadas y se habían acortado la falda del uniforme hasta que les quedaba a escasos centímetros por debajo del culito redondo. Me parecían idiotas, caricaturescas y torpes, pues lo único que hacían era repetir como loros gestos insulsos para los que les faltaba experiencia. Pero habría dado cualquier cosa por conseguir su atención. Era invisible para ellas. Si se fijaban en mí, era solo para burlarse de mi ropa o de mis aficiones.

Después de los dieciocho, no volví a ver a esas chicas. A partir de los veinte, sin embargo, cuando empecé a acostarme con hombres, en mi imaginación erótica les ataba las muñecas a la espalda a esas chicas mientras lo hacía con ellos.

Estas fantasías me excitaban muchísimo. Empecé a sentirme atraída por hombres con la polla grande y gorda, y me permitía imaginarlos como una extensión de mi propio cuerpo. «Ahora, esa es mi erección —pensaba— y voy a usarla.» Pero, si soy sincera, yo nunca quise hacerle el amor con ternura a ninguna de esas chicas con las que fantaseaba. Quería agarrarlas por el moño, echarles la cabeza hacia atrás y besarlas con brusquedad. Para mí, esas chicas eran muñecas con las que podía jugar.

Doy la vuelta al libro y vuelvo a estudiar la foto de Sandrine. Su postura perfecta. Sus medias. Su pelo peinado de manera impecable, su sonrisa discreta y normal. Jamás habría imaginado que fuera así. Me fascina la desconexión.

Cuando el hombre con el que me acostaba empujaba y gruñía, con la polla dentro de mí, yo le decía a la chica de mis fantasías: «No tienes que moverte. Quédate quieta». Verás, una vez me acosté con un chico que me dijo exactamente esas mismas frases. Sus palabras me hicieron sentir fatal, como si ni siquiera fuera necesario que yo estuviera allí. Y, sin embargo, me gustaba imaginar que esas palabras salían de mi propia boca. Me gustaba imaginar la espantosa mirada en la cara de mis chicas cuando se sentían avergonzadas y excitadas a la vez. O cuando se sentían manipuladas y confundidas, asombradas por mi capacidad para excitarlas. Con mi voz profunda, les susurraba guarradas en sus delicadas orejitas en forma de concha de mar. Todas las cosas que me habían dicho a mí cuando lo hacía con alguien, durante los años en que era joven y vulnerable, ahora se las decía a estas muñecas, incluso cuando me masturbaba. «Solo te meteré la puntita», les decía antes de engañarlas. Las giraba y las colocaba en posturas para las que no estaban hechas. «Aguanta, nena, eres mi muñeca.»

Seguí teniendo estas fantasías a medida que me hacía mayor, incluso después de casarme con mi primer marido. Es más, se intensificaron cuando nos separamos. Jamás sería cruel con ninguna mujer, ni la humillaría, menos todavía con alguien más joven y vulnerable que yo. Pero, en mis fantasías, mi poder es mi mayor placer. Mi exmarido me contó una vez que, cada vez que salía con una mujer que tenía una hermana menor,

152

la mujer en cuestión sentía esos mismos impulsos. Él había explorado la sexualidad más que yo y había hecho muchos tríos con su exnovia, que, en tanto que hermana mayor, siempre quería que a la otra chica se la tratara con rudeza.

Nunca quiero ser la muñeca. No quiero que jueguen conmigo, lo que quiero es jugar yo. Quiero ser la titiritera. Pero soy mujer, así que eso no se me concede. Y cuanto mayor me hago, menos. No quiero que me den de lado ni me abandonen, así que las cosas que les hago a esas chicas en mis fantasías son como una ofrenda a los dioses para que no me ocurra.

Me apoyo el libro sobre el pecho. Alicia ha doblado la esquina de todas las páginas que describen un encuentro sexual y ahora está abultado. Supongo que buena parte del libro es así, nada que ver con las memorias que tal vez esperaba el público. Quizá por lo gráfico que es, o quizá porque nunca se disculpa por ello. No dice en ningún momento que en público sea de una forma y en privado de otra, simplemente es así. Me duermo pensando en Dirty Diana y lo poco de mí que hay en ella. A las mujeres les hago preguntas que nunca me hago a mí misma. ¿Debería compartir más? Y si compartiera una fantasía, ¿cuál sería? Me inspira el modo en que Sandrine se abre, como si nada estuviera prohibido. Se muestra vulnerable mientras yo me escondo detrás de mis bocetos.

Me despierto con el tiempo justo para ducharme y reunirme con Petra. L'Wren y Alicia están en el sofá, bebiendo vino. Alicia pone canciones de Édith Piaf que suenan a través del altavoz de su teléfono y L'Wren lleva puesta la boina barata de fieltro que le regaló Alicia.

—¡Diana! —exclama Alicia, al tiempo que se levanta de un salto y me abraza—. ¿Qué tal la siesta?

—Bien. —Pienso en invitarlas a tomar algo con Petra y conmigo, aunque está claro que ellas ya llevan unas cuantas copas—. ¿Os quedáis aquí esta noche?

—¿Qué noche? —pregunta L'Wren, abrazándome también. Ahora que está más cerca, veo que va tan contenta que tiene los ojos vidriosos—. ¿Te refieres a esta noche? No mañana por la noche, ¿verdad? No, eso no tendría ningún sentido. —L'Wren interrumpe el abrazo y coge a Alicia por la muñeca—. ¿Tú también vas así de contenta o solo soy yo?

—Yo no estoy bebida. Mira, todavía puedo hacer esto.

Alicia gira y hace una especie de reverencia en el preciso instante en que suena el timbre de nuestra habitación, lo cual les parece graciosísimo a las dos.

—¡Servicio de habitaciones! —grita L'Wren.

En lugar de abrir la puerta, corre hacia el espejo y se pinta los labios. Alicia se lo recrimina y empiezan a reírse otra vez las dos, sin abrir la puerta.

—Ya voy yo.

Dejo entrar al camarero y se pasa los siguientes minutos quitando las campanas plateadas que cubren los platos, dejando a la vista una delicia tras otra: delicadas vieiras cubiertas de crema de puerros, una enorme hamburguesa con queso, una bandeja entera de patatas fritas y una tabla de quesos. L'Wren y Alicia observan todos sus movimientos.

Cuando se va, se ponen a comer.

—Supongo que eso es un sí, ¿verdad? ¿Os quedáis aquí esta noche? —repito.

—Te queremos mucho, Diana.

L'Wren moja un *cornichon* en mostaza y se lo come de un solo bocado.

—Sí —conviene Alicia—. Pero te divertirás muncho más en la ciudad. Uy, ¿he dicho «muncho»?

Decido ponerme mi vestido nuevo para ir a tomar algo con Petra. No creo que en Rockgate se me presente una ocasión especial que requiera un vestido así, de modo que me echo la americana sobre los hombros y salgo por la puerta.

Cuando estoy el ascensor, recibo un mensaje de

Jasper. Solo de ver su nombre en la pantalla me da un subidón de adrenalina.

Acabo de ver tu mensaje.
¡Estás en París!

Espero a llegar a la calle para responder.

Estoy aquí. Y muy feliz
de estar aquí.

Estoy seguro de que lo último
que necesitas es complicar
más tu agenda, pero...

Se me escapa una sonrisa. Va a venir a verme.

...mi buen amigo Fred expone
en el IXe arr. Es algo que...
no te puedes perder.

Se me encoge el corazón. Camino durante varios minutos, mirando mi teléfono y esperando la parte en la que me dice que él también estará allí. En vista de que no añade nada más, escribo:

Pues parece que tendré
que ir a verla.

Él reacciona con un corazón y no escribe nada más.

Petra ya está en el café, apretujada en una mesa junto
a Émile, y aplaude cuando entro.

—París te sienta muy bien.

Me sonríe y sorprendo a Gabriel mirándome. Hay
mucha gente y gritamos alegremente para poder oírnos. Petra se asegura de que no nos falte bebida en ningún momento, y Émile cruza corriendo la calle hasta el
tabac. No había pillado un colocón tan alegre desde
que iba al instituto. Me recorre una especie de hormigueo, un alivio abrumador al pensar que no me hace
falta ver a Jasper para sentirme tan feliz en París.

Cuanto más bebe Petra, más tiempo apoya la cabeza en el hombro de Émile. Él le besa el pelo cada pocos
minutos y ella suspira con expresión soñadora. Cuando lo hace, capto la mirada de Gabriel y ambos sonreímos. La calidez de Petra y Émile es contagiosa, y me
emociono cada vez que Gabriel acerca su silla a la mía
o se inclina para susurrarme al oído en lugar de gritar.

Émile me habla del día en que Petra y él se conocieron: fue en una cafetería abarrotada como esta y ense-

157

guida se fijó en Mitch y Petra. Pero había mucha gente y estaba seguro de que se marcharían enseguida. Unos minutos más tarde, levantó la vista de su copa y Mitch estaba de pie junto a su mesa. Mitch se presentó y le pidió su número. Coquetearon un poco antes de que él volviera con Petra. Y entonces, momentos después, Petra le envió a Émile una foto sugerente.

—¿Cómo de sugerente? —pregunto, notando el calor de la rodilla de Gabriel pegada a la mía bajo la mesa.

—Un trocito de su hombro desnudo. —Émile sonríe—. Quizá algo más.

Eso nos anima y nos ponemos a bromear sobre cómo hacer una foto sexy, y enseguida nos ponemos a juguetear con nuestros teléfonos. Al principio, todos hacemos muecas exageradas a la cámara, pero luego los hombres empiezan a sacar músculo y a enviarse fotos el uno al otro, riendo. Después de mi tercera copa, me dirijo al baño y, sin dejarme acobardar, me saco una foto de los pechos desnudos y se la envío a Gabriel. Cuando vuelvo a la mesa, él sonríe por nuestro secretito y me pasa un brazo por los hombros. Huelo la embriagadora combinación de su colonia almizclada y su aliento a ginebra.

Llega otro amigo de Émile, y Petra y Émile se van

con él, tras despedirse con un beso de buenas noches.

—¿Nos vemos mañana? —me sonríe Petra.

Gabriel me pregunta si tengo hambre.

—Podemos ir a un restaurante de comida india. ¿Soportarás no ir a un bistró?

No quiero que esta noche termine.

Vamos a un local que no queda muy lejos del bulevar Saint-Germain. Cuando el recepcionista nos acompaña a una mesa, Gabriel ignora el banco que está frente al mío y se sienta a mi lado. La sala está abarrotada y hay mucho bullicio, aunque no tanto para que tengamos que gritar. Es agradable compartir las mismas vistas del local y disfrutarlas juntos.

El champán está tan frío que lo noto en el pecho. Un camarero, vestido con un largo delantal blanco, casi choca con otro.

—Así que ¿siempre has vivido en Estados Unidos?

—Me crie en California. Luego viví una temporada en Nuevo México. Y ahora vivo en Texas.

—¿Donde todo es más grande?

—Exactamente. ¿Y dices que eres representante?

—Sí. Escritores, sobre todo, pero también algunos actores.

—¿Tienes hijos?

—Dos. Ya están en la universidad. ¿Y tú?

—Una niña de siete años.

—Te quedan muchas cosas por vivir con ella.

—Eso espero.

—¿Y estás disfrutando de París?

—Sí, mucho. Y tenemos muchos planes.

—Cuéntame.

Repaso parte del itinerario de L'Wren y él se ríe.

—Es mucho, pero seguro que disfrutas de cada minuto. Me encanta viajar. Voy a Nueva York cada primavera; debería ir a verte. ¿A qué distancia está Rockgate de Manhattan?

—Lo siento —me río—, pero no termino de imaginarte en una ciudad con dos Walmarts.

—Nunca se sabe.

Se acerca a mí, me aparta el pelo del cuello y me besa el hombro. Noto las mejillas coloradas.

Giro la cara para buscar sus labios. Me besa y me pasa la mano por el pelo.

—¿Cómo te sientes ahora? —me susurra, tras apartarse un poco.

—Ya no tengo tanta hambre.

Nos reclinamos en el banco y contemplamos la sala unos instantes. Me apoya una mano en la pierna mientras el camarero deja un plato de curry en la mesa.

—Sé lo que quieres. —Gabriel desliza la mano por

encima de la falda hasta encontrar el dobladillo, justo a la altura de la rodilla—. Pero primero tienes que decírmelo.

Se detiene ahí, como si pidiera permiso. A modo de respuesta, separo ligeramente las piernas y apoyo la rodilla en la suya. Me invade una oleada de excitación.

El camarero trae la última guarnición, un arroz con tamarindo, y deja el plato en la mesa con un ruido sordo. Antes de marcharse, recoloca el mantel.

Gabriel se vuelve para mirarme con una expresión cálida en los ojos. Luego se reclina en el respaldo y coge su copa de vino. Por debajo de la mesa, me acaricia la piel con suavidad.

—Dímelo otra vez —pide.

—Quiero que me toques.

Sube despacio la mano por el lado de mi muslo desnudo. Noto la piel caliente bajo sus dedos, y ese calor se me va extendiendo rápidamente desde el estómago hasta la entrepierna.

Sigo mirando al frente mientras él me roza ligeramente la cálida piel de los muslos con las yemas de los dedos. Bebo otro sorbo de champán frío, dejo la copa sobre la mesa y apoyo la mano en la suya. Tiro de mi ropa interior hacia un lado y, enseguida, él me mete los dedos. Desde lejos, parecemos una pareja normal y corriente que ha hecho un esfuerzo por salir a cenar.

161

Debajo de la mesa, sin embargo, Gabriel me está explorando con los dedos, y lo más emocionante, por supuesto, es que apenas nos conocemos.

El camarero vuelve a acercarse a la mesa y yo me obligo a quedarme quieta. Gabriel sigue metiéndome los dedos mientras habla con el camarero en un rápido francés. El camarero se vuelve hacia mí, y yo asiento con la cabeza, muevo las caderas y siento una intensa y secreta oleada de placer. Gabriel se incorpora, recoloca el mantel de seda, sube la mano a la mesa y la apoya sobre la mía, como si no hubiera pasado nada.

El camarero me llena la copa y se va. Me siento como si volviera a ser una adolescente y me arden las mejillas. Gabriel sonríe mientras empieza a servir la comida en los platos.

—¿Quieres probarlo todo? ¿Te gusta el picante?

Después de cenar, paseamos a orillas del Sena. Me invita a subir a su piso. Es sencillo y está decorado con muy buen gusto. Hay un sillón capitoné de terciopelo en un rincón y mantas sobre un sofá afelpado. Prepara la cafetera italiana y enciende el fuego.

Un gato se me sienta en el regazo. Gabriel va y viene por la pequeña cocina, preparando café, whisky y naranjas. Por último, se sienta delante de mí.

Se frota la cara y se acomoda en un sillón.

—Me gusta que estés aquí —dice con voz suave—.

Me ha alegrado tener una buena razón para no ir a un evento al que debía asistir esta noche.

Una otomana cubierta con un kilim se comba bajo el peso de libros y guiones. Observo a Gabriel, con las largas piernas cruzadas sobre la mesita. No parece nervioso por el hecho de haber intimado físicamente con alguien tan rápido. Pasa con facilidad de un estado a otro, lo cual me parece excitante.

—¿Quieres leche? —pregunta. Es muy atento.

Se queda de pie delante de mi sillón y nos reímos de las fotos que nos hemos enviado antes. Me besa el cuello y me aparta los tirantes del vestido. Me bajo la parte superior del vestido hasta la cintura para ayudarlo.

—Esta me gusta. —Me coge el móvil y me enseña la foto—. Me gusta ver esta parte de tu cuello, y luego el pecho y después un poco de pezón, pero no demasiado.

Me desabrocho el sujetador y cojo el teléfono para poder hacerme otra foto. Me coge los dos pechos, me besa y me levanta del sillón. Jugamos así en su salón, haciéndonos fotos. La habitación da vueltas y me siento joven. En su sofá, me tumbo bocarriba mientras él me besa las pantorrillas y luego las rodillas. Hago una foto de la pendiente de mi vientre, con los dedos enredados en el vello púbico mientras tiro de la tela de mi ropa interior hasta que se me clava en la piel. Gabriel pasa un brazo por debajo de mi cuerpo, me levanta y seguimos besándonos hasta llegar a su cama.

Se me acelera el corazón. No pensé que volvería a tener una primera vez con alguien. Incluso su forma de mirarme es diferente. Desprende una intensa seguridad, como si supiera exactamente lo que quiere hacerme. Cuando nos quedamos desnudos los dos, se sienta en el borde de la cama y me sube a su regazo. Lo hacemos así, moviéndonos y gimiendo en la boca del otro. Dejo caer la cabeza hacia atrás mientras me besa el cuello y sonrío al fijarme en su dormitorio desconocido: las cosas de un desconocido, el tacto de los labios de un desconocido, una ciudad desconocida. Mi vestido nuevo como una flor arrugada en el suelo de su habitación.

Nos dejamos caer sobre la cama, primero recuperando el aliento, luego en silencio. Me gusta notar el calor de su cuerpo junto al mío. Me quedo así durante horas, contemplando a través de las ventanas de su habitación el cielo que se va iluminando, sintiendo el sudor en la piel de su brazo, su respiración tranquila.

—Puedo hacer café.

—No, vuelve a dormir.

Nos despedimos con un beso y le digo lo mucho que me he divertido. Regreso andando al hotel ba-

ñada por la luz de la mañana, con una expresión soñadora en el rostro. Pienso en las reseñas de los lectores del libro de Sandrine y me invento las mías
sobre la noche que acabo de pasar.

Fui sin saber qué esperar y me llevé una grata sorpresa.

Las posiciones nos resultaron cómodas a los dos. ¡Tres
estrellas y media de cuatro!

¡Me sumergí totalmente! ¡Igual que Diana entre las sábanas!

Y así me entretengo durante todo el trayecto de
vuelta al hotel.

Abro despacio la puerta de nuestra suite y entro sigi-
losamente. Me alivia descubrir que está todo en silencio, aparte de unos ligeros ronquidos procedentes de
la habitación de L'Wren y Alicia. Me dejo caer en el
borde de la cama y me quito los tacones de L'Wren.
Es peligroso estar sentada mucho tiempo; necesito
darme una ducha antes de dormir. Me duelen los pies
e incluso siento la piel sensible y tirante. Respiro hondo, pero, antes de levantarme y entrar en el baño, el
teléfono vibra a mi lado. Es Oliver por FaceTime. La
mente se me desboca, pues en Dallas es casi mediano-
che. Emmy. Algo va mal.

—¿Hola?

—¿Qué tal París? —pregunta.

—Increíble.

—¿Te he despertado?

—No... Es... el *jet lag*.

—¿Y L'Wren?

—En su salsa. Y profundamente dormida.

—Bueno. —Oliver se recuesta en el sofá, con un brazo doblado detrás de la cabeza. Recuerdo la sensación de estar acurrucada en el pliegue de ese brazo, con la cabeza apoyada en el pecho de Oliver mientras escuchaba los latidos de su corazón—. Te echo de menos.

Me veo en el pequeño cuadrado de FaceTime, con los ojos enrojecidos por el champán y los últimos restos del maquillaje de anoche.

—Gracias por llevar a Emmy al campamento. ¿Cómo ha ido?

—Bien. Todo tranquilo. —Oliver se pasa la mano por la cara y de repente parece muy cansado—. Te dije que, una vez que estuvieras allí, ya no te acordarías de nosotros y disfrutarías de cada segundo.

—Y eso hago, aunque me pone triste pensar que Emmy está tan lejos. Pero me encanta París.

La sonrisa de Oliver es pequeña y triste.

—Diana...

—¿Sí?

—Antes me has enviado una foto. Y no creo que fuera para mí.

Ay, madre.

—¿Qué?

—Mira tu teléfono.

No. No. No. Por favor, Dios, no. No puedo haberlo hecho. Es imposible que haya metido tanto la pata. ¿Le he enviado una foto a Oliver?

Ay... mi... madre. Ahí está. Yo en el sofá de Gabriel, apartándome la ropa interior con los dedos.

—No sé qué decir.

—Así que ¿no era para mí?

—Lo siento mucho.

—No lo sientas. De verdad. No pasa nada. No es nada que no haya visto antes.

Me noto la cara caliente y roja. Pasa un largo momento, durante el cual ninguno de los dos se atreve a hablar. Hasta que finalmente Oliver pregunta, en voz baja:

—¿Quieres saber en qué no podía dejar de pensar después de recibir la foto?

No. La verdad es que no. Prefiero enterrarme bajo estas almohadas. ¿Es una opción?

—En que tú y yo nunca nos hemos enviado fotos así.

Me estrujo el cerebro en busca de algo que decir, pero sigo pensando en las fotos: ¿cómo he podido cometer un error tan estúpido?

—Ya. En fin. Es tarde aquí. Debería irme a la cama. Que duermas bien.

168

«En que tú y yo nunca nos hemos enviado fotos así.» Es lo último que esperaba que dijera.

—Tú también.

Me tumbo encima de las sábanas con la ropa puesta, hasta que oigo a L'Wren y a Alicia caminando por la suite, preparándose. L'Wren ha insistido en que solo iría al Louvre si íbamos temprano, antes de las grandes aglomeraciones. A las ocho de la mañana, ya están las dos levantadas y duchadas. Hago un esfuerzo por unirme a ellas, pero entonces se dan cuenta de que todavía llevo puesta la ropa de ayer y que tengo bolsas bajo los ojos, y me dicen que me vuelva a la cama. Se van por su cuenta, y yo me ducho por fin y no tardo en quedarme profundamente dormida. No me despierto hasta la una de la tarde, y solo porque Alicia está a mi lado con una taza de café.

—Te despierto ahora para que no alteres tu biorritmo por completo —me dice.

—¿Dónde está L'Wren? —le pregunto, medio grogui.

—L'Wren afirma que soy un «encanto» aunque no tengo «filtros». Y también ha decidido que camino demasiado despacio, así que no encajamos bien para ir de compras. Estábamos a un par de manzanas del hotel cuando ha dicho no sé qué de Hermès y se ha largado en un taxi. —Alicia se deja caer en el canapé estilo Luis XVI que hay a los pies de la cama—. Está como una regadera.

Me paso por la cabeza un vestido azul pálido.

—Me alivia que os llevéis bien.

—A la larga, me acabo llevando bien con todo el mundo.

Alicia me conduce a la Gran Mezquita de París. Cruzamos un patio sombreado por el follaje, donde las últimas glicinias de la temporada se aferran a los arcos, y entramos en los baños turcos. El interior está repleto de mujeres desnudas en diferentes estados de reposo. Hay un grupo de mujeres mayores sentadas en el borde del *jacuzzi*; están sudorosas y se dedican a meter los pies en el agua y volver a sacarlos. Ninguna de ellas parece cohibida. Dejo caer mi toalla y me uno a Alicia en las blandas colchonetas verdes. Ella coge la pastilla de jabón negro que nos han dado y me hace un gesto para que me tumbe de espaldas. Me frota suavemente entre los hombros, donde sabe que no llego. Luego se gira para que yo pueda hacerle lo mismo a ella. Después, nos sentamos en la cafetería a beber té dulce de menta y comer pastelillos de pistacho. Dibujo el lugar en el reverso de una de mis postales para no olvidarlo. Alicia inclina la cabeza hacia el sol de la tarde y cierra los ojos.

—No pienso volver nunca, Diana. Jamás —dice con voz dulce y soñadora.

—¿Quieres que se lo diga a tu marido?

—Lo digo en serio. ¿Tengo que volver?

—No puedes engañarme. Sé lo mucho que echas de menos a Nico y a Elvis.

—Pero es una locura, ¿no? Cuando estás metida en la rutina, no te ves capaz de marcharte ni un solo día, porque sabes que echarías demasiado de menos a tu familia. Pero entonces te vas y es como si tu día a día desapareciera. Al instante. Pensaba que estar lejos de Elvis sería como si me cortaran una extremidad. En cambio, me siento como si estuviera del todo metida en mi cuerpo. Como si lo hubiera recuperado.

Apoyo una mano en la suya y le aprieto ligeramente los dedos.

—Todo el mundo necesita un descanso.

—Anoche me senté en el sofá de la habitación del hotel y nadie me pidió nada. Ni un vaso de agua. Ni un bocadillo. Ni ayuda para limpiarse el culo o encender el iPad. Nadie me preguntó si sabía dónde estaba esto o lo otro. Echo de menos ser totalmente egoísta y pensar solo en satisfacer un antojo concreto en el momento exacto en que se me antoja. Si me apetece trabajar, trabajo. Si tengo hambre, como. —Estira los brazos por encima de la cabeza y vuelve a cerrar los ojos—. Me encanta que L'Wren esté enamoradísima de alguien, pero esa es mi peor pesadilla ahora mismo. ¿Te imaginas tener que asumir los sentimientos de una persona más? Me alegro por ella, pero no, gracias.

Suelta un largo suspiro y pagamos la cuenta. Luego nos alejamos paseando hasta un parque cercano y encontramos dos sillas en un lugar sombreado bajo un árbol. Alicia cierra los ojos y se adormece, y yo me quedo quieta, leyendo, porque no quiero despertarla.

Al pasar una página me llega una notificación al teléfono. Jasper.

Así que Diana está en París.
¿Qué va a hacer ahora?

No dudo la respuesta.

¿Qué no va a hacer?

Durante unos instantes, no hay respuesta por su parte, y entonces:

Hmm...

Observo los tres puntos que parpadean hasta que desaparecen.

8

En el almuerzo del día siguiente, L'Wren anuncia que ha decidido seguir nuestro consejo y sorprender a Kevin.

—¡Me llevo mi nuevo bolso Chanel a un viaje improvisado a Londres! No son deberes, ¿vale? Pero no os divirtáis mucho sin mí.

Poco después de que se marche, Alicia y yo hacemos una videollamada de Zoom con Liam, que quiere mostrarme una nueva idea para el diseño de Dirty Diana.

—Esto es solo una versión beta —nos dice, compartiendo su pantalla.

—Vale, ¿qué estoy viendo exactamente? —pregunto, al tiempo que entrecierro los ojos y estudio la pantalla.

—Tu trabajo: aquí aparece cada cuadro, y debajo hay un botón para reproducir.

—¿No es raro quedarse mirando el cuadro mientras se escucha? —pregunta Alicia.

—Eso es lo que yo pensaba —dice Liam—. Pero me gusta que sea baja fidelidad.

—¿No puede ir cambiando o algo?

—¿Tú has entrado en alguna página web?

—Ya, ya, pero ¿qué opciones tenemos?

—Encontraremos a alguien que sepa utilizar Animator.

—¿Qué es eso?

—No te preocupes, está todo controlado —dice Alicia—. Pero ¿cómo lo quieres?

—No estoy segura. Tengo estos cuatro pequeños bocetos, que quiero pintar.

Corro a buscar mi cuaderno y les enseño lo que he estado dibujando en París, aún en proceso.

—Joder, Diana —dice Liam, admirado.

—Son impresionantes.

—Gracias a los dos.

—¿Me dirás qué fantasía va con cada boceto?

Asiento con la cabeza mientras Alicia pregunta:

—¿Podemos incluirlos todos?

—¿Puede parecer como si estuvieran colgados de un puesto de libros? —añado yo—. No sé, ¿con las esquinas en movimiento?

—Me gusta la idea —afirma Liam.

—Como si se vendieran en un tenderete a orillas del Sena —murmura Alicia.

A primera hora de la tarde, Alicia y yo decidimos deambular por la ciudad sin un plan concreto. Visitamos el Bon Marché, subimos a los grandes ascensores y observamos a la gente. Me pilla ojeando el móvil con demasiada frecuencia y le confieso que Jasper me había dicho en un mensaje que un amigo suyo tenía una exposición y que no está muy lejos de donde nos encontramos.

—¿Estará Jasper? —me pregunta.

Se me ponen las mejillas coloradas.

—No. Está en Londres.

Me mira, sin apenas pestañear.

—Alicia, es la exposición de su amigo.

Hay pocas personas en la galería de arte y el ambiente es muy agradable. Estamos en dos salas muy iluminadas a las que se accede a través de una ruidosa *brasserie*, y la sensación es de intimidad.

Escudriño los pequeños lienzos de la sala delantera. Una mujer sale de detrás de un escritorio para ofrecerme una copa de vino y mostrarme los cuadros de la sala contigua. ¿Cómo me he enterado de la exposición? Le digo que conozco a Jasper Green y me ha recomendado que no me la pierda.

Alicia ha entablado conversación con un hombre llamado Paul, que estudió en Grecia y Argentina. Hablan en un español fluido y luego vuelven al inglés.

Otro hombre, vestido con una camisa azul pálido, se nos acerca. Tiene una pequeña cicatriz en el labio superior.

—Aquí tenemos a nuestro artista, Frédéric —dice la mujer, y él también se alegra de saber que Jasper me ha enviado.

Frédéric me pregunta qué he estado haciendo en París, y cuando le cuento cómo he pasado estos días, no parece impresionado. Quiere saber si he visto la exposición de Cal Tiezen, que está a la vuelta de la esquina. Es una galería muy pequeña, incluso más pequeña que esta.

Al oírnos, otra mujer se une a nosotros y resopla.

—Ese gilipollas no, por favor —se lamenta.

—Sí, ya lo sé, Fidelle —dice Frédéric, frunciendo el ceño—. Tiezen no está de moda ahora mismo, pero los grandes lienzos están tan cerca, y la sala es tan pequeña que merece la pena verla mientras estéis aquí.

Ahora solo quedamos un puñado de personas en la galería, y la atención se centra en Alicia y en mí, las nuevas visitantes de París. El grupo decide llevarnos a tomar algo allí cerca, a su nuevo local favorito.

Aunque está empezando a lloviznar, recorremos varias manzanas hasta llegar a un pequeño bar. Es un local estrecho con paneles de madera en las paredes, mesas de vinilo, feas lámparas amarillas y largas velas blancas. Un hombre nos trae la especialidad de la casa en una bandeja redonda: es una especie de licor gelatinoso con una cucharadita de crema.

Suenan unas delicadas notas de piano y una mujer morena con colorete en las mejillas empieza a cantar desde uno de los rincones de la sala. Poco a poco, su voz va cobrando fuerza y, entonces, canta de verdad. Con un cigarrillo en la boca, se acerca a un pequeño taburete frente a la barra.

—Esto sí que es una noche auténticamente parisina. —Alicia sonríe.

Después de la segunda ronda de copas, sin embargo, declara que está muerta y que se va a dormir. Yo también debería irme, pero me apetece quedarme porque todavía no tengo sueño.

—Nos vemos en el hotel.

Fidelle, Paul y yo convencemos a la cantante para que interprete unos cuantos temas más, a lo que ella accede, sonriendo y entrechocando nuestras copas, mientras Frédéric fuma y conversa con el camarero.

Oigo el ruido de la puerta y, de repente, aparece Jasper. Nos ponemos todos en pie para saludarlo. Jasper besa a Fidelle, le estrecha la mano a Frédéric y luego se me acerca.

—Te he encontrado —dice, la mar de sonriente, con las manos en los bolsillos de los vaqueros.

Tengo el corazón en la garganta y el pulso me late con fuerza. Tanto fingir que no pasa nada si no consigo verlo en este viaje no me ha servido de nada. Estoy exactamente donde quiero estar y con quien quiero estar. Sonrío.

—Pues sí, me has encontrado. De fiesta en París.

Para calmar los nervios que me han entrado de repente, hago un gesto vago con la mano que pretende abarcar la sala, como si esto fuera lo más normal del mundo: él y yo juntos en este bar de París.

—Me ha gustado mucho la exposición de Frédéric...

Se me acerca y me besa la mejilla. Si pudiera formular un deseo, pediría que el tiempo se detuviera: alargar este momento para poder deleitarme en él ahora y evocarlo dentro de unos años, aún vívido. La sorpresa de verlo aquí. El roce de su mejilla en la mía. La barba incipiente y el pelo alborotado. Su sonrisa con hoyuelos.

Me coge de la mano y me lleva a la barra. Nos sentamos en dos taburetes, con las piernas tan cerca que se tocan. Su brazo pegado al mío, los dos de cara al espejo que hay detrás de la barra.

—Es buena, ¿verdad? La exposición de Fred, quiero decir.

—Mucho.

Jasper se vuelve hacia mí y expulsa el aire.

—Diana en París...

Giro el cuerpo hacia él.

—Ahora que me tienes aquí...

—Ojalá no fuera ya tan tarde. Me he escapado temprano de la cena, pero ya no estabas en la galería. Entonces he probado en el bar de enfrente. Quería sorprenderte.

—Y lo has conseguido.

—Cuéntame. ¿Qué has visto hasta ahora?

Saco un puñado de postales del bolso.

—El Pompidou y el Arco de Triunfo, claro...

Me doy cuenta de que me está mirando. Coge una de las postales y le pide un bolígrafo al camarero.

—Ya te escribo yo una. Creo que puedo captar tu voz. —Anota algo en la tarjeta y la desliza de nuevo en mi bolso—. Seguro que luego me arrepiento. —Sonríe—. ¿Qué más puedo enseñarte?

—Enséñame... algo nuevo, supongo. Sitios y calles nuevas.

—Creo que eso sí puedo hacerlo. —Baja la voz y añade—: Dios, me alegro de haberte encontrado.

Jasper agita una botella de champán que ha comprado en el bar mientras caminamos del brazo por las estrechas calles. La mayoría de las tiendas están cerradas a cal y canto, pero cuando pasamos por algún local abierto, Jasper me compra algo nuevo —un helado, un llavero, un bálsamo labial con extracto de melocotón, un mechero con la forma de la torre Eiffel—, hasta que tengo los bolsillos llenos de baratijas. En un momento dado, se detiene de repente en medio de la calle y me mira como solía mirarme antes de hacerme una foto. Luego se queda en silencio.

La mente me va a mil. ¿Con cuántas mujeres ha salido desde que estuvimos juntos? ¿Las lleva a menudo a París? ¿Lo único que quiere es follar conmigo? ¿Quiere casarse conmigo? ¿Qué planes tiene para los próximos cinco años? No recuerdo cuándo fue la última vez que me preocupé por este tipo de cosas.

Pienso en los tensos viajes en coche al trabajo con Oliver, discutiendo sobre cualquier nimiedad. O la forma en que uno de nosotros empezaba a hablar de cualquier tema trillado, sabiendo que la información era vieja y que al otro no podía importarle menos.

Con Jasper, en cambio, todo es nuevo y emocionante, cada detalle me entusiasma. Quiero saberlo todo.

Cuando se acerca un coche, le cojo una mano, pero él no se mueve.

—¿Y si lo intentamos de nuevo? —me pregunta—. ¿Crees que es posible?

No digo nada. No lo sé. Le cojo la otra mano y esta vez me sigue hasta la acera.

—Me hace tan feliz verte aquí, Diana. No tienes ni idea.

Reduce el espacio que nos separa y, en cuanto nuestros cuerpos se tocan, vuelvo a tener veintiséis años. Me siento despreocupada. «¡Sí! Intentémoslo de nuevo. Intentémoslo aún más. A la mierda con todos los desengaños», quiero gritar desde el tejado de mi hotel.

Sin pensarlo, lo alejo del resplandor de la farola y lo arrastro al oscuro espacio entre dos edificios, un hueco más estrecho que un callejón. No hay ni rastro de timidez en mi forma de besarlo, ni cuando lo empujo contra la pared de ladrillo, aún mojada por la lluvia. Él busca mis labios con la misma urgencia.

—Diana —dice, y luego se aparta para cogerme la cara con ambas manos.

Con el rabillo del ojo veo a una joven pareja cruzar la calle a toda prisa. Estamos donde nadie puede vernos. Me pongo de puntillas y busco de nuevo sus labios. Sabe a champán y huele a lluvia, y, de repente, nos estamos acariciando por todo el cuerpo, deprisa, como si creyéramos que el deseo se evaporará si nos movemos demasiado despacio. Sus caricias me resultan familiares y extrañas a la vez. No es posible que estemos aquí, juntos, después de tanto tiempo. Uno de los dos debe de estar soñando. Me aprieto contra él. Jasper me levanta la falda y yo le rodeo el cuerpo con las piernas. La respiración se me acelera. Deseo tanto tenerlo dentro de mí que he perdido el control.

—Tócame —le digo.

Me apoyo en la pared para mantener el equilibrio mientras él me mete la mano entre las piernas. Quiero que sienta lo excitada que estoy. El sonido de las sirenas a lo lejos. Las luces de París sobre nosotros. Me siento mareada.

—Diana..., lo único que quiero es estar aquí, contigo.

Le desabrocho los vaqueros y le cojo el miembro duro y palpitante con la mano. Él gime cuando deslizo su pene entre mis piernas y empiezo a moverme hacia delante y hacia atrás, hasta que mi cuerpo se abre para él. Me levanta y me penetra hasta el fondo. Le clavo los dedos en el cuello y noto su boca abierta apoyada en mi hombro desnudo.

«Está aquí. Está donde debe estar.» No puedo pensar en nada más. Después de todos estos años, está exactamente igual: fuerte y sólido, suave y seguro. Él también respira de forma entrecortada. La sensación es tan intensa que nos está llevando a los dos al límite. ¿Cómo he podido conformarme con menos que esto? ¿Cómo he podido olvidar que Jasper estaba hecho para mí?

—¿Te gusta así? —me pregunta.

Aprieto más las piernas en torno a su cuerpo mientras creamos un ritmo delicioso. Jasper empuja con fuerza, pero entra y sale tan despacio de mí que se me escapan sonidos irreconocibles entre los labios. Es una dicha que no sabía que se pudiera sentir.

Nos quedamos inmóviles al oír pasos cerca. Cierro los ojos y le muerdo con suavidad un dedo para calmar mi respiración agitada. Jasper gira un poco el cuerpo para taparme. Los pasos se alejan.

—Deberíamos estar en una cama —dice.

—No puedo esperar a estar en una cama.

Se mueve dentro de mí y siento cómo se le pone aún más dura.

—Dime que lo has echado de menos —me pide.

—Lo he echado de menos —gimo—. Jasper, podría quedarme así para siempre.

Y es cierto. Qué diferente podría ser el sexo con

Jasper. No me imagino temiendo el momento de acostarme con él, ni programándolo. Lo único que quiero es que este sentimiento dure más tiempo.

Jasper, sin embargo, se queda quieto un momento. Me sube más alto sobre sus caderas y me mira a los ojos. Me acaricia suavemente una mejilla con la mano, húmeda de estar apoyada en la pared empapada por la lluvia. Él también lo siente. La intensidad de retroceder en el tiempo. De recordar lo bien que podemos hacernos sentir el uno al otro. Si continuamos con esto, ninguno de los dos podrá seguir mintiendo acerca de lo que nos perdemos cuando estamos separados.

—Jasper...

El sonido de una botella de cristal que alguien patea calle abajo. Un grupo de extraños que se ríen, el eco de sus pasos cuando echan a correr. Podrían pillarnos en cualquier momento.

—Por favor —le digo—. Necesito más.

Él sonríe, con los labios pegados a los míos, y me besa con desesperación mientras empuja más profundamente dentro de mí. Arqueo la espalda para que pueda penetrarme más. Noto su aliento en el cuello. La sensación de su piel desnuda, de él moviéndose dentro de mí, cada vez más rápido. Sin previo aviso, noto una explosión de calor entre las piernas, y él también lo siente. Me agarro con fuerza a sus hombros. Me besa mientras grito de placer y se corre conmigo.

Volvemos al hotel aturdidos. Guardamos silencio, maravillados por lo que acaba de ocurrir, y uno de los dos se detiene cada pocos metros para besar al otro. Tardamos quince minutos en recorrer las escasas manzanas que nos separan del hotel.

—Te acompaño al ascensor —anuncia en la entrada. Cruzamos las puertas del vestíbulo, con las rodillas aún temblorosas—. ¿A qué hora te recojo mañana?

—Jasper, mañana es nuestro último día en París. Tenemos el avión el sábado.

—Pero ¿y si te quedas? Solo el fin de semana. Estaré aquí hasta el lunes. —Me levanta la barbilla y me besa de forma leve—. Necesito más Diana en París. Quiero enseñarte muchas cosas. Mañana pasa el día con tus amigas y despídete de ellas, y luego, el sábado por la mañana, eres toda mía, todo el fin de semana. —Cuando sonrío, se sonroja—. Diana, has visto el París favorito de los demás, pero no has visto el mío.

Sí. Sí, me quedaré unos días más en París. Sí, mentiré a Allen y le diré que estoy a punto de conseguir que Petra deje su dinero en nuestra empresa. Sí, mentiré también a Oliver y le diré que Petra tiene unos horarios imposibles, que ha reprogramado nuestra reunión y que volveré a casa el lunes. Sí. Sí. Sí.

Jasper me da un beso de buenas noches y desaparece por las puertas giratorias del vestíbulo. Antes de meterme en la cama, busco la postal que me ha metido en el bolso y leo su nota:

A quien corresponda: He prolongado mi estancia en París. ¿Recuerdas a Jasper? Tirando a alto. Terriblemente encantador. Con una polla enorme. Hace fotos. Él es la razón. Dios, me encanta París.
Besos, Diana

Me despierto con el sonido de un llanto procedente de la sala de estar. La luz blanca y brillante de la mañana inunda mi cama. Me apresuro a levantarme y corro hacia la voz tranquilizadora y calmada de Alicia. Me la encuentro consolando a L'Wren, que está sentada en el sofá rodeada de un mar de productos de belleza comprados en una farmacia francesa.

—Oh, no. ¿Qué ha pasado?

Me acerco a ellas y le apoyo una mano en la rodilla a L'Wren.

—Nada. No ha pasado nada de nada.

—Su noche en Londres ha sido un fracaso.

—Kevin ha estado al teléfono todo el tiempo. He cogido el primer tren de vuelta esta mañana y me he gastado tres mil dólares en farmacias francesas de camino al hotel. Ni siquiera sé cómo me voy a llevar todo esto a casa. —Nos mira primero a una y luego a la otra, con un nudo en la garganta—. Este va muy bien para la celulitis, por cierto —dice, mientras sostiene en alto una caja blanca y plateada.

—¿Le dijiste a Kevin lo importante que era esta noche para ti?

—Sí. Entre llamada y llamada. En un momento dado me dijo que la próxima vez que quisiera sorprenderlo enviara un correo a su asistente; me preguntó por qué estaba enfadada, si esto no estaba en la agenda.

—L'Wren, tal vez nuestro consejo no fuera muy acertado: era demasiada presión para una sola noche.

—Oh, por favor. Es síntoma de un problema mucho más grave. Un problema que me daba demasiado miedo afrontar.

—Es hora de llamar al veterinario. Te doy permiso —dice Alicia, al tiempo que le coge la mano—. Lo has intentado de verdad.

L'Wren parece muy vulnerable, como si fuera a seguir cualquier orden que le den ahora mismo.

—Pero ¿no tendría que intentarlo como diez veces más?

—¿Cuántas veces lo habías intentado antes de esta noche?

—No lo sé. Sinceramente, he perdido la cuenta.

—¿Cuándo fue la última vez que os acostasteis?

—El sexo no es el problema entre nosotros. Parece que Kevin no es capaz de priorizar una conversación conmigo durante más de cinco minutos, pero sabemos disfrutar del buen sexo.

El teléfono de L'Wren suena sobre la mesa.

—Si es Kevin, no se lo cojo. —Cuando mira la pantalla, se le ilumina toda la cara—. Dios mío. Es Miss Ginger. La gata de su consulta. Bebiendo de una fuente. —L'Wren se ríe en su pañuelo y luego se suena la nariz—. Arthur y yo nunca nos quedamos sin cosas de que hablar. Muestra verdadero interés cuando le cuento algo.

Nos enseña todas las fotos recientes de gatos que él le ha enviado.

—Vale, pero por un momento olvidémonos de Arthur —le digo—. Haz como si no lo conocieras. Imagina que no existe. ¿Qué sientes por Kevin? ¿Qué echarías de menos?

—¿Por qué estás tan a favor de mi matrimonio?

—No lo estoy. Es solo que... a veces las cosas que

echas de menos te asaltan por sorpresa. Así que tienes que mezclarlo todo, lo bueno y lo malo, y analizarlo. Para eso estamos aquí. Utilízanos.

—Estrategia de revelación total —admite Alicia—. Yo estoy en el Equipo Adorable Veterinario en este momento.

—No conoces a Kevin.

—Solo digo que sí, que lo analicemos, claro, pero ahora mismo siento una fuerte predisposición por el veterinario. Pero Diana tiene razón, pensemos en lo que más echarías de menos.

—Oh, vamos. Si digo «dinero», os vais a descojonar las dos de mí. Pero me gusta el dinero. Ahora mismo estaríamos todas alojadas en un Red Roof Inn francés si no fuera por Kevin.

—No te juzgo. Agradezco mucho esta habitación y este albornoz. Pero ¿qué más?

—No es solo el dinero. Es su ambición. Su empuje. Me gusta su ambición y al mismo tiempo me repele. Vaya mierda, ¿no? Kevin no puede ganar, así que a lo mejor todo esto es culpa mía.

—No digas eso. Te ha descuidado y a ti te duele.

—Solo quiero volver a estar enamorada. He excusado demasiadas veces a Kevin. Nunca está disponible emocionalmente. Quiero ilusionarme por estar con alguien, tener la sensación de que esa persona no querría estar en ningún otro lugar del mundo, excepto conmigo.

Alicia coge una caja de pañuelos del baño y se sienta en el sofá junto a L'Wren, tan cerca que sus rodillas se tocan. L'Wren se inclina hacia ella.

—Sabes, existe algo llamado estar demasiado disponible emocionalmente. A veces me gustaría que Nico dejara sus sentimientos en la puerta. De hecho, me lo digo a mí misma. Le gusta comprobar cómo estoy al menos dos veces al día. Y, por cierto, él cree que «genial» y «bien» no son «palabras emocionales», así que no puedo escaquearme.

—Eso suena bastante bien. Kevin está demasiado agotado para preocuparse por cómo estoy yo. Y conocer a Arthur me ha servido para terminar de sacarlo todo a la superficie. Es como si ahora supiera lo que se supone que debo sentir. El secreto ha salido a la luz, ¿sabes? Y no me imagino volviendo a sentir eso por Kevin.

—¿Qué quieres hacer?

—¿Te digo la verdad? Huir con Arthur e irme a vivir a una isla pequeña con él y con Halston. Vosotras dos podríais venir a visitarnos, claro. Pero los sueños que tengo con Arthur son tan intensos... Cada vez que pienso en él, me excito. No estoy bromeando, me bebería el agua de su bañera. Hasta la última gota.

—Hmm. —Me doy cuenta de que Alicia está intentando contabilizar esa necesidad sin juzgarla—. ¿Te beberías la de Kevin?

L'Wren lo piensa seriamente.

—Es muy limpio. Así que... Quizá me bebería un sorbito.

L'Wren deja caer los hombros y la cabeza, que le queda medio hundida entre ellos. Alicia le acaricia el pelo hasta que se tranquiliza otra vez. Sí que es verdad que al final se acaba llevando bien con todo el mundo.

—No hay nada peor que sentirse solo en una ciudad en la que, a tu alrededor, todo el mundo está enamorado —lloriquea L'Wren, con la cara pegada al albornoz de Alicia.

—Yo no estoy enamorada —le digo.

—Ja —sueltan las dos a la vez.

—Tú también lo estás. —L'Wren se ríe—. Lo que ocurre es que tienes tantos sentimientos que no sabes qué hacer con ellos.

Me siento en el suelo, a sus pies, y les cuento que Jasper se presentó anoche por sorpresa en el bar.

—Mierda —responde Alicia—, me fui demasiado pronto. ¡Sabía que iba a aparecer! ¿Y luego qué pasó?

Les cuento nuestro paseo por la ciudad y cuando

llego a la parte de cómo terminó nuestro paseo, hago una pausa.

—¿Y? —pregunta Alicia.

«Y me besó en la mejilla y nos dimos las buenas noches.» Sería fácil terminar la historia ahí.

—Y lo arrastré a un rincón oscuro, cerca del hotel, y lo hicimos apoyados en una pared.

Por un momento, la habitación se queda en silencio. L'Wren desvía la mirada de Alicia a mí y luego se vuelve otra vez hacia Alicia.

—¿Está diciendo la verdad?

Alicia se ríe.

—¡Pues menos mal que me fui temprano!

—¡Diana! —L'Wren me coge de la mano, y, por un momento, me preocupa que me suelte un sermón—. A esto me refería antes, a lo que tú sientes ahora: eso es lo que quiero.

Alicia y yo abrazamos con fuerza a L'Wren.

—Lo arreglaremos —le digo—. No estás sola en esto.

—Desde luego que no estás sola. —Alicia asiente—. Piensa que esta noche podemos meternos en la cama y acurrucarnos con tus productos de belleza franceses. A lo mejor ni siquiera caben todos en la cama.

L'Wren se ríe y se suena la nariz con otro pañuelo de papel.

—Pero antes disfrutaremos de nuestro último día en París —me dice Alicia—. Bueno, último para nosotras. Tú deberías quedarte.

—¿Ninguna de las dos se enfadará si cambio el billete?

L'Wren entrecierra los ojos.

—Siempre y cuando podamos ir a cenar a algún sitio que esté muy de moda, de esos que no aceptan reservas y hay que esperar una eternidad.

—¡Por supuesto!

Alicia y yo nos pasamos el resto del día tratando de animar a L'Wren. Abrimos todos sus productos de belleza y se los probamos. Luego los metemos todos en su equipaje y nos vamos a cenar temprano a un puesto de comidas en el Marché des Enfants Rouge, que está tan petado de gente como había pronosticado L'Wren. Y, sin embargo, se las apaña para ahorrarnos la espera y consigue tres sitios en la barra, entre un puesto de flores y una pescadería. Comemos ceviche y bebemos vino, y ninguna de las tres quiere que se acabe la noche.

De vuelta en la habitación, le envío un mensaje a Petra para ver si existe la posibilidad de volver a verla. Responde de inmediato para decirme que está de camino a España, pero que no puede dejar de pensar en la página web.

He estado curioseando las fantasías.
Tienes algo y creo que te puedo
ayudar.

Quedamos para vernos en Texas cuando ella vuelva a Estados Unidos y luego me paso la hora siguiente soñando despierta con trabajar con ella: la idea es emocionante, pero también un poco aterradora. Vuelvo a escuchar algunas de las entrevistas grabadas en los últimos meses y dibujo en mi cuaderno hasta que me duermo.

Por la mañana, nos levantamos temprano las tres. Es hora de que ellas se vayan al aeropuerto y se me hace un nudo en el estómago cuando las veo empaquetar las últimas cosas. Ya echo de menos pasar tiempo las tres juntas. Me despido con un beso de ellas, respiro una ráfaga del aire perfumado de L'Wren y, cuando quiero darme cuenta, ya se han ido.

Salgo del hotel y cojo el metro hacia otra parte de la ciudad, más tranquila pero igual de bonita, donde he encontrado un hotel más asequible. La recepcionista, una francesa de aspecto severo que lleva un delantal con estampado de cachemira y que parece enfadada porque he llegado demasiado pronto, me da una llave metálica con un número. Subo la maleta por un estrecho tramo de escaleras y la dejo en la cama justo cuando Jasper me manda un mensaje para decirme que me recogerá dentro de una hora.

Saco algunas de mis cosas y me acerco a la ventana con los lápices y el cuaderno. La habitación es pequeña: tiene el espacio justo para una cama, una mesilla de noche y una silla de madera, que acerco al alféizar de la ventana. Dibujo el edificio de enfrente y al joven que está delante, dando patadas a la rueda trasera de su scooter y maldiciendo en francés. Aún lo estoy observando cuando veo a Jasper acercarse con un ramo de radiantes peonías rosas.

—¿Son para mí? —pregunto desde lo alto.

Jasper se sobresalta, luego me ve en la ventana y nos echamos a reír los dos.

—¿Significa eso que me das permiso para subir?

Al final de la estrecha escalera, me entrega las flores y me dice que no puede entrar, porque entonces no saldremos nunca de la habitación. Le digo que no pasa nada. De todas formas, tampoco cabemos los dos.

Para empezar, Jasper me lleva a su café favorito en

el tercer *arrondissement*: es una cafetería en una galería de arte, con gigantescas lámparas en forma de nube que cuelgan del techo y, en las estanterías, antiguas cámaras fotográficas a la venta.

—Este sitio parece salido de un sueño.

Me giro despacio para contemplar las fotografías en blanco y negro, ampliadas y convertidas en papel pintado que cubre las paredes.

—Pues espera a ver el próximo.

Me besa tiernamente y, con dos cafés en la mano, me conduce de nuevo a la puerta.

Nos pasamos los diez minutos siguientes serpenteando por una serie de callejuelas alejadas de las aglomeraciones. Llegamos a una verja de hierro: al otro lado hay un jardín que parece surgido de la nada. Me siento como si hubiera tropezado en un camino de grava y hubiera aterrizado en un mullido lecho de plumas. Paseamos por el jardín mientras Jasper hace fotos y yo admiro las rosas trepadoras y los parterres rebosantes de flores. Nos sentamos en un banco de piedra para disfrutar de la paz y la tranquilidad.

—¿Cómo descubriste este sitio?

—No hace falta que susurres —dice, riendo por lo bajo.

—Es solo mi voz de asombro. —Sonrío—. Es precioso.

Nos quedamos allí más de una hora, bebiendo a sorbitos el café y compartiendo un pastel de plátano, hasta que el sol está ya muy alto en el cielo y ambos estamos acalorados y sudorosos.

—Supongo que no llevas bañador en el bolso, ¿no?

Cuando le digo que no, Jasper me lleva a una tiendecita que vende moda de baño de lo más hortera. Elegimos bañadores chillones, con estampados de flores, y Jasper me conduce a la siguiente sorpresa: una piscina flotante en el Sena. La cola es larga y avanza despacio, pero no nos importa. Cuando por fin nos dejan entrar, Jasper corre a la azotea y pilla dos tumbonas de color naranja brillante. Nos desnudamos enseguida hasta quedarnos en traje de baño, mirándonos furtivamente el uno al otro. Me quito las sandalias y la cubierta de la piscina está tan caliente que me quema las plantas de los pies al abrirnos paso entre la multitud. Jasper se tira al agua y luego me observa mientras yo meto el cuerpo despacio en el agua fría, hasta sumergirme del todo. Bajo el agua, veo el bañador naranja de flores que lleva Jasper y sus piernas, fuertes y bronceadas. Cuando salgo a tomar aire, me está esperando. Me rodea con los brazos y me besa. No decimos nada, solo nos sonreímos, mientras a nuestro alrededor los niños chapotean, sus madres los regañan y los que han ido a nadar de verdad intentan hacer largos.

Nadamos hasta el borde y nos apoyamos en él con los codos, moviendo despacio las piernas bajo el agua. Un barco turístico pasa por el río. Jasper me roza una pierna con la rodilla y nos acercamos cada vez más, mientras el deseo va aflorando a la superficie. Damos unas cuantas vueltas a la piscina nadando, como si quisiéramos quemar la tensión.

Soy consciente de que me siento demasiado vieja para esta vida, demasiado vieja para mostrarme tan despreocupada. Creía que era demasiado tarde para que mi mundo se expandiera, pero, ahora que eso ha ocurrido, lo único que quiero es que se expanda aún más. Busco la mano de Jasper y nos ponemos los dos a hacer el muerto, con la cara vuelta hacia el sol que brilla en el cielo despejado.

Con los dedos todavía arrugados como pasas, recorremos pasillos y pasillos de ropa *vintage* en el mercadillo favorito de Jasper. Me pruebo un abrigo Chanel *vintage* y Jasper compra más vaqueros para su colección. Me hace una foto sentada en una mecedora de ratán con unas gafas cuadradas que me recuerdan a mi madre. Le hablo de su amor por el ratán y de sus intentos desesperados por alcanzar la fama mientras bebemos limonada.

—¿Tan malo era todo?

—Solo a veces —respondo, porque no quiero estropear este momento—. Pero supongo que es lo normal en la gente, ¿no?

Antes de volver a mi hotel, Jasper me lleva a otro de sus lugares favoritos: un bar clandestino oculto tras una puerta anodina por delante de la cual ya he pasado por lo menos tres veces. Dentro del bar sin ventanas, a Jasper lo saludan por su nombre y nos acompañan a un reservado al fondo. Nuestro camarero, que habla un francés muy rápido, nos describe bebidas complejas y sofisticadas.

—¿Qué te apetece? —pregunta Jasper.

El camarero parece tan estirado que no me atrevo a pronunciar la palabra *margarita*.

—Sorpréndeme —le digo.

Jasper, muy serio, habla con el camarero durante otro largo rato. Reconozco palabras como *pisco* y *angostura*, y me cuesta creer que, al cabo de tanto rato, sigan hablando de bebidas. Veinte minutos más tarde, el camarero me trae un cóctel del mismo tono rosado que las nubes al atardecer en un vaso de cristal de roca, decorado con una tira de papaya. Tiene un sabor dulce, con un toque de guindilla y regaliz. Después de dos copas, volvemos a mi habitación de hotel, tan abrumados por el sol, el licor y la ciudad que en cuanto nos tumbamos en la pequeña cama nos quedamos dormidos encima de la colcha, yo con la cabeza apoyada en el pecho de Jasper.

En algún momento de la noche, Jasper se mueve y me despierta con un beso. Nuestros cuerpos se encuentran y él me penetra con facilidad. Permanecemos en un estado de ensueño mientras hacemos el amor, medio adormilados aún, pero muy conscientes de cómo complacernos mutuamente. La pequeña cama cruje bajo nuestro peso y me doy cuenta de que los dos tenemos los ojos cerrados. Es como si nos hubiéramos fundido el uno en el otro, como si no fuéramos capaces de detenernos. En un momento dado me pregunto si de verdad está sucediendo o si estamos en una deliciosa fantasía compartida. Cuando me acerco al orgasmo, me recorre una ola silenciosa, un poderoso temblor que empieza en el pecho y me llega hasta la entrepierna.

Y, de repente, la luz del día ya entra por las ventanas, y Jasper se disculpa: hoy tiene una reunión que no ha podido cancelar. Debería sentirme decepcionada, pero en realidad me alivia tener todo el día para mí sola. Me promete que me escribirá más tarde para darme los detalles de la fiesta a la que tiene que asistir por la noche.

—Me muero de ganas.

Desde la cama, lo observo mientras se pone la camiseta. Se inclina sobre mí y me aparta el pelo de la cara.

—Estás preciosa. Estás aquí... Sigo repitiéndolo porque apenas me lo puedo creer.

Sonrío y le doy un beso de despedida. En cuanto se cierra la puerta, se me cierran también los ojos y caigo en un profundo sueño.

Me despierto a mediodía y salgo a la calle soleada, deslumbrada por la luz. Cruzo al otro lado y me detengo en el quiosco para comprar un ejemplar del *Paris Match* y un periódico inglés.

Encuentro una mesa en la terraza de un amplio café, cerca de Les Halles. Me siento bajo un dosel de hojas y saco el periódico. Pido una tortilla con ensalada verde y el camarero se muestra amable y paciente con mis intentos por expresarme en francés. Trato de concentrarme en lo que leo, pero la idea de volver a ver a Jasper y oír su voz me provoca un suave cosquilleo en la piel. Mi teléfono vibra sobre la mesa.

Tienes una sorpresa esperándote
en tu hotel.

¿Eres tú?

No. Yo más tarde. ¿Nos vemos
en mi hotel a las 6? Luego la fiesta.

Perfecto.

La sorpresa es solo por si necesitas
algo que ponerte, por supuesto.
La fiesta es de etiqueta, en el Dial
Building. Uy, uy. ¿Acabo de
cargarme la sorpresa?

Sonrío y pido otro café *noisette*, que me bebo mientras contemplo cómo se va llenando la terraza. Un hombre con un perrito da migas a una paloma delante de las narices del camarero, que parece irritado. Saco una postal para Emmy y le dibujo todos los detalles. Pago la cuenta y echo a andar manzana abajo, sin rumbo fijo. Distintos objetos se convierten en el telón de fondo de mi paseo: un anuncio francés o la cruz de neón verde de una farmacia. Todo me resulta interesante, me gustaría entenderlo todo: el juego de palabras del anuncio de perfume, las conversaciones que oigo detrás de mí en la cola de la pastelería, la broma que hace el dependiente.

Vuelvo a mi hotel, donde la señora del delantal de estampado de cachemira parece otra vez enfadada conmigo, esta vez al entregarme una gran bolsa porta-trajes. Le doy las gracias y la subo por las escaleras, mientras nos imagino a Jasper y a mí en la fiesta, los dos juntos en una habitación llena de desconocidos.

Ya en la habitación, abro la cremallera de la bolsa y encuentro tres vestidos diferentes para elegir, todos preciosos: uno negro y sin tirantes, otro de brocado en hilo metalizado y, mi favorito, un vestido de seda roja con un escote alto y delicado. Al dejar caer la bolsa portatrajes sobre la cama, noto algo pesado en el fondo. Es una caja blanca atada con una cinta de terciopelo verde. Dentro hay unas braguitas negras de encaje y un sujetador transparente, también de encaje negro. Nunca he llevado ropa interior tan delicada.

Cuando llego a la suite de Jasper, la puerta está abierta. Es tan espaciosa que, al principio, me preocupa haber acabado en alguna otra parte del hotel, y no en una habitación privada.

Hay un reluciente piano de cola pequeño en un rincón, y una barra muy bien provista. Muda de asombro, entro en el dormitorio. Jasper está recostado en la almohada, vestido con un esmoquin negro: tiene las largas piernas estiradas sobre la cama y la cara enrojecida por el sol después de haber pasado la tarde de ayer en la piscina. Palpa la colcha de la cama en busca de un mando a distancia y pulsa un botón para cerrar las cortinas. Me besa la mejilla y, después de saludarnos, me meto en el baño con la excusa de arreglarme el pelo, porque estar de repente en la habitación con él se me antoja demasiado.

—Jasper —lo llamo, a través de la puerta abierta—. Joder, menuda habitación.

—Lo sé. Me la reservaron. Es una exageración y supongo que esa era la idea.

Cuando vuelvo a entrar en la habitación, se levanta y se me acerca. Echa un vistazo a su alrededor y, luego, coge una botella abierta de champán de una cubitera, detrás de mí.

—Todavía está frío. ¿Qué me dices?

—¿Por qué no?

Sentir el roce de sus labios carnosos y suaves en los míos me resulta familiar y nuevo a la vez. Me invade el deseo, rápido e intenso. ¿Alguna vez me he sentido así? Es imposible haber sentido algo así y haberme permitido olvidarlo. Me siento aturdida, como si no supiera muy bien en qué parte de la habitación estoy. Retrocedo y me apoyo en el escritorio, que se me clava en la espalda.

En ese momento suena un timbre.

—Menos mal que he pedido servicio de habitaciones. —Jasper se ríe mientras se dirige a la puerta.

Quiero dejar resbalar el cuerpo hasta tenderme en la alfombra, pero me dirijo hacia el baño para mirarme a los ojos. Abro el grifo para mojarme los dedos con agua fría. Me inclino sobre el lavabo y dejo colgar la cabeza entre los brazos.

Jasper llama a la puerta.

—Pasa.

—Te he traído más champán —anuncia.

Cuando me vuelvo hacia él, me toca el tirante del vestido y se da cuenta de que llevo la lencería nueva debajo. Me levanta el dobladillo del vestido y me acaricia con los dedos la piel suave del muslo. Deja la copa que lleva en la otra mano, sobre el lavabo de mármol, y me levanta la barbilla. Me observa en el espejo. Se restriega suavemente contra mí. Me desengancha las medias, luego coge las braguitas por los bordes, me las baja y las deja caer al suelo. Se apoya en mí y cierra los ojos. Noto los latidos de su corazón.

—No sé si querrás comer algo antes, pero hay fruta, queso y bocadillos —dice. Noto el roce ligero de sus dedos en la piel, su aliento en el cuello—. Agua con gas. —Me baja los tirantes del vestido por los hombros y, luego, los del sujetador, hasta que mis pezones quedan al descubierto—. Hola —dice, al tiempo que me acaricia un pecho y me besa en los labios.

Haría lo que fuera por volver a sentir su aliento sobre la piel, pero sé que no debería moverme. Es como si sus movimientos, ligeros, perfectos y rítmicos, nos hipnotizaran a los dos. Me está mirando un pezón: lo acaricia suavemente con el pulgar, trazando círculos, y luego se inclina de nuevo.

—¿Te gusta? —susurra, mientras me besa en el hombro y me mira a los ojos.

—Sí —consigo decir.

Sonríe y me sostiene la mirada.

—Quizá deberías ir sin esto —se limita a decir. Me desabrocha el sujetador, me lo pasa por la cabeza y lo deja caer en el suelo de baldosas—. Y sin esto —añade, apartando de una patada mis bragas—. Ya volveremos a buscarlos más tarde.

Vuelve a subirme los tirantes del vestido hasta los hombros y los pezones se me endurecen en contacto con la seda.

Me gira hacia el espejo y le sonríe a nuestro reflejo.

—Cuando quieras.

La fiesta está llena de invitados guapísimos con traje de noche. Una mujer con un largo collar que le cuelga por la espalda, larga y bronceada. Un hombre de frac que fuma un puro largo y fino. Nos deslizamos bajo colgantes que centellean, entre una multitud de hombres con traje oscuro, hasta llegar a un salón lateral cuyas puertas abiertas dan a una terraza. «¿Quiénes son estas personas tan elegantes?», me pregunto con una sensación de vértigo. Sin embargo, no me apetece hablar con ninguna de ellas, si lo hago es solo por Jasper. Mujeres de todas las edades con recargado maquillaje de colores inusuales: sombra de ojos blanca en los párpados, pintalabios en tonos oscuros o cremas con purpurina en las cejas. Dependiendo de la cara, queda bonito o chillón, pero el efecto general hace que parezca más un baile de máscaras que un cóctel.

Los músicos se han instalado en el centro de la gran entrada cubierta. La acústica es pésima, de manera que la música flota débilmente por toda la fiesta. Me doy cuenta poco a poco de que Jasper me lleva de un estrecho corrillo a otro, como si fuéramos abejas que van de flor en flor. Cada conversación parece fluir de un centro que nunca llego a encontrar.

—Así me acuerdo de presionar a Charlie y obligarlo a contarnos qué le pasó a Elvina... —le está diciendo una mujer a Jasper.

Capto poco de las conversaciones, apenas una frase antes de que el resto se pierda. La atmósfera es tan densa que no creo que nadie pueda oír lo que dicen los demás.

Estamos a mitad de la enorme escalera de mármol que forma un arco sobre el centro de la sala cuando empieza a subirme el champán. Noto las piernas como si estuvieran hechas de polvo y me palpitan los pies. Me disculpo y vuelvo a bajar: la mitad de las conversaciones son en inglés, pero nadie se para a hablar porque aquí soy una desconocida, así que salgo al patio. Noto calor en el cuello y en las axilas. Lo único que quiero es pasear junto a los balaustres de piedra y tratar de calmar la respiración. Aspiro profundas bocanadas de aire y todavía me siento rara, como si hubiera perdido el control. El patio tiene su propio clima; la vegetación es tan densa que una penetrante fragancia floral impregna la atmósfera. Cuando paso junto a un hombre y a una mujer que están fumando al lado de una enorme planta en flor, ella me mira. El hecho de que me mire es demasiado, así que saco el teléfono y finjo atender una llamada.

—Soy yo —digo, mientras una especie de llama nueva chisporrotea en mi voz. Agacho la cabeza cuando una ráfaga de aire caliente agita las hojas—. Estoy aquí, en los jardines.

No se me ocurre nada más que decir. Sujeto con fuerza el teléfono a un lado de la cara y me balanceo, sin apartar la vista de la luna. Podría haber llamado a Alicia, o a L'Wren, pero no quiero charlar con nadie, solo quiero contemplar el cielo, de color púrpura oscuro.

Vuelvo a entrar y me quedo junto a un grupo de gente cerca de la puerta. Desde allí observo a Jasper, absorto en una conversación con alguien a quien tampoco conozco.

Cuando mira a los demás, su presencia es eléctrica, como si en el mundo no hubiera nada ni nadie tan importante como la persona con la que habla y la conversación que mantienen. El mundo podría venirse abajo a su alrededor y ni siquiera eso lo distraería. Está ligeramente de puntillas; lo veo estirar los dedos, luego contraerlos y, por último, girar las muñecas. Me mira fijamente y sonríe. En cuestión de segundos, está a mi lado.

—Una vuelta más —me dice.

Nos abrimos paso por las distintas salas de la fiesta, antes de escabullirnos hacia la puerta, meternos en su coche y volver al hotel.

—¿Qué haces? —me dice con su sonrisa habitual.

—¿Qué quieres decir? —pregunto en tono inocente.

Entonces me quito el vestido y lo dejo caer al suelo,

junto a la ropa interior que aún sigue allí. Veo un destello de fuego en los ojos de Jasper y el deseo llena el espacio que nos separa. Se apoya en el mueble del baño y bebe un sorbo de su copa.

—Un baño puede ser solo un baño —comenta.

—Cierto. No es necesario que lo hagamos —respondo mientras me meto en el agua caliente.

—No, no es necesario —repite, con una voz que apenas denota emoción.

En respuesta al desafío, levanto los pechos hasta que los pezones ya erectos asoman justo por encima de la superficie del agua. Jasper sonríe y bebe otro largo sorbo de su copa.

—Joder... —dice, casi en un jadeo.

Mientras dirige despacio las manos al botón de sus pantalones, no deja de mirarme a los ojos. Me acaricio el pecho con los dedos y luego el vientre, para después sumergirlos bajo el agua.

—Pero yo no quiero que este baño sea solo un baño. —Dejo caer la cabeza hacia atrás y el agua caliente me empapa el pelo. Podría quedarme a vivir aquí, con Jasper. En esta habitación de hotel—. Jasper, nunca podremos irnos.

Mi vida entera desaparece mientras nos miramos a los ojos; la atracción es tan fuerte que ha durado más de una década.

—Puedo quedarme en mi rincón —dice en voz baja—. Me conformo con mirar.

Saco un brazo mojado de la bañera y le hago señas para que se acerque. Cuando llega a la bañera, me incorporo para desabrocharle los pantalones. Oigo su respiración entrecortada cuando le cojo el miembro erecto. El sonido nos hace sonreír a los dos. Empiezo a acariciárselo suavemente y él se muerde el labio.

—Podrías quedarte en tu rincón —sugiero.

Me aparto de él y me hundo en la bañera, hasta sumergir todo el cuerpo. Cuando salgo, Jasper tiene la polla cogida con una mano, pero no la mueve. Espera a que yo le dé permiso. Abro el grifo y cambio al cabezal de ducha. Luego me agarro al borde de la bañera y saco las caderas fuera del agua; apunto la alcachofa hacia mi entrepierna, palpitante de deseo.

—Oh, qué gusto. —Suspiro.

La combinación de la presión del agua y los ojos de Jasper clavados en mí electriza cada centímetro de mi piel.

Cierro los ojos y acerco más la alcachofa. Noto un cosquilleo en los pezones. La sensación cálida que experimento entre las piernas se me extiende por todo el cuerpo. Jasper se acaricia, despacio. La necesidad que siento de tenerlo es casi insoportable. Quiero que me llene, quiero notarlo en todas partes.

—Te necesito —susurro.

Jasper se quita la ropa y entra en la bañera. El agua sube de nivel cuando él se sienta, creando una ola que casi rebosa el borde. Cierro el grifo y me atrae hacia él, hasta que apoyo la espalda en su vientre desnudo y noto su miembro palpitando contra mi piel. Me besa el cuello. Los dos sacudimos los hombros al mismo tiempo, con la respiración entrecortada. Me inclina la cabeza hacia atrás, para poder besarme profundamente; noto su lengua dentro de la boca, sus labios calientes en los míos. La barba me araña la mejilla. Sube las manos hasta mis pechos y empieza a acariciármelos, a masajearme los pezones, tan erectos que me duelen. Meto la mano bajo el agua, entre sus piernas, y jugueteo con la punta de su polla, trazando lentos círculos con los dedos. Se le escapa un gemido bajo y gutural, con la boca pegada a mi cuello. Y entonces me coge la muñeca con la mano y me obliga a parar.

—Dime que eres mía esta noche —me pide.

Me estremezco al escuchar la intensidad de su voz, como si estuviera dispuesto a devorarme entera. En lugar de responder, se lo demuestro inclinándome hacia atrás para besarlo de nuevo; le paso la lengua por los labios y los dientes, y luego se la meto en la boca hasta el fondo.

Me aparto para coger aire.

—Esta noche soy tuya. Mi cuerpo es tuyo.

Le cojo la mano que tiene bajo el agua, la que está usando para sujetarme la muñeca, y la acerco a mi sexo tras separar las piernas todo lo que puedo. Su respiración es pesada y profunda, casi un jadeo. Jasper tantea hacia atrás con la otra, en busca del grifo, lo abre y coge la alcachofa. Me levanta las caderas por encima del agua. Con una mano, coloca la alcachofa entre mis piernas y, con la otra, me frota la zona más íntima y caliente de mi cuerpo. Me introduce un dedo y empieza a masajearme el punto G trazando pequeños círculos concéntricos.

Se me escapa un gemido ahogado y arqueo la espalda para facilitarle el acceso.

—Más adentro —le ruego.

Jasper me introduce un segundo dedo y empieza a mover los dos a un ritmo constante. Balanceo las caderas justo por encima de la superficie del agua, aprisiono sus manos con los muslos. El movimiento de sus dedos unido a la vibración del chorro de la ducha me provoca un placer intenso, que no se parece a nada que haya sentido antes. Jasper respira entrecortadamente, pegado a mi cuello, y me muerde la oreja. Noto su polla cabeceando contra mi espalda, cada vez más dura.

—Otro —lo apremio, hasta que me abre lo suficiente para introducirme tres dedos.

Las paredes de mi vagina empiezan a palpitar mientras él mete y saca los dedos, y tenso todo el cuerpo. Estoy llegando al clímax, con el vientre apretado y las caderas contraídas por la presión de sus caricias. El agua está más fría ahora y el movimiento de los dedos de Jasper dentro de mí crea pequeñas olas que se estrellan contra mis pechos.

—Me voy a correr.

Mi voz resuena en el baño de mármol; al pronunciar esas palabras es como si hubiera dado permiso a mi cuerpo. Las compuertas se abren, pero, antes de que me abandone por completo, Jasper saca los dedos.

—Espera. Quiero que te corras encima de mí. Sobre mí. Quiero verte.

Escuchar esas palabras saliendo de su boca hace que mi orgasmo se acerque aún más deprisa.

—Rápido.

Sale inmediatamente de la bañera y se tumba en el suelo de mármol; yo lo sigo enseguida. Me subo a horcajadas sobre la parte superior de su torso y levanto las caderas hacia su cara. No puedo moverme lo bastante rápido. Es imposible frenar mi orgasmo, así que me abro, a centímetros de su boca, me introduzco los dedos y empiezo a meterlos y a sacarlos. No puedo parar. El placer es tan intenso y rápido que he perdido el control.

—Córrete encima de mí. Quiero verlo.

—Méteme los dedos otra vez.

Joder, qué gusto. Sigo moviéndome contra sus dedos hasta que siento una intensa oleada de placer. Me corro. Me invade un alivio momentáneo, pero, antes de que me dé tiempo a recuperar el aliento, la presión vuelve a aumentar, esta vez aún más fuerte. Grito de placer, esperando el clímax.

—Oh, Dios.

Al oír su voz, me corro de nuevo sobre el pecho de Jasper. Él separa los labios y me atrae hacia su boca para lamerme.

—Qué pasada —gime entre mis muslos.

Mientras me chupa, la presión aumenta de nuevo. Esta vez, incluso noto calambres en los dedos de los pies mientras el orgasmo me recorre cada vez con más fuerza, hasta que exploto y me siento como si todos los nervios de mi cuerpo hubieran empezado a arder. Es como si me quebrara de golpe.

—Joder..., joder... —dice Jasper, mientras tensa todo el cuerpo al llegar él también al orgasmo.

Me baja hacia su pecho y se corre en mi estómago. Se estremece, pegado a mi cuerpo. Estamos los dos completamente agotados.

Me quito de encima y me tumbo a su lado, en el suelo frío, tratando de recuperar el aliento. Me tiemblan las piernas.

—Eres una puta diosa. Prométeme que harás esto todos los días que estemos juntos. Te lo digo en serio. Prométemelo.

—No sé si puedo volver a hacer algo así. Es la primera vez que me pasa —me río, casi sin poder creerme la forma en que ha reaccionado mi cuerpo.

—Bien, pues no lo hagas con nadie más.

—Vale. Solo contigo.

De repente, los párpados me pesan mucho y dejo que se me cierren, tratando de acallar esa pequeña parte de mí que ya está pensando en el viaje de vuelta a casa.

TERCERA PARTE

Dallas, Texas

9

En cuanto Oliver abre la puerta principal, Emmy viene corriendo.

—¡Mami!

La cojo en brazos. Aún está toda mojada —piernas, brazos, pelo— después de haber estado en la piscina del edificio de Oliver.

—¡Te he echado tanto de menos!

Solo ha pasado una semana, pero juraría que ha crecido durante el campamento.

—¿Me has traído un regalo?

—¡Emmy! —Oliver se ríe—. Al menos treinta segundos de amor antes de mostrar tu verdadero yo, ¿no?

Él también parece diferente. Lleva el pelo un poco más largo y va sin afeitar.

—Hmm, bueno... —Finjo buscar un regalo en mi

bolso durante unos segundos—. A lo mejor tengo algo por aquí. A ver, a ver...

A Emmy se le ilumina la cara cuando saco tres regalos: un pijama rosa de perritos envuelto en elegante papel de seda y atado con un lazo también de seda, por el que demuestra un interés fingido; un joyero en forma de torre Eiffel, con diamantes de imitación incrustados, que deja a un lado; y un libro sobre tigres, que abre inmediatamente.

Se sienta en el suelo de la sala de estar de Oliver y lo hojea mientras pregunta:

—¿No me has traído caramelos?

—Mira en el joyero.

Lo abre y encuentra gominolas de color rosa con forma de fresa. Al verlas, abre los ojos de par en par.

—¡Gracias! ¿Podemos jugar al escondite?

—Ems, tu madre acaba de hacer un viaje muy largo.

Oliver me pregunta si quiero beber algo.

—Claro —le digo.

Emmy se concentra de nuevo en su libro. Va pasando el dedo por las ilustraciones y tratando de pronunciar las palabras en francés mientras yo sigo a Oliver a la cocina.

—Tu casa está muy bonita.

Ha colgado más obras de arte desde la última vez

que estuve aquí: una serie de fotografías enmarcadas de antiguos radiocasetes estéreo de los años ochenta.

—He tenido que emplearme a fondo para luchar contra el estereotipo de decoración.

—¿Cuál?

—El de triste papá divorciado.

Ambos nos estremecemos cuando pronuncia la palabra «divorciado».

—Ya. Déjame ver tu congelador.

Lo abro y veo que está lleno de fruta congelada y granos de café. No hay tristes comidas preparadas.

—Has aprobado.

Me dedica una sonrisa radiante y cordial. Exprime limón en mi té helado y me da un vaso alto y fino. Se balancea sobre los talones, con la espalda apoyada en la nevera, y bebemos el té a sorbos, lo más separados posible en su cocina de soltero. Tenía muchas ganas de volver a casa y ver a Emmy, pero, ahora que estoy aquí, echo de menos a Alicia y L'Wren, echo de menos mi pequeña habitación de hotel, y a Jasper y la sensación electrizante de estar cerca de él.

—¿Qué tal el viaje? —nos interrumpe Emmy, que se ha interpuesto entre nosotros—. ¿Ahora ya podemos jugar al escondite?

Me coge de la mano y me lleva por el pasillo, hacia el dormitorio de Oliver.

—¿Tenéis tiempo? —nos llama Oliver.

—Jugamos una vez y luego nos vamos.

—Os escondéis juntos —ordena Emmy.

—No nos escondemos juntos, tontita.

Oliver nos ha seguido hasta su habitación. Por un momento, me pregunto si tiene miedo de lo que pueda encontrar. Pero estamos separados, ¿por qué debería ocultarme algo?

—Tu padre y yo deberíamos elegir sitios diferentes para que tengas muchos lugares donde buscar.

—No. Os quiero a los dos aquí. Me toca a mí.

Emmy cierra la puerta del dormitorio. Los dos buscamos opciones. La habitación es pequeña: no hay cortinas tras las que esconderse, y la cama de Oliver tiene cajones debajo. Solo queda el armario. Es estrecho, oscuro y apenas lo bastante grande para los dos. Me siento sobre los talones mientras Oliver se apretuja a mi lado y cierra la puerta. La piel desnuda de su brazo roza el mío. Algo afilado se me clava en la cadera derecha y recoloco el cuerpo.

—Estaba sentada sobre una bota.

Se ríe y se gira de manera que quedamos uno frente al otro, lo cual nos deja unos centímetros más de espacio.

—Mejor así, ¿verdad? Háblame de París.

—Oh. Ya viene...

La puerta de la habitación se abre. Oímos los cruji-
dos del suelo cuando Emmy pasa por delante del armario. Luego retrocede, sale de la habitación y se aleja
por el pasillo.

—No entiendo nada —susurra Oliver—. ¿No había elegido ella el escondite?

—¡Em-my! —la llamo en voz alta.

Nada.

—Me preocupa su memoria a corto plazo.

—Vamos a darle un minuto más, Oliver.

Oliver se mueve de nuevo, pero es imposible encontrar una posición cómoda en un espacio tan pequeño.

—¿Habéis tenido buen tiempo en París?

—Excelente. Ha hecho sol todos los días.

—Diana...

Entierro la cara en las rodillas. Sé lo que viene.

—No quiero hablar de la foto.

—¿Qué foto?

Lo miro a la cara y me fijo en la expresión neutra
que ha adoptado.

—Gracias.

Seguimos sentados sin decir nada. El silencio entre
nosotros, sin embargo, ha cambiado. Se me antoja

225

desconocido. Cargado, incluso. Los ojos ya se me han adaptado a la oscuridad y distingo el rostro de Oliver con mayor claridad. Lo veo parpadear con sus largas pestañas.

—¿Qué pasa? —pregunta.

—Nada. *Jet lag* —respondo, sacudiendo la cabeza—. ¿Emmy? —llamo.

Silencio. Y entonces..., en la quietud de la tarde, distingo el débil sonido de una musiquilla electrónica y una voz familiar que pide a los niños que «le den *like* y se suscriban al canal». Pego la oreja a la pared trasera del armario de Oliver.

—Ese es... ¡Mr. Beast! Está viendo YouTube. Tu hija nos ha dejado tirados en un armario para pasar más tiempo frente a la pantalla.

Oliver sonríe.

—Bien jugado, Emmy. Bien jugado.

—Bueno, supongo que pierde ella, ¿no? En fin, menos mal, se me estaban durmiendo los pies.

Oliver me observa mientras me incorporo y después se levanta él; ahora estamos incluso más cerca que antes.

—¿Quieres ver la casa que estoy reformando? Está cerca del parque de camas elásticas. Podríamos llevar a Emmy a que se canse un rato y luego os acompaño a casa.

—No lo sé. La verdad es que huelo un poco mal. Tendría que ir a casa y ducharme.

Se inclina para olerme.

—Pasarás desapercibida en el parque de camas elásticas.

Recupero las fuerzas mientras persigo a Emmy por el parque de camas elásticas, hasta que decidimos que ya es hora de irnos. Solo son cinco minutos en coche hasta la casa en reformas.

Oliver aparca en el camino de piedra y Emmy se aleja saltando hacia la parte trasera de la casa, para recoger dientes de león en el jardín cubierto de maleza.

—Es mi pequeña ayudante. Y por ayudante me refiero a que promete no quejarse mientras trabajo, pero luego me pregunta cada tres minutos si nos vamos ya.

Oliver ha limpiado toda la maleza y las hojas muertas de la parte delantera de la casa, además de talar tres árboles moribundos, y está plantando filas y más filas de coloridas zinnias.

—Mis favoritas —le recuerdo, pero no me mira a los ojos.

—Ahora ya se puede ver la fachada de la casa —me dice, y añade—: que causa muy buena impresión desde la calle.

Abre la puerta principal y es imposible no ver de inmediato el encanto de la casa. Es exactamente lo que querría una pareja joven: una primera casa de cuento de hadas.

—Encontré estas viejas ventanas en una chatarrería. Tardé una semana en lijarlas y pintarlas, pero creo que han quedado bastante bien.

Me enseña la cocina, aún a medio montar, pero con armarios nuevos y una isla hecha con una vieja mesa de pañero.

—Es realmente preciosa, Oliver. ¿Lo has hecho todo tú?

—Tengo a un chico que me ayuda con la electricidad. Y a otros dos que se encargan del aislamiento. Pero todo lo demás, sí. Todavía tengo que sellar los suelos. Algo mate, creo. Y los grifos aún no han llegado, así que estoy esperando.

Irradia la misma felicidad que cuando nos conocimos; en aquella época, se quedaba despierto hasta altas horas de la noche, esbozando diseños de muebles y planeando futuros viajes. «Deberíamos ir a Estocolmo —decía—. Mira qué arquitectura. A lo mejor construyo un hotel. O a Lisboa. Podemos traernos azulejos para la cocina. ¿Y si nos quedamos una temporada en Italia? Solo el tiempo suficiente para aprender a hablar italiano y hacer buenas pizzas.»

—Me daba un poco de miedo enseñártelo. Me alegro de que te guste.

Por la ventana de la cocina, vemos a Emmy tumbada de espaldas en la hierba.

—Creo que la hemos agotado a base de bien.

Ya en casa, Emmy y yo comemos tortillas de queso cheddar con boniato frito y nos turnamos para leer su nuevo libro de tigres con un acento francés terrible. Me he duchado antes, pero, en cuanto Emmy se duerme, me preparo un baño. Me meto y el agua está tan caliente que la piel se me pone roja. Me obligo a quedarme ahí hasta que el agua se enfría y, entonces, me hundo poco a poco, hasta tener todo el cuerpo sumergido. Imagino a la joven pareja que querrá comprar la casa de Oliver. Me los imagino tal y como éramos antes Oliver yo. No solo soñábamos con el futuro, sino que creíamos que la «sensación» que buscábamos estaba a la vuelta de la esquina: la sensación permanente de estar exactamente donde uno quiere estar, la confianza y la satisfacción que acaban con todas las dudas. Oliver debería poner una bañera con patas en la casa nueva, para la pareja que la compre. Y que sea muy grande, para que quepan los dos. Y el agua debería estar caliente, para que ella pueda quedarse allí dentro todo el tiempo que quiera.

10

Esa noche, en mi propia cama, me abandono a un sueño inquieto. A las cinco ya estoy vestida y lista para ir trabajar. Espero a que Emmy se despierte y la llevo a casa de sus abuelos. Cuando llego a mi oficina, encuentro una gigantesca cesta de regalo, rebosante de largas tiras de cecina, carne seca de ciervo y una botella de chardonnay caliente. La tarjeta dice:

Gracias por convencer a Petra. Allen.

Paso la mañana en mi escritorio, pero solo tardo un par de horas en ponerme al día. Mi correo electrónico favorito es de Petra:

Supongo que a estas alturas ya te habrás enterado de que oficialmente mi dinero se queda con

esa panda de pollaviejas. Nos vemos en la oficina.
Besos y abrazos.

Cuando recibo un mensaje de Liam en el que me pregunta si tengo planes para la hora de comer, me doy cuenta de que estoy muerta de hambre.
Se ofrece a pasar a recogerme.

Hay alguien a quien quiero
que conozcas.

> ¿Es una trampa? No pienso salir
> con ninguno de tus amigos.

Qué asco. Y no, todavía estoy
traumatizado por tu forma de
coquetear en el centro comercial.
¿Te acuerdas? Yo sí.

—Hola —saluda Liam cuando subo a su coche—. Puaj, ¿qué es ese olor?
—Es un regalo de agradecimiento.
Le pongo la cesta en el regazo y arruga la nariz, pero de todos modos la acepta porque es gratis.
—¿Adónde vamos?

—No muy lejos.

Bajo la ventanilla y cruzamos la ciudad; por el camino paramos a comprar hamburguesas. Comemos en el coche, y me mete prisa para acabar. Conduce rápido, con el estéreo a todo volumen, y tarareamos las canciones hasta que Liam se detiene ante una enorme casa de ladrillo cubierta de hiedra.

—¿Te mudas del sótano de L'Wren?

—¿Y renunciar al desprecio de mi padre y a un suministro vitalicio y gratuito de agua con gas? No digas chorradas.

A medida que nos acercamos a la puerta principal, se le dibuja una sonrisa en el rostro.

—Liam, cuéntamelo todo.

—Tenemos un nuevo empleado. Para la página web.

—¿Has contratado a alguien?

—Más o menos. Una becaria. Vive aquí.

—Liam...

Pero él ya está llamando al timbre y pronto aparece una mujer rubia y menuda. Tiene una mirada cálida, pero no sonríe. Tampoco es fácil adivinar su edad, pues la ropa que lleva no se ajusta a los años que sugieren sus facciones. Se pasa una mano de manicura perfecta por la falda beige, larga hasta la pantorrilla. Lleva el pelo recogido con horquillas y laca.

—Diana, esta es Kirby. —Liam sonríe—. Parece una presentadora de Fox News, pero ese es su rollo.

—Liam —lo regaño.

—No pasa nada. —La sonrisa de Kirby es discreta y cortés—. En realidad, es cierto: no hay conjunto de Ann Taylor Loft que no me guste. —Me tiende la mano—. Es un placer conocerte, Diana. Pasa.

Liam y yo la seguimos al interior de su casa, que está limpia y ordenada. Parece el hogar de alguien que siempre usa posavasos.

—Kirby estudió música en la Universidad Metodista del Sur.

—Viento madera, al principio.

—Toca el clarinete. Es la hostia.

—Luego me pasé a la composición. Durante un tiempo pensé que me gustaría probar con la musicoterapia, pero...

Por la cara que pone, da a entender que deberíamos saber exactamente lo descabellada que es esa idea. Liam se ríe como si lo entendiera.

—Y ahora quiere dedicarse al diseño de sonido, así que le envié algunas de las entrevistas de Dirty Diana.

Me preocupa un poco que a Liam se le haya ido la olla, pero me preocupa aún más calar bien a Kirby.

—Entonces ¿has escuchado las entrevistas?

—He dedicado tiempo a dos de ellas, hasta ahora

233

—responde, con una expresión completamente neutral.

En vista de que no me dice qué le han parecido, sigo haciéndole preguntas.

—¿De dónde eres?

—Nací en Highland Park y me crie allí, pero mis padres son oriundos de River Oaks, en Houston. Se suponía que tenía que estudiar en Kinkaid, pero mi madre acabó educándome en casa. Y, cuando digo mi madre, me refiero a la miríada de intelectuales a sueldo a los que contrató para educarme barra criarme.

—¿Lo ves? —dice Liam, al tiempo que me da un codazo en las costillas—. Puede permitirse ser becaria.

Si es un insulto, Kirby no lo interpreta como tal. Nos acompaña al interior de su casa y, más en concreto, a una pequeña habitación insonorizada, en cuyo interior hay dos grandes monitores de ordenador y varios teclados.

—Liam ha pensado que tal vez podría ponerte algo. Si te parece bien.

—Claro.

Me da un par de auriculares de aspecto profesional y me indica un sofá de dos plazas. Liam y yo nos sentamos.

—Me interesa el diseño de sonido, por supuesto,

pero también me interesa la colaboración, la unión entre arte y comercio, y las iniciativas emprendedoras, en concreto. Ver cómo se construye algo a partir de la nada.

Cuando habla, se muestra confiada y segura de sí misma, casi como si estuviera haciendo un truco de magia en una fiesta. No duda, ni se le escapa ningún «eh» o «bueno». Me entran ganas de sentarme más erguida.

—No somos una empresa propiamente dicha —le digo.

Kirby se encoge de hombros.

—Todavía no.

—Mientras estabas fuera —me explica Liam—, se me ocurrió una idea para mejorar algunas entrevistas, algo nuevo que podíamos probar. Entonces quedé con Kirby, y ella cogió mi idea y la desarrolló.

—¿Escuchamos? —sugiere Kirby.

Me pongo los auriculares. Al principio se me hace extraño oír mi propia voz, pero enseguida resulta obvio que Kirby ha convertido la experiencia de escuchar las entrevistas en algo mucho más placentero. Escucho con atención, tratando de entender qué es lo que ha hecho en concreto para que el sonido sea mucho más íntimo, pero, sea lo que sea, es sutil. Ha limpiado el audio y ha añadido algunos tonos que funcionan como transiciones. Como si hubiera pulido las entrevistas. Cuando levanto la vista, Kirby me está observando con los ojos muy abiertos y expresión expectante. Por primera vez, aparenta exactamente la edad que tiene. Cuando le digo que me gusta mucho lo que ha hecho y que estoy impaciente por escuchar más, relaja los hombros. Y, cuando cruza una mirada con Liam, sonríe.

Ya en la calle, me hago visera con una mano para protegerme los ojos de la luz. El sol es deslumbrante y, entre el *jet lag* y el rato que hemos pasado en la habitación insonorizada de Kirby, me siento desorientada. De repente, no sé cuánto tiempo hace que he salido de la oficina para ir a comer. Camino, aturdida, hacia el coche de Liam.

Me abre la puerta.

—Encaja bien, ¿verdad?

Asiento con la cabeza y cierro la puerta. Me siento confusa, no dejo de pensar en la soltura con la que Kirby nos ha hablado de colaboración y en la facilidad con la que ha mejorado lo que hemos hecho hasta ahora.

—Mi amiga Petra nos ha ofrecido un espacio en su edificio de oficinas. Tiene una planta vacía que no usa nunca. Quizá deberíamos pensárnoslo. Un lugar en el que podríamos trabajar todos juntos de vez en cuando.

—Entonces ¿te gusta Kirby?

—Liam, creo que es a ti a quien le gusta Kirby.

—¿Quééé? —exclama, sonrojándose—. Bueno, sí. Pero es algo totalmente unilateral. El departamento de Recursos Humanos de Dirty Diana no tiene nada de lo que preocuparse.

11

La semana siguiente transcurre entre largas horas de trabajo, chapuzones en la piscina municipal y noches calurosas y pegajosas atrapando luciérnagas en el jardín trasero con Emmy.

Jasper está en Berlín, donde van siete horas por delante, y llama cada pocos días, normalmente cuando me estoy acostando. Le gusta que adivine lo que hace: «¿Acabo de llegar a casa o acabo de despertarme?». Yo le pido que me describa la noche que acaba de pasar o el día que le espera, y él me acribilla a preguntas sobre Emmy y lo que he estado pensando y haciendo. No hablamos de cuándo volveremos a vernos, pero el tema sigue ahí presente, en un segundo plano.

Después de colgar, empieza a enviarme mensajes.

No dejo de pensar en ti.

¿Recuerdas aquella vez en Marfa,
cuando nos detuvimos en el arcén
de una carretera vacía?

Dios, te adoro. ¿Dónde estás ahora?

Algunas mañanas, cuando hago en coche el largo trayecto hasta el trabajo, reduzco la velocidad al pasar por delante de la casa que está reformando Oliver y, a veces, lo veo trabajando al aire libre. Se ha pasado los dos últimos días construyendo los escalones de la entrada. Al principio, verlo trabajar en algo que le encanta me parecía inspirador, pero cada día que pasa me preocupa más el dinero que gasta. Desde que se marchó, nuestras facturas no han dejado de aumentar: no podemos obviar que tenemos una hipoteca y el alquiler de una segunda vivienda. Hoy, al pasar con el coche, veo una gran pila de baldosas cerca de las zinnias, y me fijo en que no se parecen a las que ha colocado hasta ahora. Tengo la sensación de que va a arrancar las que ya ha puesto para empezar de nuevo.

Al final de la semana, Liam, Kirby y yo trasladamos nuestras cosas a las oficinas vacías de Petra, en un edificio de ladrillo blanco de tres plantas a las afueras de la ciudad. La empresa de relaciones públicas de Petra está en el último piso y nosotros estaremos justo debajo. Al ser fin de semana, cuando llegamos no hay nadie, pero Petra le ha pedido al guardia de seguridad que nos reciba en la puerta y nos enseñe la segunda planta. Es un espacio bonito, luminoso y claro, con suelos de roble de tablones gruesos y una gran ventana que ocupa casi toda una pared y da a la calle. Traigo la vieja mesa de dibujo de Oliver y algunos lienzos y me instalo frente a la luz radiante de la ventana. Kirby se queda un pequeño despacho y, luego, ella y Liam se ponen a trabajar para insonorizar un espacio de grabación que yo pueda usar. Liam se apropia un escritorio vacío, justo delante de la cocina. Le lleva café a Kirby y calienta la comida para los dos.

Una vez que lo hemos desempaquetado todo, encuentro un cuaderno casi vacío y me siento en el pequeño sofá azul que Petra nos ha prestado. Vuelvo a escuchar una entrevista y recreo a la mujer de memoria. Empiezo por dibujar sus rasgos más característicos: los labios carnosos, el pelo suave y ondulado, la nariz afilada, la curva del cuello.

Cuando me quito los auriculares, oigo reír a Liam y a Kirby. Ella está sentada en el escritorio de Liam y los dos están observando nuestra página web en la pantalla del ordenador.

—¿Qué es lo que os hace tanta gracia?

Me hace falta un descanso después de tanto dibujar, así que me pongo de pie y me desperezo.

—Estamos leyendo los comentarios.

—¿Dónde están los comentarios?

—¿Has visitado alguna vez una página web, Diana? Ve bajando.

Me cede su silla y se inclina sobre mi hombro. Huele a café y caramelos de menta, que imagino que come solo por Kirby.

—Algunos parecen claramente escritos por el fantasma de Newt Gingrich, pero la mayoría son geniales. Mira...

Va bajando por la página, leyendo en voz alta.

—«Me encanta la honestidad de estas entrevistas. ¿Por qué no hay más?»

»"Sí. Las voy a escuchar todas otra vez."

»"Los cuadros son muy bonitos. ¿Están a la venta?"

—Liam..., te estoy viendo, te saltas las malas.

Al día siguiente, dejo a Emmy en casa de Oliver para un fin de semana largo. La lleva a la barbacoa anual que organiza su madre el 4 de Julio y yo me alegro de no tener que pasar la tarde bajo la mirada crítica de Vivian y Allen.

—Creo que mi madre quiere emparejarme con la

hija divorciada de su amiga. —Oliver suspira—. Alguien de su sección de las Hijas de la Revolución Estadounidense, claro.

No es ninguna sorpresa que Vivian me haya olvidado tan rápidamente, pero aun así duele.

—¿Qué tal la casa? —pregunto, para cambiar de tema.

—Con algunos contratiempos, pero avanzando. —Al ver que no respondo de inmediato y me quedo mirando un punto indeterminado por encima de su hombro derecho, Oliver me suelta—: Por favor, no, Diana. Ahora no.

—¿Qué?

—¿Cómo que qué?

—Oliver, no he dicho nada.

—Sé lo que estás pensando.

—Estás exagerando —respondo, molesta porque aún es capaz de leerme la mente.

Volvemos a las andadas con facilidad y nos ponemos a discutir como niños. Emmy está cerca, concentrada en su colorida pila de pulseras de la amistad, pero no se le escapa la tensión que hay entre nosotros.

—Estás nerviosa por el dinero y por lo que estoy tardando en acabar la casa —dice Oliver, bajando la voz—. ¿Por qué eres incapaz de decir lo que quieres decir?

Me invade la ira.

—¿Tú me vas a dar consejos de comunicación a mí? ¿Tú, que no me dijiste ni una palabra de que te estabas gastando nuestro dinero?

—Al menos lo intento.

—¿Y eso qué significa?

Oliver hincha las mejillas y luego expulsa el aire, muy despacio.

—No quiero hablar de esto. Ahora mismo no.

—Claro que no quieres. Nunca quieres. —Le dedico una sonrisa falsa y aprieto los dientes—. Diviértete con la *socialité*. A lo mejor nos hace un préstamo.

El enfado se me va pasando durante el trayecto de vuelta a casa: una capa helada de vergüenza por haberme comportado de un modo tan infantil y haber dejado que me presionen con tanta facilidad va enfriando el calor de mi rabia. Me recuerdo a mí misma la victoria de hoy: no tener que quedarme en el jardín trasero de Vivian tragando comida bañada en mayonesa que ha estado demasiado tiempo al sol. Eso cuenta, ¿no? La sensación de triunfo, sin embargo, dura poco. Al acercarme a casa, pienso en lo aburrido que va a ser estar tres días sola. Pensaba que después de París me sentiría diferente, que no me importaría estar sola en casa y que volvería a dormir bien, pero resulta que no es así: sin Oliver y Emmy, la casa me parece extraña. Al pensar en las habitaciones vacías, noto todo el cuerpo tenso.

Pero, al enfilar el camino de entrada, veo a Jasper esperándome en la puerta de casa.

12

Jasper está sentado en los escalones de la entrada, con la cara vuelta hacia el sol. Cuando me ve, esboza una sonrisa. No puedo evitarlo. Me siento en su regazo y le rodeo el cuello con los brazos. Está sexy y despeinado, y el corazón se me desboca. No era consciente de lo mucho que lo he echado de menos.

Me estrecha entre sus brazos, me levanta el pelo y me besa la nuca. Me vuelvo hacia él, le levanto las gafas de sol y me pierdo en sus profundos ojos marrones.

—¿Qué haces aquí?

—Nos vamos. —Sonríe—. Necesito una ayudante. Tengo un trabajo muy importante fuera de la ciudad y he pensado que podrías echarme una mano.

—Ja, ja.

Los dos recordamos aquella mañana en Santa Fe de hace un millón de años, cuando encontré a Jasper muerto de frío, paseando de un lado a otro delante de mi trabajo y pidiéndome desesperadamente que lo ayudara en una sesión de fotos. Quince años después, siento las mismas mariposas en el estómago.

—Será mejor que Marfa, te lo prometo.

Se levanta y me coge una mano entre las suyas.

—¿Hablas en serio? Pero si acabas de llegar.

—He venido a buscarte. Vamos, haz la maleta —dice, al tiempo que tira de mí para levantarme—. Dos noches. Te traeré de vuelta el lunes temprano.

Me alejo un paso, como si estuviera perdida en mis pensamientos y quisiera hacerme la difícil. Él salva el espacio de inmediato y me coge la cara con ambas manos. Me besa con delicadeza.

—Emmy estará fuera hasta el martes —susurro, pegada a sus labios.

—Tres noches. —Sonríe—. Mejor aún.

Los asientos delanteros del Bronco que ha alquilado Jasper nos engullen. Conduce durante horas y luego paramos para una barbacoa y un baño rápido en una poza secreta que él conoce. Después volvemos al coche y seguimos recorriendo el paisaje ondulado del Hill Country de Texas, pasando por delante de varios restaurantes de comida rápida, centros de detención y salidas hacia ciudades que dejamos atrás muy pronto. Llevamos el aire acondicionado apagado y las ventanillas bajadas; el aire del verano nos calienta la piel.

Paramos en Fredericksburg para cenar. Paseamos por la calle principal, cogidos de la mano, fijándonos en las tiendas de antigüedades y los edificios históricos, preguntándonos en silencio qué estará pensando el otro. Cuando nos detenemos ante el escaparate de una tienda de antigüedades, repleto de espantosos payasos de cerámica, mantengo la vista al frente, pero sé que me está observando. Me giro y le sonrío; cuando nuestras miradas se cruzan, siento un doloroso deseo de que me toque. Compartimos un helado de fresa junto a una vieja máquina dispensadora de refrescos, y nos lo vamos pasando el uno al otro, lamiendo las gotas antes de que se nos derrita del todo entre las manos.

—¿Y ahora adónde? —pregunto, imaginando un pequeño hostal con blondas de encaje y un gato.

—Es un secreto —dice Jasper, y volvemos a subir al coche.

A las afueras de Fredericksburg, Jasper gira por un camino de tierra y desciende lentamente por una suave colina a cuyos pies hay una zona de acampada. Se me encoge un poco el corazón ante la idea de no tener agua corriente durante tres días y pasarme tres noches acribillada por los mosquitos, pero Jasper sigue conduciendo hasta que llegamos a un lago de aguas azules rodeado por seis cabañas construidas en los árboles, a bastante altura del suelo.

—¿Aquí es donde nos vamos a quedar?

—Elige la que más te guste.

Me decido inmediatamente por una casita con la puerta pintada de azul, y subo la empinada escalera hasta llegar a lo alto.

—Un amigo mío las construyó cuando se jubiló, con la idea de tentar a sus nietos para que lo visitaran más. Ahora ya no las usa y solo las presta a sus amigos. Vas a alucinar con las vistas.

Dejamos las maletas y damos una vuelta. Delante de la habitación, en lo alto de los árboles, hay un porche decorado con una guirnalda de luces desde el cual se ve el lago. Contemplo las vistas por encima de la barandilla, mientras Jasper se acomoda en una hamaca de rayas amarillas y blancas. Se despereza y cruza las manos detrás de la cabeza, pero ni siquiera en la hamaca parece totalmente relajado. Tiene una pierna estirada, con el pie apoyado en el suelo, como si estuviera listo para entrar en acción en cualquier momento.

Todo está en silencio, salvo por el croar de las

ranas que se llaman unas a otras. Jasper se levanta y se me acerca.

—¿Puedo besarte?

—Sí.

Apoya la frente en la mía y suspira.

—Por fin estamos juntos.

Me besa apasionadamente y, al meterme la lengua en la boca, empieza todo. Ya no podemos contenernos ni un segundo más. Antes de que tengamos tiempo de darnos cuenta de lo que está pasando, él me está desabrochando el vestido y yo le estoy bajando los dedos por el pecho, hasta llegar a la hebilla de su cinturón.

—Te he echado de menos —le digo.

—No volvamos a pasar tanto tiempo sin vernos.

Asiento, y ambos ahuyentamos el mismo pensamiento de nuestra mente febril: «Pero ¿cómo? ¿Cómo podríamos vivir nuestras vidas tan lejos y, al mismo tiempo, vernos más a menudo?».

Me coge en brazos y me lleva al interior de la cabaña. Me tumba en la cama. Levanto los brazos por encima de la cabeza, invitándolo a explorar mi cuerpo. El colchón se hunde bajo su peso cuando se coloca a horcajadas sobre mis caderas. Se inclina, muy despacio, y me besa por todas partes: los pechos, los hombros, el cuello.

—Estás más guapa que la última vez que te vi —me dice.

—Tampoco hace tanto tiempo.

Sus besos despiertan mis ansias: estoy desesperada por sentirlo dentro de mí. La sensación de que me penetre, de que me llene, tan familiar y tan nueva a la vez. Paso los dedos por el bajo de su camisa y tiro un poco, pidiéndole en silencio que se la quite. Obedece al momento y se la pasa por encima de la cabeza. Le acaricio con los dedos los brazos desnudos. Fuera, el sol de verano se ha ocultado por completo y la única luz de la habitación es la de una lámpara de mesilla, que proyecta un resplandor suave y anaranjado.

—Quítatelo —le digo.

—¿El qué?

—Todo.

Yo también me desvisto y me meto bajo las sábanas limpias. Y entonces nos encontramos, desnudos y pegados el uno al otro.

—Dios, cuánto te he echado de menos.

Lo cojo y tiro de él hasta que por fin está encima de mí. Sonríe y me besa despacio. A modo de respuesta, levanto las caderas, ansiosa por sentirlo dentro de mí. No me hace esperar. Me penetra y el placer nos invade a los dos. Un placer inmediato e inquebrantable. Me acerca los labios al cuello y noto su aliento cálido. Su barba incipiente tiene el punto justo de aspereza. La polla se le ha puesto tan dura y gorda que cada movimiento me lleva al borde del orgasmo. Me dejo llevar y me sumerjo en el placer, al tiempo que ahuyento esa vocecilla molesta que me recuerda que este éxtasis es temporal. Que partirá, junto con Jasper, hacia Londres o París en cualquier momento, sin mí. La silencio. Me concentro en mi cuerpo y en la sensación de tener a Jasper moviéndose dentro de mí. Inclina la pelvis hacia delante, conocedor del punto exacto en el que debe tocarme. Entra y sale de mí, una y otra vez. Cuando habla, su voz es áspera.

—Y todo esto es para mí.

Detecto más asombro que codicia en su voz y sonrío con los labios pegados a su hombro musculoso.

—Solo para ti.

Mientras él se mueve, aprieto las piernas en torno a su cuerpo. Follamos y hacemos el amor, alternando el ritmo. Nos miramos a los ojos y nos movemos juntos, con una lentitud deliberada, y luego nos dejamos llevar y nos aferramos con desesperación el uno al otro, nuestros cuerpos hambrientos y sudorosos convertidos en una maraña. El intenso placer que crece dentro de mí comienza a multiplicarse frenéticamente. Está sucediendo tan rápido que no puedo frenarlo.

—Me voy a correr —jadeo.

Me estremezco de pies a cabeza mientras me invade la más maravillosa de las sensaciones, al borde del orgasmo.

—Dios, eres preciosa.

El sonido de su voz me provoca un nuevo estremecimiento. Me pego más a él, que sigue cabalgándome con la mandíbula tensa, entrando y saliendo de mí. A mi alrededor, empiezan a encenderse lucecitas blancas.

—Estoy muy cerca —gimo.

Y, tras una última embestida, llego al límite y grito de éxtasis. Él se queda quieto, con la boca abierta, y lo siento palpitar mientras se corre dentro de mí.

Con la polla aún dura incluso después de alcanzar el clímax, Jasper se deja caer bocarriba a mi lado. Nos quedamos tumbados el uno junto al otro, intentando recuperar el aliento.

—Quedémonos aquí para siempre —me dice, y nos echamos a reír los dos al imaginarnos viviendo en esta burbuja.

Cuando el cielo se oscurece por completo, nos envolvemos en una manta y nos sentamos en el porche. Escuchamos el croar de las ranas mientras nos vamos pasando una botella de cerveza fría.

—¿Cómo es que el sexo es tan bueno? —pregunta.

Yo sonrío.

—Es genial. Siempre ha sido genial entre nosotros y lo sigue siendo.

—¿Genial? —repite—. Vale, *genial* suena mejor que *bien*. —Bebe un largo trago de la botella—. Pero quiero algo *increíble*.

—Bueno. Tenemos todo el fin de semana.

—Eso es verdad. —Me besa y me doy cuenta de que aún no está ni de lejos satisfecho. Siento una punzada familiar entre las piernas al notar el roce de sus labios—. Pero no deberíamos perder el tiempo —añade, y me invade el alivio.

Cojo la manta que nos hemos echado encima de los hombros y la extiendo en el suelo. Él me observa mientras me tumbo sobre ella y me apoyo en los codos.

—Ven aquí.

Contemplo su silueta, enmarcada por el cielo nocturno, y luego le rodeo el cuello con los brazos para acercarlo a mí. Noto crecer su erección contra el muslo cuando se inclina sobre mí. La piel de su miembro es sedosa y suave al tacto. Le acaricio la gruesa punta y, tras acercarme su pene a la boca, me lo restriego primero por los labios y luego por la cara. Le beso despacio la parte interior de los muslos, lamiéndole y chupándole la piel a medida que voy subiendo.

—Diana...

Le paso la lengua por la punta hinchada de la polla y se la chupo con suavidad mientras subo y bajo las yemas de los dedos. Me la meto más en la boca, hasta rozar con los labios la base, y luego subo otra vez despacio hasta la punta, chupándosela.

—Oh, Dios —gime—. Así...

Hago una pausa y me alejo para mirarlo. Me sonríe incrédulo, con la respiración cada vez más agitada. Mientras deslizo la lengua por su pene, él empuja suavemente para entrar en mi boca. Me la meto entera y Jasper me hunde los dedos en el pelo. Se la cojo con una mano, aprieto, y empiezo a deslizar los dedos arriba y abajo, al tiempo que le chupo la punta. Jasper mueve las caderas.

—Diana —se está acercando al orgasmo—, quiero estar dentro de ti.

Yo también quiero sentirlo dentro de mí. Desesperadamente. Me saco su polla de la boca y me coloco a horcajadas sobre él, con las manos apoyadas en su pecho. Resisto el impulso de moverme demasiado deprisa y dejar que me penetre hasta al fondo. Quiero ir más despacio. Trazo círculos con las caderas, dejando que entre solo la punta, y luego bajo el cuerpo hasta que me llena por completo. Una y otra vez. Lo hacemos durante lo que me parecen horas, sin que ninguno de los dos quiera parar.

Cuando ya no puede aguantar más, me dice:

—Déjame verte.

Me aparto de él y me tiendo a su lado, con el hombro pegado al suyo. Estamos los dos acalorados y sin aliento, cómodos con nuestra desnudez y nuestro deseo. Me roza la mejilla con los dedos.

—Eres tan hermosa que no puedo soportarlo.

Hambrienta de sensaciones aún más profundas, me tumbo bocabajo. Le sonrío en señal de invitación. Él me devuelve la sonrisa y se acerca. Ahora está encima de mí, con su pecho suave y musculoso pegado a las curvas de mi espalda. Levanto las caderas, invitándolo a entrar.

—¿Esto es lo que quieres? —pregunta, con la voz cargada de deseo.

—Sí. —Relajo el cuerpo mientras entra en mí—. Te quiero en todas partes.

Me agarro con los puños a la manta que tenemos debajo, y nos movemos así, perdidos en el éxtasis, hasta que ninguno de los dos puede esperar ni un segundo más. Él se hunde en mí y el placer es más intenso de lo que ninguno de los dos puede soportar. Jasper tensa el cuerpo y nos corremos juntos, mientras él gime con los labios pegados a mi nuca.

Es media mañana y estamos en la cama tomando café. Noto el cuerpo dolorido y tembloroso. Jasper ha salido una vez de la casa del árbol para comprar café y dónuts. Yo no he salido para nada.

—¿Dónde te gustaría vivir? —pregunta, con la barbilla apoyada en mi vientre desnudo. Su barba incipiente me hace cosquillas en la piel—. Si pudieras vivir en cualquier sitio.

—No lo sé. Me encantaría París. Tal vez Brasil. Tokio.

—Quiero llevarte a Mallorca. Durante al menos seis meses.

—No puedo coger y largarme a otro sitio así por las buenas.

—¿Por qué no?

—Tengo una hija. Y una vida en Dallas.

—Pues nos la llevamos. Así aprende el idioma.

—Quizá.

—¿Has estado pintando? ¿Tienes fotos?

—Algunas. He estado trabajando en más entrevistas de Dirty Diana.

Saco mi teléfono y veo dos nuevos mensajes de voz de Petra. Borro las notificaciones y tomo nota mental de llamarla en cuanto vuelva a casa. Luego abro la página web y Jasper y yo la miramos juntos. Le enseño un cuadro terminado y otro en el que aún estoy trabajando.

—Diana.

—¿Sí?

—Me cuesta mucho concentrarme.

Me coge el café y lo coloca en la mesilla que tenemos al lado. Luego me agarra de las caderas y tira hacia abajo, rápido y con fuerza. Mi teléfono cae al suelo desde la cama mientras él se sube encima de mí.

—¿Tienes alguna fantasía? ¿La conozco?

—No.

—Cuéntamela.

—¿Y tú? ¿Tienes alguna?

—Buen intento. Cuéntamela.

—Puede que mi fantasía sea esta. La casa del árbol y todo eso.

Giro la cabeza y nuestros labios se rozan. Estamos cansados los dos, pero aún nos deseamos.

—Mi fantasía es llevarte en el bolsillo. —Apoya los antebrazos en el colchón, enmarcándome la cara—. Acceso total.

—O sea, ¿encarcelarme?

—Mmm. Sí, pero de una manera consensuada y divertida. Como ahora mismo. En esta habitación. Es como si fueras mía.

—Lo soy. —Lo beso profundamente y luego rodamos hasta que quedo encima de él. Le inmovilizo los brazos por encima de la cabeza—. Y tú eres mío.

—Vale —susurra entre besos—. Y vivimos en Mallorca. Todos hablamos el idioma. ¿Qué más?

—¿Qué harás en España?

—Quedarme quieto una temporada. Ser feliz y no moverme para nada. Para variar un poco.

—¿Quedarte quieto tú?

—Tú me calmas. Me tranquiliza estar cerca de ti. Podría dormir cien horas esta noche.

—Tú nunca duermes.

—Ahora sí. Contigo. —Me atrae hacia él y apoyo la cabeza en su pecho—. Mírame. Mira como cierro los ojos y no vuelvo a moverme.

13

La mirada de Oliver revolotea hacia mi maleta, que sigue sin deshacer junto a la puerta de la calle.

—¿Has estado fuera?

—En Fredericksburg.

Los dos hablamos en un tono suave, aunque un poco frío. Nos estamos tanteando, para ver si seguimos peleados.

—¿Qué hay en Fredericksburg? Espera —dice, al tiempo que levanta las manos—. Da igual. En realidad, no es asunto mío.

—¿Qué tal la *socialité*?

—Se llama Katherine. Agradable, la verdad. Sorprendentemente agradable.

—Me alegro.

No me alegro, pero lo digo de todos modos.

—En realidad, no es una *socialité*.

—Ah, ¿no? ¿Y qué es?

—Una baronesa.

El comentario disipa la tensión y los dos sonreímos.

—Tu madre debe de estar levitando.

Me fijo en los labios de Oliver, que no puede contener una sonrisa, y en el ligero rubor que le tiñe las mejillas. Así que la tal Katherine le gusta de verdad. Me alegro por él, ha conocido a alguien agradable. Y, aun así, la piel me arde de celos. La misma piel que sigue oliendo a sexo y a Jasper.

—¿Diana? —dice Oliver antes de dar media vuelta para irse.

—¿Sí?

—Estaba pensando... ¿Y si volvemos a terapia?

—¿En serio?

Me pasé semanas enteras proponiéndoselo una y otra vez antes de que se marchara de casa, hasta que al final desistí.

—Lo sé. Yo tampoco me creo que lo esté diciendo, pero supongo que podría ayudar en este proceso... No quiero que nos peleemos. O, peor aún, que no nos peleemos y estemos raros y tensos con Emmy. Quizá nos den algún consejo para hacerlo más fácil, ¿no? Especialmente si ambos estamos, ya sabes, saliendo con alguien. —Se mete las manos en los bolsillos y me mira desde debajo de sus gruesas pestañas—. ¿O mejor dejo de preguntarte por Fredericksburg?

Su expresión es dulce. La reconozco, sé lo que significa: «Me estoy esforzando».

—Me parece una buena idea —respondo al fin—. Para asegurarnos de que lo estamos haciendo bien.

—Exacto.

—Sobre todo ahora que el nuevo curso está a la vuelta de la esquina.

—Sí, deberíamos volver a terapia. —Se balancea sobre los talones—. Por Emmy.

Horas después de acostar a Emmy, sigo despierta pensando en Jasper. Ha decidido quedarse en Texas una semana más.

—Tengo reuniones a las que ir y personas a las que ver. Especialmente a ti.

Y, entonces, la mente se me va a la tal Katherine e intento imaginar cómo es. Pienso en Oliver y en la última vez que estuvo aquí en esta cama, aquella noche en que estuvimos a punto de acostarnos antes de que me diera un beso de despedida a través de una manta. Me avergüenzo tanto al recordarlo que me arden las mejillas.

Aparto las sábanas de una patada y bajo las escaleras en silencio. Quiero volver a sentirme bien en esta casa, incluso sin Oliver aquí. Dormirme con facilidad y despertarme renovada después de largas horas de descanso. Pero lo único que hago es contemplar el techo y quedarme dormida durante lo que parecen minutos antes de que suene el despertador. Luego me arrastro fuera de la cama y me voy a trabajar como una zombi.

En la cocina, me preparo una taza de té que promete ayudar a conciliar el sueño y abro el portátil. Entro en la página web y voy directamente a los comentarios.

¡He alucinado! ¡Gracias!

¡Empoderadora!

No puedo con la voz ronca. ¡Que alguien le dé a Diana un caramelo!

¿Dónde está el vídeo? ¿Por qué es tan rata?

Lo leo todo, lo bueno y lo malo, hasta que llego a un bloque de comentarios de la misma persona: una serie de comentarios que ocupan páginas enteras. Sigo bajando y descubro que alguien ha escrito toda una fantasía en una serie de cincuenta y tres comentarios. El primero dice sin más:

Quiero follarme a mi terapeuta.

Los siguientes comentarios, sin embargo, son largos y ocupan páginas enteras.

Le he mentido y le he dicho que soy una adicta al sexo. Pero no es verdad. Ni siquiera tengo vicios de verdad. Lo único a lo que soy realmente adicta estos días es a los *pretzels* bañados en chocolate y a pensar en follarme a mi terapeuta.

Se llama Henry y es un hombre muy amable y sensato, de cuarenta y tantos años, que colecciona monedas raras. Le dije que salía con muchos hombres, lo cual tampoco es verdad. Le dije que me preocupaba estar teniendo demasiadas relaciones sexuales. Otra mentira. Así que él me dio unas reglas por las que regirme:

Nada de sexo oral en la primera cita. Nada de penetración en la primera cita. Solo después de la quinta cita puedo acostarme con alguien. Si es que llego tan lejos, claro. Nada de masturbarme delante de mi ligue. Sé que parece obvio, pero es útil tenerlo por escrito, le digo. Besarse está bien en la tercera cita. Nada de ir a casa de mis ligues después de las diez de la noche si me envían un mensaje de texto que diga: «¿Estás despierta?». El sexo no me da poder sobre nadie. El sexo no me hace más digna. Tengo un problema, le explico. Necesito seguir las reglas.

Nunca le he dicho que quiero acostarme con él. Supongo que, si hace su trabajo medianamente bien, ya se habrá dado cuenta. Y es mucho mejor que los otros. Necesitaba a alguien severo. Un terapeuta que tenga una perspectiva real. Las reglas están ahí para ayudarme.

En mi fantasía, llamo a Henry a las tres de la mañana y le digo que es una emergencia. Necesito verlo ahora. No puedo esperar. Acepta, medio adormilado, y me pide que nos veamos en su consulta dentro de quince minutos. Lo oigo disculparse con su mujer, que no parece muy contenta de que salga a estas horas de casa.

Henry me está esperando en su consulta cuando llego. Lleva una camisa blanca abotonada y pantalones grises. Una americana arrugada y gafas de montura de alambre. Es guapo a lo Hugh Grant, con ese mismo aire torpe. Sonrío cuando veo que lleva la misma ropa que suele usar para trabajar. Yo sigo en camisón. Recién duchada, pero en camisón.

Cuando me siento frente a él, en el sofá a rayas, saca enseguida su cuaderno con tapas de piel y baja la vista. Por lo general, no me mira a los ojos durante nuestras sesiones; se concentra sobre todo en sus notas.

Con la cabeza gacha, me dice que es la última vez que puede quedar conmigo tan tarde. Lo mismo que me dijo la última vez que fantaseé con él.

—Pero sonaba urgente —dice—. Así que...

—Es por un sueño que he tenido.

—¿Un sueño? ¿O una pesadilla? —pregunta.

—No. Ha sido un sueño bonito. Me caía desde lo alto de un edificio, pero sabía que nunca tocaría el suelo.

Lo garabatea en su cuaderno.

Continúo:

—En el sueño estaba desnuda y el aire era muy cálido. La caída me excitaba. No me asustaba —le digo.

—No tiene que asustarte para ser una pesadilla. ¿En algún momento te estrellabas contra el suelo?

—No. Era frustrante. Pasaba mucho tiempo sin llegar al suelo. Solo caía y caía.

—¿Cómo te sientes ahora?

—Cachonda.

Henry no reacciona. Solo lo anota.

—En realidad, el sueño me ha dado ganas de tocarme.

Henry levanta la vista, sorprendido. Luego vuelve inmediatamente a sus notas.

—Eso no es apropiado en esta consulta —dice.

—No tardaré mucho. Ya estoy mojada por el sueño.

—Ya hemos hablado de esto. —Detecto cierto pánico en su voz.

—Ni siquiera tienes que mirar, Henry. Escúchame: tú cierra los ojos y yo te diré cuándo puedes abrirlos. —Me aparto a un lado la ropa interior y separo las piernas, delante de él. Quiero que mire. Necesito que mire—. ¿Qué debo usar, Henry? ¿Los dedos?

—Por favor. Sabes que esto está mal. Ya basta.

—Usaré los dedos, entonces. —Me meto dos dedos y empiezo a actuar—. Oh, Dios, Henry. Oh, Dios. Qué gusto.

—Por favor, para. Te estoy pidiendo que pares.

—Pero, en realidad, tú no quieres que pare, ¿verdad?

—Sí. —Está nervioso. No puedo hacer esto.

—Vale. Pero esto no me basta. Necesito más. —Me saco los dedos del sexo, con las piernas todavía abiertas—. ¿Ves?

—No es así como llevo mis sesiones.

—Me iré ahora mismo. Con una condición. ¿Puedo verla?

—¿El qué?

—Tu polla.

Henry se sonroja.

—Nadie se enterará, te lo prometo.

Me observa durante un minuto y luego suspira.

—Has desarrollado una estrategia para cuando te sientes así. Cuando sientes la necesidad de dominar. Recuerda las reglas.

—Enséñame la polla. Y luego me iré.

—¿Quieres un poco de agua? —pregunta, cada vez más incómodo.

—No. Quiero verte la polla. Sé que la tienes dura. Se te marca por debajo de los pantalones.

Henry cruza las piernas y se gira hacia un lado.

—Si te la enseño, ¿te irás?

—Te lo prometo.

Henry comprueba que la puerta esté cerrada, se baja la cremallera y saca la polla. Es incluso mejor de lo que imaginaba. Suave y gruesa. Palpitando de excitación.

—Ya está. Ya la has visto.

—Por favor, déjame que te la chupe.

—Claro que no.

—Pero la tienes tan dura. Creo que quieres sentir cómo es tenerla dentro de mi boca. ¿Y si me siento en tu regazo? ¿Te parece bien?

No contesta.

—Henry.

—Tengo un paciente temprano.

—Será rápido.

Se echa hacia atrás en la silla y me subo encima de él. Me siento a horcajadas sobre sus piernas, para estar preparada si decide dejarme ir más lejos.

—Estamos tan cerca que podríamos hacerlo —susurro.

Lo beso y él separa ligeramente los labios, lo justo para que pueda meterle la lengua en la boca. Gime con suavidad. Empieza a perder el control. Dentro de poco, no podrá negarse.

—Podría perder la licencia —susurra—. Por favor.

—Entonces ¿por qué se te ha puesto tan dura? Voy a metérmela. Di que no si quieres que pare.

Lo guío hacia mi sexo y él gime cada vez más fuerte. «Mmm..., mmmmmm.» Pero no dice que no.

—Por favor.

—¿Por favor sí o por favor no?

Pero abre los ojos de par en par cuando me siento sobre él y me meto la polla entera. Gime con fuerza y empieza a frotarme lentamente los muslos, como si cobrara vida. Ya no puede contenerse. Lo desea. Vuelvo a besarlo y subo poco a poco el cuerpo hasta tener dentro solo la punta hinchada de su miembro. Y luego, despacio, muy despacio, vuelvo a sentarme sobre él.

Oh, Dios.

Mierda.

Y finalmente, me devuelve el beso. Por todas partes. El cuello, los labios, las tetas. Me acaricia el culo mientras lo monto con fuerza.

—Esto no es bueno para ti —dice—. No deberíamos...

—Es demasiado tarde.

Follamos así durante lo que me parecen horas. Henry me sube y me baja, cambiando el ritmo y la profundidad, hasta que empieza a empujar con más fuerza y se pone duro como una piedra dentro de mí.

Estoy cerca. Estoy muy cerca.

Cabalgo sobre su pene cada vez más deprisa. Subo y bajo hasta que los dos empezamos a ver estrellitas.

Dios, qué cerca estoy.

Entonces le susurro al oído:

—Me encanta sentir tu polla dentro de mí. Me encanta lo que estamos haciendo. Podría vivir contigo dentro de mí.

Henry deja caer la cabeza hacia atrás, en pleno éxtasis, y noto cómo le palpita el miembro dentro de mí.

—Dímelo. Dime cuánto te gusta. Que siempre lo has deseado. —Pego las caderas a su pelvis, para que entre hasta el fondo, y contraigo las paredes de la vagina.

Henry pone los ojos en blanco y jadea con la boca abierta.

—No pares —me pide.

—Dímelo.

—¡Es el mejor polvo de mi vida! —grita, y lo noto correrse dentro de mí. Me invade una oleada de poder cuando llega al clímax. Me siento completamente satisfecha.

Me aparto de él y abro la puerta de su consulta antes de que pueda detenerme. Su mujer está fuera. Nos ve y grita. Corre hacia la salida. Sus pacientes también están en la sala de espera, mirando a Henry asqueados.

Henry llama a su mujer, pero ella no responde. Se levanta con torpeza y se sube los pantalones. Luego se vuelve hacia mí, asustado.

—¿Qué hago? Dime qué debo hacer —me suplica destrozado. Destrozado para siempre.

Y entonces me doy cuenta de que acabo de perder al mejor terapeuta que he tenido nunca.

—No lo sé —le digo—. No puedo ayudarte.

—Pero te quedarás conmigo. Estaremos juntos, ¿verdad?

—No, Henry —le respondo—. Eso iría contra las reglas.

14

Oliver y yo nos sentamos en la sala de espera de la consulta de Miriam.

—Gracias —susurra, por encima del borboteo de la fuente— por prestarte a venir.

—Por supuesto. —Petra vuelve a llamarme, pero dejo que salte el buzón de voz al darme cuenta de que me olvidé por completo de llamarla después del fin de semana largo—. Y gracias a ti por acceder a venir tan temprano.

Los dos estamos siendo demasiado educados y, en secreto, espero que también nos comportemos así durante toda la hora. Para preparar nuestra primera sesión, me he descargado una nueva aplicación de calendario familiar y he metido en el bolso una agenda y bolígrafos de colores. Me he permitido soñar despierta sobre cómo sería llegar al punto en que dejo a Emmy en casa de Oliver y no siento un pánico que me atenaza mientras vuelvo al coche, como si me hubiera olvidado algo importante.

—No sé qué nos dirá Miriam —dice Oliver—, pero quizá nos ayude con algunos de los temas pendientes que aún nos quedan por resolver.

—¿Temas pendientes?

Se me encoge el corazón. Esto no suena a horarios codificados por colores.

La puerta de la consulta interior se abre y Miriam nos saluda. Nos sentamos en extremos opuestos del sofá, exactamente en los mismos sitios desde los que nos peleábamos hace meses, justo antes de que Oliver se marchara de casa. Casi espero que todavía estén calientes.

—Me alegro de volver a veros. —Miriam se acomoda en la silla y cruza las piernas a la altura de los tobillos—. Cuando Oliver llamó para pedir hora, me explicó que os estáis separando, ¿verdad?

—Sí. Quisiéramos algunos consejos sobre cómo hacer bien las cosas —le digo—. Si es que hay una forma correcta. Para Emmy.

—Por supuesto. Es muy admirable que sigáis dispuestos a tener una relación lo más sana posible. Pero, ya que ha pasado un tiempo, ponedme al día. Me gustaría que ahora que estáis aquí sentados, uno al lado del otro, me contarais los dos lo que sentís.

Pues claro, era una fantasía pensar que podríamos venir a terapia y no hablar de nuestros sentimientos. Y, sin embargo..., me doy cuenta de que la parte de mí que solo quería hablar de calendarios y consejos de paternidad se va desinflando despacio y deja expuesta otra parte, la que está en carne viva, la que aún no ha asumido que nos vamos a divorciar.

A mi lado, Oliver suelta el aire, como si su burbuja también se hubiera pinchado.

—Me siento triste. Y también me siento como un gilipollas que ha cometido muchos errores.

Levanto la vista del regazo, sorprendida. Este sofá es el escenario de culpas y recriminaciones, no de disculpas.

—Creo que los dos cometimos muchos errores —prosigue—. Diana también.

Ya estamos. Me siento más erguida, casi en el borde del sofá, y cruzo las piernas.

—Vale, pero sigamos contigo un momento, Oliver.

«Gracias, Miriam.»

Oliver cambia de postura en el sofá, incómodo.

—He sido infeliz durante mucho tiempo y una parte de mí culpaba a Diana de esa infelicidad. Y eso no era justo.

Miriam habla mientras garabatea notas.

273

—¿Y qué crees ahora, cuando piensas en el origen de tu infelicidad?

—No lo sé. Durante mucho tiempo, no entendía de dónde venía. Solo era algo que sentía en mi cuerpo. Y entonces un día... —dice Oliver, pero se interrumpe cuando se le quiebra la voz. Se frota la cara, como cuando está cansado—. Un día estaba entrando en la oficina y el corazón me empezó a latir muy rápido. Y entonces noté una opresión tan fuerte que no podía respirar bien. Regresé tambaleándome al coche, boqueando como un pez triste, y pensé que estaba teniendo un ataque al corazón. Estaba sudando: era un sudor frío, como dicen que pasa cuando tienes un infarto. No podía moverme. Y me sentí tan patético, allí acurrucado y aferrado al parachoques de mi coche, creyendo que me iba a morir. Y no dejaba de pensar: «Por favor, que Diana no me encuentre así».

—Oliver, ¿cuándo fue eso? No me lo contaste...

Oliver niega con la cabeza.

—No fue un ataque al corazón. Fue un ataque de pánico.

—Debió de ser aterrador —dice Miriam con voz dulce.

—Me abrió los ojos. Supe que debía hacer algo. Me sentí como si tuviera que reventar la vida que llevaba para encontrar la forma de salir de ella.

—Así que sabías que tenías que cambiar, pero no estabas seguro de cómo.

—¿Por qué no me contaste nada?

—Llevaba años queriendo cambiar de trabajo. Dejar de trabajar para mi padre. Pero seguía pensando que aún podía impresionarle. Como si algún día pudiera descifrar el código que me permitiría ganarme su aprobación. Lo sé, es ridículo. Ya lo conoces, jamás cambia de opinión sobre nadie.

—Oliver, tu padre está orgulloso de ti...

Me imagino a Oliver al otro lado del cristal del despacho de su padre. Allen regañándolo a saber por qué, Oliver con los hombros hundidos.

—Oliver, ¿qué piensas de lo que ha dicho Diana?

—Le agradezco que sea amable, pero lo que dice no es cierto.

—¿Y qué más?

—Es todo muy confuso. Emmy es capaz de impresionarme con solo silbar. Ni siquiera tiene que hacerlo bien. Basta con que lo intente para impresionarme y lo digo sinceramente. No entendía que mi padre no pudiera ofrecerme nada, aunque solo fuera lo mínimo.

—Él te quiere, Oliver.

—No me quiere. Me asusta. Y eso no es amor.

—Claro que te quiere.

—Por favor, para. Ya ha sido bastante difícil para mí llegar hasta aquí.

—¿Hasta dónde?

Oliver hace una pausa antes de hablar.

—A mi padre no le gusto, es así de sencillo. Haga lo que haga, nunca será suficiente para él.

Se me encoge el corazón. Me he pasado años viendo a Oliver intentar complacer a su padre. Yo cogía los pequeños logros y los convertía en grandes victorias solo para que Oliver no pronunciara jamás en voz alta lo que acaba de decir.

Intento imaginar todo lo que ha tenido que admitir Oliver, por doloroso que le resultase, para llegar a esto. Yo fomenté la relación con su padre, pero ni una sola vez me puse en la piel de Oliver. Quizá porque era demasiado triste para creerlo.

—He perseguido durante mucho tiempo un amor que no existía. Y eso me destrozó, porque me vi como él me veía.

—¿Cómo te ve tu padre? —lo presiona Miriam.

—Como un fracaso. Una decepción. Y en eso me convertí: en el trabajo, en mi matrimonio. Y por más que tratara de impresionar a mi padre, era imposible, así que al final me rendí. Renuncié a seguir intentándolo. Dejé ese trabajo y me siento mejor. No es tan simple, por supuesto, pero me sentía muy triste.

«¿Cómo voy a resultar interesante?», me repetía una y otra vez. Odio mi trabajo. Odio ir a la oficina. No era una persona, solo un cascarón vacío, y, sin embargo, esperaba que Diana me colmara de atenciones.

—¿Qué piensas de todo esto, Diana?

Pues que no me lo esperaba, la verdad sea dicha.

—Que lo siento. Estoy intentando asimilarlo. Oliver..., lo siento —me disculpo de nuevo, tratando de serenarme—. Creía que habíamos venido aquí para hablar de Emmy y de cómo ayudarla a superar esto...

—Sí, claro —me interrumpe Miriam—, pero... ¿no crees que esto puede ayudaros a entender por qué se está acabando vuestro matrimonio?

Me vuelvo hacia Oliver y veo que ya me está observando, con una expresión dulce y esperanzada. Quiere entender. Y yo estaba convencida de haberlo entendido.

—¿Diana?

Los dos esperan mi respuesta. Y, entonces, hago algo que no esperaba hacer nunca en esta consulta: decir la verdad.

—Sí. A mí también me gustaría entenderlo.

De vuelta en el trabajo, me encuentro con Allen en la cocina.

—Madre de Dios, Diana, ¿te encuentras bien?

—Sí, estoy bien, es que últimamente tengo un poco de insomnio.

«Y, además, he estado llorando como una Magdalena en mi coche después de ir a terapia con tu hijo.»

—Bueno. Déjame invitarte a un café —dice, mientras me llena la taza en la cafetera de la oficina.

Es su broma favorita.

Antes de que pueda darle las gracias con educación, aparece su lameculos actual, Doug.

—Señor, he hecho una copia de la cartera de Petra.

Aguzo el oído cuando Doug menciona el nombre de Petra.

—Diana, Petra te ha invitado a esta reunión.

Allen está eligiendo un dónut de una caja que tiene pinta de llevar allí unas cuantas horas. Se mete en la boca un agujero de dónut, cubierto de azúcar glas, y tengo la sensación de que se lo traga entero, sin masticar.

—Vamos —dice.

—¿Ahora?

—Ahora.

Petra ya está sentada a la mesa de la sala de reuniones con una botella de agua con gas y una sonrisa relajada.

—Diana, te he llamado varias veces.

—Lo siento mucho, Petra, he tenido mucho lío.

Me siento frente a ella y me aliso el pelo.

«¿Estás bien?», me pregunta, articulando las palabras.

Asiento con la cabeza justo cuando Allen empieza a hablar.

—Petra, sé que hablo en nombre de todos...

—Cosa que te encanta hacer, Allen —lo pincha Petra y todos nos reímos educadamente, Allen el que más.

—Es difícil no hablar por todos cuando estamos tan emocionados de verte hoy aquí para debatir ideas.

—¿No suena mágico? Bueno, en realidad, resulta que tengo algo que puede resultar muy interesante.

—Maravilloso —dice Allen—. ¿Una de las oportunidades inmobiliarias que te mostramos? El suelo siempre es una buena apuesta.

—No. Es más bien... tecnología.

—¿Tecnología? No sabía que estuviera en la lista. Doug, ¿hemos hablado de eso?

Veo que Doug entra en pánico mientras hojea en silencio la documentación, como si fuera a encontrar algo nuevo.

—No es exactamente tecnología —matiza Petra—. Es más bien un proyecto, en realidad. Quiero estar más presente en el espacio del bienestar femenino.

—¿Recetas, *fitness*, ese tipo de cosas?

—En realidad, no. Es una página web. Para mujeres.

Palidezco de golpe.

—Claro, vale. Hay una enorme cantidad de *start-ups* prometedoras que podemos investigar...

—No te molestes. Ya he investigado yo.

Petra me mira y sonríe, y siento que el corazón me late con fuerza.

—Es una web erótica para mujeres.

Doug carraspea para disimular una carcajada. Allen parece confuso.

—Lo siento. No te sigo.

Doug se inclina hacia Allen.

—Creo que se refiere a porno.

—Sí, eso lo he pillado, gracias. Intento entender el atractivo de la inversión.

—Petra está bromeando —digo, mientras noto la blusa pegada a la espalda por el sudor—. Obviamente.

—No estoy bromeando, Diana. Pensaba que lo entenderías.

—¿Quieres invertir en una web pornográfica?

—Creo que *erótica* sería una palabra más adecuada. Pero nunca me han gustado las etiquetas.

Hojeo la cartera que tenemos delante, la que Doug lleva semanas preparando, y noto la cara al rojo vivo.

—Creo que lo que te conviene es una oportunidad de inversión más fiable.

Tras una larga pausa, durante la cual no me quita los ojos de encima, Petra dice:

—No estoy de acuerdo. A mí me gusta esto. Y a Mitch también le gustaría.

—Entonces ¿tú has visto esa... página web erótica, Diana? —pregunta Allen.

—En realidad, no hay nada que ver —responde Petra—. Todavía. Por eso es una buena oportunidad. Ahora mismo solo es una idea. Y tal como está, tal vez circule entre un pequeño grupo de amigas, tal vez consiga unas cuantas seguidoras gracias al boca a boca. ¿Y después qué? ¿Tanto trabajar para que luego simplemente se evapore en el éter de un mercado saturado? ¿Otra buena idea perdida? Por lo que sé, no hay ninguna estrategia real para un lanzamiento adecuado, y no hay capital real para gastar en marketing y relaciones públicas. No va a ser fácil, sin duda. Pero yo estoy dispuesta.

—¡Petra!

La alcanzo justo cuando entra en su coche. Se vuelve hacia mí y me doy cuenta de que está radiante. Es como si lo que acaba de pasar en la sala de reuniones fuera algo que habíamos ensayado.

—Lo sé, lo sé —dice—. Esto va a ser muy divertido.

—No, Petra —niego, sacudiendo la cabeza—. Allen es mi suegro.

—No me jodas, Diana. ¿Es que no lo entiendes? No tendrás que trabajar en esta especie de fraternidad nunca más. Podemos trabajar juntas, y puedo pagarte un sueldo. Pero, en realidad, serás tu propia jefa.

—Deberías haber hablado conmigo primero —le recrimino, mientras aprieto los puños hasta clavarme las uñas.

—No me has devuelto las llamadas —responde, poniéndome una mano en el hombro.

—Lo siento. Quería llamarte.

—¿Qué pasa? ¿Algo va mal?

—No, nada. Estoy bien, Petra. Es que he estado muy ocupada y últimamente no duermo muy bien, pero ya lo solucionaré, solo es un poco de insomnio, y Oliver y... Petra, sé que quieres ayudar, pero estoy bien.

—Diana, tienes un verdadero don para poner tus emociones a los pies de las personas equivocadas. Dejas que tu suegro se salga con la suya en todo y estás enfadada conmigo sin motivo. Estoy aquí para ayudarte, pero no lo ves.

—He trabajado aquí mucho tiempo.

—Lo pillo, Diana. De verdad que lo entiendo. Pero me parece que tú no.

Doy un paseo por el jardín de las oficinas para evitar a Allen. Me detengo a la sombra de mi arce favorito y marco el número de Alicia. Ella descuelga después de cuatro tonos.

—Hola, ¿va todo bien? —dice en un susurro.

—Mierda, perdona, ¿estás en clase?

—No te preocupes, estoy en el pasillo. Hoy estamos proyectando los cortos de los alumnos de primer año y todos creen que han hecho *Nosferatu*, pero yo no tengo ni puta idea de qué va ninguno.

—Vuelve a clase. Te quiero.

—Yo también te quiero. Llama a L'Wren.

—¿Por qué? ¿Qué pasa? —pregunto.

—Tú llámala.

A lo mejor se ha enterado de que he estado trabajando con Liam. Me siento fatal, tendría que haberle contado a L'Wren lo de la página de Dirty Diana. Quise decírselo en París, por supuesto, pero al final no lo hice. He querido contárselo muchas veces, en realidad, pero quería poner en marcha el proyecto antes de hablar de él con demasiadas personas, por miedo a que me juzgaran. Marco su número y planeo qué decir mientras suena. Pero no tengo oportunidad de hablar, porque nada más descolgar, L'Wren me suelta:

—¡Me voy a divorciar!

—¿Qué?

—Lo sé, Diana. Es horrible. Ahora sé exactamente cómo te sentías. No puedes entenderlo hasta que pasas por ello, ¿verdad?

—Espera. Ponme al día. ¿Cuándo ha ocurrido?

—Aunque sabía que las cosas iban en esa dirección, mi corazón necesitaba tiempo para ponerse al día, supongo. Y entonces nuestro terapeuta prácticamente lo alentó. La verdad es que Kevin tampoco era feliz. No lo dijo en voz alta, pero nadie trabaja tanto a menos que esté huyendo de algo. Dios, me siento como una idiota y una fracasada. Pero incluso los idiotas son capaces de encontrar la manera de seguir juntos. ¿Por qué nosotros no podemos, entonces?

—Porque no sois la persona adecuada para el otro. Tal vez antes sí, pero ahora ya no.

—Hicimos votos. Eso debería significar algo, ¿no? En especial en Texas.

—Lo siento mucho, L'Wren.

—¿Diana? —dice, sorbiéndose la nariz—. Sé que no es agradable pertenecer a este club, pero me alegro de que estemos juntas en esto.

—Aún no estoy oficialmente divorciada.

—Bueno, yo tampoco, pero ya sabes... Tanto tu barco como el mío han puesto rumbo a ese puerto.

—¿Quieres que vaya a verte?

—No, no te preocupes. Kevin sigue aquí. Demuestra tanta indiferencia por todo esto... Como si formara parte de nuestro viaje, ¿sabes?

—Lo siento —repito.

—Pero ¿qué esperaba? ¿Que me suplicara? No, en realidad no. Aunque un poquitín no hubiera estado mal. Me siento como uno de sus negocios fallidos. Se lo está tomando con tanta filosofía... Aunque, en el fondo, supongo que es lo mejor.

Pienso en L'Wren el resto de la mañana y le envío varios mensajes desde mi escritorio, para decirle que no está sola y que con el tiempo le resultará más fácil. Pero mi propia mentira se me atraganta: L'Wren está sola y yo algunos días me siento tan perdida que apenas puedo respirar. Entonces recuerdo que tengo a alguien a quien puedo llamar: Jasper. Alguien que me prepara baños y me pide servicio de habitaciones en hoteles de cinco estrellas.

Cuando Jasper descuelga, le digo:

—Hola. Menudo día.

—Apenas son las once de la mañana —contesta con voz risueña—. Cuéntamelo.

—Es lioso y complicado... —respondo. Los detalles me están provocando un dolor de cabeza sordo y palpitante—. Solo quiero verte.

—Quedemos en el hotel. Tengo que ir a tomar café con un coleccionista al que el galerista me obliga a saludar, pero puedo ventilármelo rápido y estar allí dentro de una hora.

—¿Sí?

—Sí. He añadido tu nombre a mi habitación para que te den una llave en recepción. ¿Diana? Me alegro mucho de que hayas llamado.

Petra me manda un mensaje cuando estoy de camino al hotel.

¿Es mal momento para hablarte del prototipo de vibrador Dirty Diana que he encargado?

Es difícil enfadarse con ella.

Qué graciosa. Y por si no es broma, sí, es mal momento. Siento lo de antes.

No te preocupes. No escribo para
convencerte. Debes hacer las cosas
a tu ritmo.

                              Gracias.

Pero creo que deberías reunir
algunos materiales de marketing.
Y una buena foto de tu cara...
que luego puedes usar o no.

                    De acuerdo. Pero antes deseo
                         abrirme con alguien.

¿Deseas abrirte? Se me ocurre
un eslogan: «Ábrete...».

Cuando llego a la habitación de Jasper, lo primero que
veo es una nueva bolsa de productos para el pelo en la
encimera del baño. Un aceite caro. Un texturizador
cremoso y una espuma. ¿De verdad usa tres productos
diferentes cada mañana? Que sean cuatro, porque
también veo un espray antiencrespamiento. Me dirijo
a la nevera, pero los refrescos han desaparecido y los
han sustituido por una hilera de zumos verdes. Los

tres primeros están marcados como «Prep». Desenrosco la tapa de uno y huele a brócoli y comino. Oigo las ruedas de un carrito en el pasillo, salgo corriendo y le pido agua a la camarera de piso. Me da amablemente las tres botellas de agua más pequeñas que he visto en mi vida. Me las bebo todas de un trago. Al ver que son las doce y media y Jasper aún no ha llegado, abro el portátil para trabajar. A la una y media, me envía un mensaje:

Lo siento, aquí todo está tardando
más de lo que esperaba. Pide algo
de comer. ¡Y no te vayas!

Le digo que no se preocupe, que voy por mi tercer vaso de «Prep». Él protesta, en broma:

¡Oye! ¡No te metas con mi vanidad!

A las dos y cuarenta y cinco, me manda otro mensaje.

Lo siento. Muchas visitas
inesperadas en nuestra reunión y
todas hablan por los codos. Intento
escaparme cuanto antes.

Vuelvo a decirle que no se preocupe, aunque siento un aleteo de pánico al recordar esta parte de lo nuestro. En Santa Fe, Jasper accedía a quedar conmigo en alguna fiesta, solo para decidir en el último momento que no quería ir. O aparecía y se convertía en el centro de atención, y luego se escabullía antes de tiempo, esperando que nos encontráramos más tarde. Me sentía atada a él por una cuerda invisible, de la que él podía tirar cuando le apeteciera o dejarla completamente floja, según el día. Y en lugar de alejarme, traté de averiguar cómo hacer que cualquier sitio en el que yo estuviera se convirtiera en el único lugar en el que él quería estar. Pensé que podría sujetar la cuerda con las manos y que entonces hallaríamos el equilibrio..., hasta que al final me di cuenta de que ni siquiera estaba jugando al mismo juego que yo. Después de nuestra ruptura, me pasé meses tratando de averiguar si de verdad me había hecho alguna vez las promesas que yo estaba convencida de que había roto. ¿Y ahora? Se queda en un hotel un par de días más y luego se va otra vez. Me da pánico la idea de sentir de nuevo ese tirón, un movimiento brusco de la cuerda que me hace caer hacia atrás.

Llaman a la puerta y, en un instante, recupero las esperanzas. Pero no es Jasper. Una masajista vestida con una inmaculada bata blanca entra en la habitación con su camilla de masajes y me dedica una cálida sonrisa.

—Tú debes de ser Diana, ¿no?

—Sí.

—Soy Sybil. Jasper me ha pedido que te cuidara muy bien.

Una hora más tarde estoy tan feliz en la camilla de Sybil que, incluso cuando intento evocar mis preocupaciones más profundas —Jasper, Oliver, Emmy—, estas se escurren, cubiertas de aceite de almendras, como si el masaje las fuera expulsando. Mi enfado en el despacho, la oleada de ira que me despierta Allen..., todo se esfuma. Nadie puede predecir el futuro. Jasper y yo, desde luego, ya no somos las mismas personas que éramos en Santa Fe. ¿Por qué necesito todas las respuestas? Mientras Sybil me pasa los dedos por las sienes, respiro relajadamente. Cojo aire y, poco a poco, me abandono al sueño.

Me despierto vestida con un lujoso albornoz de hotel, bajo sábanas de algodón de quinientos hilos, rodeada de mullidas almohadas de plumas. Junto a la puerta hay una maleta nueva rodeada de bolsas de compras. Jasper ha comprado una maleta más grande. Y más ropa. Ha alargado el viaje.

—Hola, preciosa —dice, sentándose en la cama a mi lado.

—¿Cuánto rato llevo durmiendo?

—Una hora, puede que más. ¿Qué tal el masaje?

—Me ha cambiado la vida.

Jasper ya ha cenado, pero me pide algo de comer. Después de ducharme, me pongo de nuevo el albornoz del hotel y él me observa mientras como.

—Me gusta la idea de cuidarte esta noche. Como lo haría si estuviéramos juntos. Si, por ejemplo, tú hubieras tenido un día duro y yo estuviera en casa, esperándote. Si esto fuera real.

Ataco la pasta y le doy un bocado delicioso que me hace la boca agua. Me ha pedido de todo, incluido un batido de fresa de postre.

—¿No estás de acuerdo? Eso estaría bien.

—¿Si lo nuestro fuera real? —Quiero responder que sí, que quiero que sea real. Pero es difícil decirlo en una suite de cuatro mil dólares la noche, con servicio de habitaciones y una camarera de piso que limpia lo que ensuciamos—. Claro. Practiquemos.

Sonríe.

—Hola, cariño, ¿qué tal el día?

Pienso en soltarle mi lista de todo lo que ha ido mal hoy, pero no quiero meter nada de todo eso en nuestra burbuja.

—Tenía muchas ganas de verte. Para ver si tú podías hacerme sentir mejor.

—Creo que puedo. Sí, sin duda.

—Demuéstramelo —digo, y bebo un sorbo de mi batido.

Jasper me observa un momento y basta con esa mirada para que todo el cuerpo se me enrojezca de calor. Se levanta, me quita el batido y me empuja de nuevo a la cama. El albornoz se abre parcialmente y él tira del cinturón, dejándome expuesta por completo. Se queda mirándome y, con la rodilla, me separa las piernas.

—¿Qué haces?

—Demostrártelo.

Acerca el batido al pecho e inclina un poco el vaso.

—Jasper...

Vuelve a inclinar el vaso y vierte poco a poco el batido sobre mis pechos. Contengo una exclamación cuando el líquido helado me cae sobre los pezones. Y luego siento el calor de su boca cuando me lo lame de la piel. Traza lentos círculos con la lengua sobre mis pezones, una y otra vez. Arqueo la espalda, gimiendo de placer ante la sensación fría y, luego, caliente. Me lame el pecho hasta dejarlo totalmente limpio, pero aún no ha terminado. Vuelve a sentarse y, esta vez, vierte el batido en mi vientre: va dejándome un lento rastro desde las costillas, me rodea el ombligo y luego sigue bajando hasta las caderas. Contengo el aliento cuando me separa aún más las piernas y vierte el líquido helado sobre mi sexo, empapándome los pliegues. Tengo que hacer un esfuerzo por respirar. Jasper tiene la cabeza entre mis piernas y me aprieta con suavidad los muslos, mientras lame el batido de mi cuerpo con largas y morosas caricias de la lengua que empiezan en la parte superior del clítoris. Después me mete la lengua.

—Mmm..., qué rico.

—Ven... —Le cojo una mano y se la acerco—. Quiero más...

Jasper sonríe y acerca de nuevo la boca a mi sexo, trazando con la lengua círculos lentos y agonizantes.

—Así —le digo—. Justo ahí. —Levanto las caderas hacia él, me agarro a su pelo y tiro. Quiero que me toque en todas partes. Mis gemidos llenan la habitación—. Te necesito dentro de mí —jadeo. Luego recupero el aliento y exijo, en voz más alta—: Ahora.

Me pongo a cuatro patas. Jasper me sujeta por las caderas y luego se frota contra mí, como si se burlara, moviéndose hacia delante y hacia atrás, pero sin entrar en mí. Noto la presión de su miembro erecto y, un segundo más tarde, me penetra.

—Oh, sí.

Empiezan a temblarme las piernas. Deseo tanto que su cuerpo pertenezca al mío... Me siento colmada y lista para llegar al clímax, pero no quiero. Quiero saborearlo. Lo quiero dentro de mí una y otra vez.

Jasper empuja con las caderas y jadeo. Apoya el cuerpo en el mío, con la mejilla pegada a mi espalda. Me arqueo para que pueda entrar todavía más, pero no me basta. Quiero más de él. Necesito notarlo aún más dentro de mí.

Como si Jasper me hubiera leído el pensamiento, empieza a moverse más rápido. La sensación es tan intensa. Tan brutal.

—¿Es esto lo que querías?

—Sí. —Te quiero a ti entero.

Jasper sigue embistiéndome, entrando y saliendo de mí mientras gimo de éxtasis. Me agarro al cabecero de la cama y empiezo a trazar círculos con las caderas, tratando de controlar el movimiento, pero la presión es excesiva. Me aferro con más fuerza a medida que la sensación aumenta dentro de mí, hasta que los dos gritamos y nos abandonamos al placer.

Nos quedamos tumbados el uno junto al otro, yo con la cabeza apoyada en su hombro. Jasper me besa con pasión y, poco a poco, recuperamos el aliento.

—¿Puedes quedarte más tiempo? —le pregunto.

—Unos días más, luego un viaje rápido a Nueva York y después de vuelta a Dallas.

Pero lo único que oigo es: «De vuelta a Dallas».

15

La semana de Jasper en Nueva York se convierte en dos semanas. Luego, antes de poder regresar a Dallas, tiene que irse en el último momento a Oslo. Lo de Dallas queda flotando en el aire.

—Deberías acompañarme —me dice por teléfono desde Nueva York—. Reúnete conmigo aquí. Podemos pasar una noche en la ciudad y luego volar juntos a Oslo.

—Suena increíble. Pero no puedo volver a escabullirme.

—¿Quién ha hablado de escabullirse? ¿No puedes decirle a Oliver que te vas de vacaciones? Tendrás días de vacaciones en el trabajo, ¿no?

Todavía me suena extraño oír el nombre de Oliver en sus labios.

—La próxima vez lo conseguiremos.

No entro en los detalles del comienzo del curso escolar ni en la lista de cosas que tengo que hacer de aquí al final de la semana: inscribir a Emmy en la temporada de otoño del fútbol, responder a un sinfín de correos electrónicos en el trabajo, hacer de voluntaria en la feria de adopción de gatos que ha organizado L'Wren y buscar algo, lo que sea, que me ayude a seguir durmiendo. He probado toda una estantería de suplementos vitamínicos y nada me ayuda.

Después de dejar a Emmy en su primer día de cole, me escapo para pasar una mañana lluviosa en el estudio, sola y sin distracciones, acompañada únicamente por el golpeteo de la lluvia en las ventanas. A los pocos minutos de sentarme a pintar, me llega una alerta de noticias al móvil, seguida de un mensaje de mi suegra, que quiere saber el calendario de vacaciones de Emmy. Luego, un recordatorio del calendario del trabajo. Apago el teléfono por completo y me hundo en el sofá. Hojeo mi cuaderno de dibujos a medio terminar. Durante la primera hora, voy saltando de un lado a otro, añadiendo detalles a los ojos de una mujer o arreglando la forma en que a otra le cae el pelo sobre la cara; luego, dedico los minutos siguientes a un nuevo boceto de una mujer que me da la espalda. Hago una pausa para desperezarme y echar un vistazo al móvil. Al encenderlo, me encuentro con una serie de mensajes de L'Wren:

Lo he hecho.

He besado a Arthur.

Ay.

Llámame.

Sabes que por «besado» quiero decir
mucho más, ¿no?

Lo hemos hecho.

Antes de que me dé tiempo a marcar su número, recibo un nuevo mensaje de Alicia:

¡¡He vuelto del retiro silencioso!!
Gracias a Dios. ¿Que si creo que
tendría que haber dicho no, en lugar
de sí? Aún lo estoy procesando.
Llevo CINCO DÍAS casi sin hablar.
Tengo que DESQUITARME. ¿Tienes
tiempo?

Al momento me llegan más mensajes de L'Wren:

Y ha sido increíble, por cierto.

¡¿Dónde estás?!

¡Llámame!

¿A cuál de las dos debería llamar primero? Mi teléfono permanece en silencio unos segundos, hasta que recibo un mensaje de Oliver.

¿Cómo se apellida la maestra
de Emmy? Estoy intentando
ingresar dinero en su monedero
electrónico para la feria del
libro, pero no para de decir
«señorita Trish». ¿Trish es
un apellido?

Otro mensaje de Alicia:

ESPERA. QUÉ. ¿L'Wren se ha
acostado con el hombre gato?
Increíble. Me va a petar el teléfono.
¿Hacemos multiconferencia?
Llámanos.

Y entonces Liam:

Malas noticias. Algo va mal con el
audio de la última entrevista. Puede
que tengamos que volver a grabar.
¿Tienes tiempo?

Oliver de nuevo, esta vez con una foto adjunta:

¿Este sarpullido parece un
sarpullido en plan no es nada
o un sarpullido en plan debería
preocuparme? Le ha salido
a Emmy en el dedo gordo.

Me imagino lanzando el teléfono a la otra punta
de la habitación y oyendo el satisfactorio ruido al es-
trellarse contra el suelo. Primero respondo a Oliver,
luego a Alicia, después a Liam y, por último, llamo a
L'Wren, a quien escucho atentamente mientras reto-
mo mi dibujo de la espalda de la mujer. Le dibujo el
cuello y luego la cara de perfil, de modo que mira por
encima del hombro. Con la cabeza así, se me revela:
dibujo con cuidado la línea de mi propia nariz, la
forma de mi oreja, la curva de mis labios.

—A nuestro matrimonio no le pasaba nada malo —dice Oliver. Vuelvo a prestar atención tratando de no evadirme del sofá de Miriam—. Era a nosotros.

—¿Estás de acuerdo con eso, Diana?

—Todo el mundo quiere cambiar algo —sugiero.

—No solo algo. No me refiero a los propósitos de Año Nuevo, como beber más agua y ser más amable. Teníamos traumas reales que no habíamos trabajado.

Miriam garabatea más rápido que de costumbre.

—¿Puedes poner un ejemplo, Oliver?

—Sí. —Carraspea y se sienta más erguido—. El sexo, por ejemplo.

Se me acelera el pulso y me siento como si mi cuerpo me hubiera traicionado. Por mi propia duplicidad. Mi falta de honradez. ¿Cómo puedo preguntar a otras mujeres sobre su deseo cuando ni siquiera soporto hablar de sexo aquí? Con Oliver.

—¿Lo ves? Ni siquiera quieres hablar del tema.

Se me debe de notar en toda la cara.

—Por suerte, no es necesario. Nos vamos a divorciar.

—Fingías orgasmos.

—¿Qué?

—Fingías orgasmos cuando lo hacíamos y yo me daba cuenta.

—¿Cómo te dabas cuenta?

—Me daba cuenta y ya está.

—Eso no es verdad.

—No daba la sensación de que estuvieras teniendo un orgasmo. Tu cuerpo. No cambiaba nada, solo daba la sensación de que estabas actuando para mí, intentando hacerme ir más rápido.

Me concentro en un punto justo por encima del hombro de Miriam. Paseo la mirada por sus estanterías y me decepciona encontrar más geodas púrpuras y relojes diminutos que libros.

—¿Fingías orgasmos?

¿Quién soy yo para juzgar a Miriam y su decoración? Soy el mayor fraude de esta consulta. Imagino cuántas personas habrán pasado por aquí, se habrán sentado en este sofá, habrán derramado honestamente sus secretos y habrán compartido su dolor. Lucho contra el impulso de mentir de nuevo.

—Sí.

—¿Por qué?

—No lo sé.

—Sí lo sabes.

—Pensaba que así te sentirías mejor.

—Pues no.

Yo tampoco me sentía mejor. Mi propio placer se alejaba más y más de mí cada vez que fingía. Mis necesidades, insatisfechas. Mi marido, sintiéndose vacío a mi lado y sin saber por qué.

—¡Diana! ¿Cómo estás? —exclama Katherine, que me recibe con los brazos abiertos.

Es solo la tercera vez que nos vemos, pero es imposible no devolverle el abrazo. Y no solo por reflejo, no solo porque alguien te recibe con ese gesto, sino porque la vida parece más brillante entre sus brazos. Con su amplia sonrisa y sus ojos almendrados de mirada dulce, irradia el tipo de optimismo capaz de atraer a cualquiera. Es fácil ver por qué Oliver se ha enamorado de ella tan rápido y tan perdidamente.

—Hola, Katherine. Me alegro de verte.

—Estás guapísima, como siempre —dice, apoyándose en el marco de la puerta de Oliver con un gesto tan fácil como natural—. Tienes la piel estupenda, ¿cuál es tu secreto?

—¿Las tiras de poros Bioré?

—Eres muy graciosa. Emmy también me hace reír mucho, tiene tu sentido del humor. Estoy pensando en llevar a las niñas al zoo el próximo fin de semana, ¿te lo ha comentado Oliver?

Añado «consideración» a la creciente lista de razones por las que Katherine es maravillosa. Vivian debe de estar encantada.

—Me parece estupendo. Gracias.

—Espera, que voy a buscar a Emmy. Ella y Taylor llevan toda la mañana jugando a las tiendas, aunque solo venden loros y tiritas.

Katherine, además, incluye una compañera de juegos para Emmy: su hija de seis años, Taylor, una versión en miniatura de su madre e igual de encantadora que ella.

—Tranquila. ¡Diles que me pongan un loro para llevar! —exclamo, en un intento de igualar su encanto natural, pero a mí me queda forzado.

Katherine desaparece y llega Oliver, con la bolsa de gimnasia de Emmy.

—Dentro están la botella de agua y la ropa —dice Oliver—. Iba a decirle que no tiene que llevar la ropa interior debajo del maillot porque le hace unas arrugas muy feas y las otras niñas no la llevan, pero queda raro que lo diga yo, casi mejor te lo dejo a ti.

—De acuerdo.

Nos rozamos la mano cuando me da la bolsa y, de repente, noto calor, una sensación que no esperaba.

—¿Estás bien?

—Ah, sí —respondo, recobrando la compostura—. Es que no duermo mucho.

—No has tenido a Emmy. Suponía que habrías dormido como un tro... —Se interrumpe—. Ah, ya. Iba con segundas, ¿no?

—No es eso. —¿Qué es, entonces? No quiero admitir que no duermo bien cuando él no está en casa—. Es que he tenido mucho trabajo.

En vista de que no se me ocurre una excusa mejor, Oliver cambia de tema.

—¿Cómo está L'Wren?

—Mejor.

—Pensaba que ellos lo lograrían.

—Ah, ¿sí?

—Bueno, no creía que se fueran a divorciar. ¿Qué les ha pasado?

—Creo que se han desenamorado.

Oliver se muerde el interior de la mejilla.

—Debería hablar con Kevin. Ha pasado demasiado tiempo. Obviamente.

—Sí. Seguro que lo agradecerá.

Tengo ganas de darle un abrazo a Oliver —un abrazo gigante como el de Katherine— y decirle lo duro que es todo esto. Que aunque oigo a Emmy de fondo, jugando tan alegre con la hija de Katherine, sigue siendo duro. Las cosas no tenían que ser así. En un día soleado y sin nubes, declaramos ante una sala llena de gente que nuestro amor era para siempre. Y resulta que no ha sido así. Lo dejamos durante un minuto —porque solo fue un minuto, ¿verdad?— y, cuando volvimos, ya no estaba. Podríamos discutir sobre quién lo puso dónde, y decirnos que «ese no es su sitio», pero ¿qué más da? Discutir sobre dónde has dejado una cosa nunca hace que vuelva a aparecer.

16

—Esto es como estar otra vez en el instituto. —L'Wren me aplica una segunda capa de rímel en las pestañas—. Dios. Es increíble. Estoy nerviosa. Emocionada. Todas esas sensaciones a la vez. Esta noche puede pasar cualquier cosa.

—Me gusta verte así —le digo, mirándola a través del espejo de mi baño.

—Gracias a Dios que estamos haciendo todo esto del divorcio juntas. No habría sido capaz de soportarlo si no fuera por ti. Y me muero de ganas de conocer a Jasper.

—Creo que le vas a caer bien.

Hace semanas que no veo a Jasper y solo se va a quedar dos noches en la ciudad, pero me ha prometido que no le importa pasar una de ellas en una cita doble.

—Y a ti te va a encantar Arthur. Al menos eso espero. Dios, ¿y si no? No me digas que te cae bien si no es verdad, ¿vale?

—Seguro que es encantador.

—¿Qué tal estoy? —me pregunta L'Wren, al tiempo que gira sobre sí misma con un vestido rosa pálido.

—Preciosa y sin esfuerzo.

—¿Llevar tacones es pasarse? ¿Son demasiado altos? Hacía siglos que no me importaba mi aspecto. —Se alisa el vestido y añade otro brazalete de oro a los que ya lleva—. Bueno, eso no es verdad. Siempre me ha importado. Pero ya sabes a lo que me refiero.

—No te agobies. Estás impresionante.

Llegamos al restaurante, una pequeña cafetería vegana de la que Arthur ha hablado maravillas. L'Wren me agarra del codo y me lo aprieta.

—Ay, mi madre. Ya está aquí. ¿A que es guapo?

—¿Dónde?

—El del pelo rizado, con americana oscura y gafas. Y un buen culo.

Arthur nos ve y sonríe.

—Lo hemos hecho cuando ha salido a comer. No me canso de él. Tranquila, que me he duchado.

No es para nada como me imaginaba. Cuando L'Wren estaba con Kevin, siempre parecían un poco desequilibrados. Ella era carismática y hermosa; él, brusco y exigente. A Arthur, en cambio, se le iluminan los ojos al ver a L'Wren, y le dedica una sonrisa amable y cálida. Me doy cuenta al instante de que el único lugar en el que quiere estar Arthur es cerca de L'Wren.

—Diana, este es Arthur. Arthur, Diana.

—Encantado de conocerte.

Arthur me coge la mano entre las suyas y luego me besa la mejilla. Su voz tiene un tono tranquilizador. De repente me entra el pánico de que Jasper llegue tarde. O de que no aparezca. Pero entonces noto sus brazos alrededor de la cintura y me estrecha con fuerza. Saluda a los demás con un apretón, y me doy cuenta de que L'Wren ya se ha dejado seducir por su encanto.

En la mesa, escucha con atención a L'Wren mientras esta nos cuenta cómo conoció a Arthur.

—¿Cuánto tiempo hace que estáis juntos? —pregunta Jasper, sinceramente interesado en su historia de amor.

—¿Oficialmente? —contesta Arthur—. No mucho. Pero nos conocemos desde hace años. L'Wren ha traído más gatos a mi consulta que cualquiera de los otros grupos de rescate con los que trabajo. ¿Puedo enseñarles tu factura del año pasado?

—Desde luego que no.

—Digamos que L'Wren podría haberse comprado una segunda residencia en la playa. —Ella le da un golpecito en el hombro—. Bueno, una casa modesta —añade él, riéndose—. No en primera línea.

Jasper también se ríe.

—Está claro que tienes un gran corazón, L'Wren.

—Solo cuando se trata de animales. —Ella sonríe.

La camarera nos interrumpe para enumerarnos las especialidades de la casa. En lugar de resistirse, Jasper anuncia:

—Albóndigas veganas hechas de semillas de girasol y anacardos, qué interesante ¿Qué os parece, chicos?

—Espero que os guste el sitio. Siendo veterinario, es difícil ser un amante de la carne —se excusa Arthur—. Como ser un bombero pirómano.

—Me siento mucho mejor desde que no como carne roja —admite L'Wren.

—Nos está matando a todos, de verdad. Y lo cierto es que te necesito cerca. Ya sabes, para no tener que cerrar la clínica...

L'Wren le da un puñetazo juguetón.

—Eres el mejor veterinario de Dallas. Te iría la mar de bien sin mi caravana de inadaptados pulgosos. Pero echo de menos comerme una buena hamburguesa con queso. —Suspira—. No puedo evitarlo.

—Podrías comer carne los lunes.

—Pues igual sí.

Esta vez parecen ponerse de acuerdo y se besan de nuevo. Pillo a Jasper sonriendo con la mirada fija en la carta.

—Lo siento. Somos muy pesados. Arthur me ha convencido para llevar una dieta más saludable. Me encanta y al mismo tiempo lo odio.

—Y tú me tienes todo el día jugando al *pickleball* y haciéndome la pedicura, así que estamos en paz.

Se inclinan para besarse una vez más y es como estar viendo un documental de naturaleza en el que dos animalitos peludos se encuentran finalmente después de haber cruzado un desierto. Jasper me aprieta la mano por debajo de la mesa, aunque parece algo forzado, como si intentáramos imitarlos. Pero no hace falta, me digo. Tenemos años de innegable química. Y también somos felices.

—Entonces, Jasper. ¿Cómo era Diana en Santa Fe? Quiero saberlo todo.

—Pues era..., hmmm... —Veo un destello en sus ojos y sacudo la cabeza—. ¿Qué? Eras... aventurera. Pero no tan segura de ti misma. Ni tan madura como ahora.

—Buf, Jasper. Joder, nunca llames «madura» a una mujer —se burla L'Wren—. No, sé lo que quieres decir. Diana tiene los pies en la tierra. Siempre me ha gustado eso de ella. Pero también me encantaría conocer a la Diana de Santa Fe. Parece una juerguista.

Jasper se ríe.

—Era una artista increíble. Es una artista increíble. ¿Has visto sus cuadros?

Oigo sonar el teléfono de Jasper en su bolsillo. Se levanta y se excusa con educación, pero se aleja sin dar explicaciones. Lo observo a través de la ventana del restaurante y lo veo caminar inquieto de un lado a otro, con el teléfono pegado a la oreja.

—¿Una emergencia? —pregunta L'Wren.

—No estoy segura —respondo, preocupada por si está siendo grosero.

—Me gusta —añade—. Es muy guapo.

—Sí que lo es —afirmo, aunque en el fondo me gustaría que el cumplido de L'Wren fuera más sólido, que se basara en algo más que el físico de Jasper.

Cuando ya llevo un buen rato jugueteando con una tortita de germen de trigo en el plato, en un intento de fingir que me la estoy comiendo, Jasper vuelve a la mesa con una mirada desorbitada.

—He vendido el libro.

—¿Qué libro? —pregunta L'Wren.

—Es un libro de fotografía de gran formato en el que he estado trabajando. Le enseñé unas cuantas imágenes a una editora la semana pasada, sin pensar que fuera a salir nada de ahí, y me acaba de hacer una oferta. Ahora tengo que ir a Islandia para hacer la fotografía de cubierta y algunos paisajes adicionales que quiero incluir...

Me doy cuenta de que su cabeza trabaja a marchas forzadas, de que su mente ya está en algún lugar de Reikiavik.

—¿Has vendido un libro? —pregunta Arthur con asombro.

—¿Quién quiere ir a Islandia? —bromea Jasper.

—¡Ah, pues yo! —exclama L'Wren levantando su copa.

—¿Cuánto tiempo te quedarás allí?

Sé que debería empezar con «felicidades», pero es como si no encontrara las palabras.

—Aún no lo sé. No creo que mucho.

Siento los ojos de L'Wren clavados en mí y me obligo a sonreír. Al ver que no digo nada, ella llena el silencio.

—¡Por Jasper! —dice, y brindamos.

Después de cenar, vamos a la fiesta de un amigo de Jasper en el barrio de Cedars.

—Menos mal que no le he traído un regalo a la anfitriona —dice L'Wren mientras contempla a los atractivos invitados, en su mayoría más jóvenes que nosotros—. ¿Me imaginas entrando con una vela? —Le toca el hombro a Jasper y susurra—: ¿Somos demasiado mayores para estar aquí?

—¡No! Renee es increíble. Llevan años trabajando en la galería. ¡Y les encanta la gente mayor!

L'Wren sonríe y nos adentramos en la fiesta, abriéndonos paso entre la multitud. El loft está abarrotado de pared a pared, los invitados casi pegados unos a otros. A nuestro alrededor, la gente baila sin inhibiciones, con una energía contagiosa.

Encontramos un sitio para sentarnos y Jasper y Arthur se ofrecen a ir a buscar bebidas.

—¡Yo quiero un *skinny* margarita! —dice L'Wren, que se vuelve hacia mí con los ojos muy abiertos—. ¡Esto es una pasada!

—Es divertido, ¿verdad?

—¿Estás triste porque Jasper se va?

—No. Bueno, un poco. Lo de libro es genial. Es muy bueno para él.

—No tiene nada de malo que estés decepcionada.

—Es lo que hay. Como pareja, quiero decir. —Trato de adoptar un tono informal—. Esta es nuestra vida.

L'Wren asiente, poco convencida, y Arthur le da una copa.

—No tienen margaritas —grita, para hacerse oír por encima de la música—. Pero sí que tenían whisky Crown con Coca-Cola.

—No he tomado Crown desde..., no sé, ¿quizá desde el instituto?

—Salud —dice Jasper, al tiempo que levanta su cerveza—. Por los nuevos amigos.

Mientras bebemos el primer sorbo, Arthur recibe una llamada de su servicio de contestador y se disculpa, lo necesitan en la clínica de inmediato. A L'Wren le brillan los ojos al verlo en acción.

—¡Yo te llevo! —se ofrece.

Jasper y yo nos quedamos en un rincón de la sala, observando la pista de baile. Me rodea con los brazos y me estrecha con fuerza.

—Me caen bien tus amigos.

—¡Jasper! —lo llama una mujer menuda con una elegante melena canosa. Se acerca a él y lo besa en ambas mejillas—. Me sorprende que hayas venido.

—Claro que he venido. —Se vuelve hacia mí y añade—: Esta es Irena. Dirige la galería Bluestone.

—Tú debes de ser Diana —dice, pero no me tiende la mano.

—Encantada de conocerte.

Se concentra de nuevo en Jasper.

—¿Quieres socializar esta noche?

Él recorre la fiesta con la mirada.

—La verdad es que no.

—Bien, porque yo tampoco. El mundillo artístico de Dallas resulta a veces tan deprimente. Pero, bueno, yo también. —Lo dice con tanta naturalidad que resulta encantador—. ¿A qué te dedicas, Diana?

—Impuestos —respondo, al mismo tiempo que Jasper dice: «Es artista».

Irena ladea la cabeza.

—En mi tiempo libre —aclaro.

No me pregunta detalles, sino que se concentra de nuevo en Jasper.

—Si no quieres ir a ver a Joseph y a sus aduladores, lo haré yo.

—Gracias —responde él.

—De todos modos, van tan puestos de ayahuasca que dudo mucho que recuerden a quién han visto y a quién no. Les he dicho que se quedaran cerca del lavabo.

Jasper y yo la vemos meterse entre una pareja que baila allí cerca y perderse en la multitud.

—Creo que me cae bien. ¿O no?

—Ese es el gran misterio de Irena. Nunca lo sabrás. Voy a buscar otra copa.

El alcohol ha empezado a hacer efecto y me siento más suelta. Me digo a mí misma que Jasper y yo no tenemos ningún problema en ser esa clase de pareja que se ve como nos vemos nosotros, sin planes, de forma espontánea pero sincronizada. Podemos encontrarnos en lugares exóticos y entregarnos al sexo durante tres días enteros, para compensar el tiempo que pasamos sin vernos. Pronto estaré divorciada y esa es la ventaja de la custodia compartida, ¿verdad? Días para mí y libertad para viajar. Me acabo la copa antes de poder admitir lo mucho que me agota pensar en ello. Coger y marcharme. Asegurarme de que todo está organizado antes de irme y luego, a la vuelta, tener que ponerme al día. Es una sensación imprecisa que se me escurre entre los dedos.

—Pareces preocupada.

Jasper sostiene una copa en cada mano, con la expresión de quien oculta un jugoso secreto.

—Y tú pareces estar tramando algo.

—¿Qué tal una bebida especial?

—¿Cómo de especial?

—Especial con éxtasis.

—¿Te has tomado una?

—Hace un segundo. No tienes que bebértela si no...

Me la bebo de un trago. Quiero sentirme joven y despreocupada, como todo el mundo en esta fiesta. Quiero más experiencias compartidas con Jasper, para que me ayuden a soportar el inevitable tiempo separados. Jasper abre mucho los ojos.

—¿La Diana de Santa Fe acaba de surgir de la oscuridad? L'Wren se va a llevar un disgusto cuando se entere de lo que se ha perdido.

Me río y tiro de Jasper hacia la abarrotada pista de baile. En pocos minutos, siento que la música me sube desde la planta de los pies hasta la cabeza y me provoca una especie de cosquilleo en el cuero cabelludo. Es la música más mágica que he oído nunca. Como si la hubieran escrito para todos nosotros, aquí, en la fiesta. Mis nuevos amigos. El éxtasis me corre por el cuerpo y me acerco aún más a Jasper, como si estuviéramos en una burbuja que no quiero perforar alejándome demasiado. Existimos el uno para el otro, me digo, como si todo fuera tan obvio. La gratitud me abruma y quiero agradecerle en voz alta todo el placer que me ha dado. Que sepa lo importante que es y lo mucho que me ha ayudado.

—Gracias —le susurro al oído, con la mejilla pegada a la suya.

—Siempre —responde.

Es como si siempre entendiera lo que intento expresar, me digo, por complejo que sea. Una canción se funde con la siguiente y no dejamos de movernos, los dos sonrojados y sudorosos. Noto la mente despejada de todo, excepto de la sensación del roce de Jasper.

No sé cuánto tiempo lleva ahí el tipo con pantalones de cuero y sin camiseta. Tiene las pupilas tan grandes y dilatadas como debemos de tenerlas nosotros.

—Tenía que decíroslo. Es tan bonito veros. Estáis tan enamorados que lo noto desde la otra punta de la sala. ¿Te importa si te acaricio la mano mientras hablamos?

—Adelante —contesto, como si fuera la mejor idea del mundo, y le ofrezco la mano.

—Quiero ser como vosotros cuando sea mayor. De verdad. Sois tan guapos.

Nos besa la palma de la mano a los dos y vuelve a desaparecer entre la multitud. Jasper se ríe y me acerca. Respira pegado a mí.

Lo miro. La sala parece ligeramente inclinada, pero el efecto es reconfortante, como si el arquitecto hubiera querido que fuera así. Jasper me coloca un mechón de pelo sudoroso por detrás de la oreja.

—¿Esto es real? —le pregunto.

—¿Ahora somos reales? —me pregunta—. Quiero que lo seamos.

—Somos reales.

Me sonríe, me levanta la barbilla y me besa con pasión.

—Te quiero, Diana. Te quiero de verdad.

—¿Todo esto es por las drogas?

Mis pensamientos son claros, pero noto los brazos como si flotaran en gelatina.

—¿A quién coño le importa? Ven aquí. —Me abraza con fuerza—. Eres increíble. Tu cara. Tu cerebro. Tus piernas. Tus labios. Es todo lo que necesito. Tú eres todo lo que necesito.

Es tan agradable notar su cuerpo pegado al mío. La presión de sus dedos en la espalda. De repente, Jasper me despierta una oleada de ternura.

—Yo también te quiero.

Por la mañana me duele todo. Me duele la mandíbula y nunca en mi vida había tenido tantas náuseas. Jasper está profundamente dormido a mi lado. Han pasado tres horas desde que nos desmayamos el uno en brazos del otro, después de volver medio flotando a su hotel y pasarnos como cuarenta y cinco minutos en la ducha. Nos sentamos en el banco de azulejos y nos frotamos los pies hasta que se nos pasó el efecto de la droga. Y luego puse el despertador a las ocho y media, porque le había prometido a Petra que me reuniría con ella a las nueve y media para la sesión de fotos que ya he aplazado dos veces. Si me doy prisa, llegaré justo a tiempo.

Jasper se mueve en la cama. Cuando giro la cabeza para mirarlo, la habitación empieza a dar vueltas.

—Aún siento lo mismo: te quiero —dice con voz adormilada, mientras se acurruca a mi lado—. No fue por las drogas. Ni por el DJ —bromea. Tira de mí hacia él y me besa la mejilla—. Lo que dije anoche iba en serio. Seguimos siendo reales. Seguimos perdidamente enamorados.

Me incorporo y me apoyo en el borde de la cama. Jasper ladea la cabeza para mirarme, esperando una respuesta. A mí, sin embargo, me asusta nuestra declaración de anoche. Me asusta ser «real». A la luz de la mañana, imaginarnos encajando en la vida del otro me parece difícil, por no decir imposible. Su maleta está medio hecha en el suelo, cerca de mis pies. Vuelve a marcharse de la ciudad dentro de dos días, pero... ¿cuándo volverá? Fuera de nuestra burbuja, vivimos en mundos distintos que nunca podríamos meter en una habitación de hotel o en tres días juntos. Y... ¿de verdad queremos hacerlo? «¿Por qué tenemos que ponerle nombre a esto?», quiero preguntar. Oliver y yo nunca hablábamos de ser «reales». Lo éramos sin más.

Quiero volver a ponerme las gafas del éxtasis para sentir la gratitud, la cercanía, la maravillosa sensación de la piel de Jasper. Sigue siendo tan guapo como siempre, quizá incluso más con la barba oscura y el pelo alborotado por el sueño. Tal vez la euforia siga aquí, solo que enterrada bajo las pesadas mantas de la resaca.

—Para mí tampoco ha cambiado nada.

Me retiro de la cama con una mentira, abandonando el calor de su cuerpo.

En el estudio, no hay más que ruido. Voy al baño para echarme agua fría en la cara. Tengo un aspecto horrible. Me duele todo. Me inclino sobre la taza. Las náuseas me revuelven el estómago como olas pesadas y agitadas.

Petra llama a la puerta.

—Enseguida salgo.

Me enjuago la boca y abro la puerta: Petra, de pie frente a mí, está perfecta y fresca, vestida con un mono de Prada y tacones Louboutin de siete centímetros. Parece recién salida de la peluquería. Me llevo una mano al pecho, intentando disimular la mancha de café de mi blusa.

—No te habrás olvidado, ¿verdad?

—Estoy lista.

Me mira, no muy convencida.

—Tengo aquí a una de las mejores fotógrafas de Dallas, así que intenta parecer viva. Ella hizo la foto de la sobrecubierta de mi libro, es un genio.

Se abre la puerta del estudio y aparece un equipo de cuatro personas. Todos me miran de reojo cuando entran en la habitación, incapaces de creer que hoy voy a ser su modelo. En un momento dado, aparece Liam, me echa un vistazo y sale corriendo a por sándwiches de huevo y Gatorade.

—Vas a necesitar esto. Bébetelo.

Me siento en una silla y cierro los ojos mientras me maquilla un hombre amable que huele a gardenias.

—No te preocupes, cariño. Vamos a arreglarte un poco.

Después de que me ponga unas pestañas postizas, me perfile los labios y me retoque la piel con un maquillaje que refleja la luz, vuelvo a parecer viva.

—Tenemos tres looks —me informa Petra—. Uno: la ducha, el espejo empañado, vestida solo con una toalla, recién follada. Dos: ambiente en plan fiesta posterior a la Gala del Met, maquillaje corrido, recién follada. Tres: la chica sexy de la casa de al lado, vaqueros y una camiseta desgastada, recién follada por el vecino.

—¿Por qué siempre «recién follada»?

Hace un gesto vago con la mano.

—Es solo una forma rápida de describir la sensación que transmites, eso es todo. Nada demasiado evidente.

—Dame un segundo.

Corro al baño y vomito en el inodoro. ¿En qué estaba pensando anoche? Soy demasiado mayor para estas cosas.

Cuando salgo, Petra me observa con atención.

—Anoche te lo debiste de pasar en grande.

—No, estoy bien.

Petra entrecierra los ojos.

—Diría que estás embarazada...

—¡No!

—... pero rechinas los dientes. Así que, sí, anoche te lo debiste de pasar en grande.

Por sorprendente que parezca, es Liam quien consigue que cumplamos el horario, ocupándose del vestuario y controlando de forma escrupulosa el tiempo, tal vez porque teme que vuelva a vomitar si nos pasamos de la hora. Kirby nos mantiene a todos bien alimentados y felices, y Petra intenta tranquilizarme. En cuanto la dulce fotógrafa levanta la cámara, me pongo rígida. No recuerdo cómo coloca el cuerpo una mujer, cada movimiento que intento es erróneo. Me siento como un ciervo paralizado por los faros de un coche.

—Empecemos solo con la cara, Diana. Será un primer plano, así que no te preocupes por el cuerpo. Movimientos muy pequeños. Ponte un dedo en el labio. Así, perfecto. Tienes un talento natural para posar.

Después de la primera hora, me pongo la camiseta y, finalmente, empiezo a relajarme. Tengo el pelo alborotado —pues claro, al fin y al cabo estoy recién follada, ¿no?—, pero este look es el que más se adapta a mí. Nada que me apriete demasiado y me impida moverme a mi aire, nada demasiado suelto que me obligue a preocuparme por si se me sale algo.

Durante varios minutos, no pienso en posar ni en la cámara. Ni en lo que pensaría Oliver. Ni en Jasper. Me imagino a mí misma en entrevistas que he hecho, sintiendo esa necesidad de confesión. Me imagino compartiendo algún deseo secreto que nunca he expresado en voz alta y pienso en el alivio que viene después.

—¡Me encanta!

Petra también capta la sensualidad y la libertad que emana mi cuerpo.

Sin pensar en lo que hago, me quito la camiseta por encima de la cabeza y me quedo con los pechos al aire. Luego le doy la espalda a la cámara y giro la cabeza para mirar por encima del hombro, directamente al objetivo.

—Diana. Es esta. Esta es la buena.

Después de la sesión, todavía peinada y maquillada, corro a casa para esperar a Oliver y a Emmy.

—Vaya —dice Oliver—. Estás increíble.

—Como una muñeca L.O.L. Surprise —coincide Emmy, antes de entrar corriendo en casa.

—Estaba a punto de lavarme la cara.

—¿Has ido a un evento?

—No... No... Me han liado en los grandes almacenes para un cambio de imagen. A la maquilladora se le ha ido un poco la mano.

Las mentiras se han convertido en algo natural.

—Te queda bien.

—Gracias.

—Bueno, tengo noticias.

—Ah, ¿sí?

«Katherine se muda a su casa. Están comprometidos. ¿Katherine está embarazada?»

—He vendido la casa de Frontier Lane con unos beneficios de trescientos mil dólares. He cerrado el trato esta mañana.

—¡Oliver! —Me inunda el alivio, aunque me avergüenzo un poco de experimentar esa sensación—. Es increíble.

—El dinero volverá a la cuenta de ahorros. Más una parte de los beneficios.

—Vaya. Enhorabuena. —Pienso en invitarlo a pasar, pero la cabeza me sigue dando vueltas—. ¿Y ahora qué vas a hacer?

—Encontrar otra propiedad, con suerte. Empezar de nuevo. Más viejo y más sabio.

—Enhorabuena —repito—. Es genial.

—He pensado que tal vez podríamos salir a cenar para celebrarlo. Con Emmy.

—¿Los tres juntos?

—¿Tienes otros planes?

—No. Es que...

—Tienes razón. Mala idea.

—No. Es que creo que estoy incubando algo. —Una resaca de éxtasis, por ejemplo—. Pensaba irme a la cama temprano, cuando Emmy esté dormida. Pero ¿lo dejamos para otro día?

—Sí. Por supuesto.

Se da la vuelta para irse, pero se detiene.

—¿Diana? —dice, mirándome de nuevo.

—¿Sí?

—¿Todo esto es demasiado? ¿Todo lo que está pasando en la terapia?

—No... Creo que es... Es solo que estoy muy cansada.

Cuando se va, me dedico a contar todas las mentiras que he dicho hoy: he mentido al decir que estoy incubando algo, cuando en realidad solo tengo resaca.

Le he mentido a Petra acerca de lo que hice anoche, y le he mentido a Oliver acerca de una sesión de fotos. Al principio ha sido una mentira por omisión, hasta que me he inventado la historia esa de la sección de maquillaje. He mentido al decir que la terapia no es demasiado. Detesto ir y, sí, me parece demasiado.

Y lo peor de todo es que el día ha empezado con otra mentira:

«Aún siento lo mismo: te quiero. Nada ha cambiado para mí.»

«Para mí tampoco ha cambiado nada.»

Los dos hemos mentido.

17

—Tomo nota —digo, mientras me aferro al brazo del sofá de Miriam.

Oliver suspira y echa la cabeza hacia atrás, mirando fijamente el techo con relieve.

—¿Por qué no te lo tomas en serio? ¿Querías volver a terapia y, ahora que estamos aquí, dices cosas como «tomo nota»?

—Nos estamos divorciando, Oliver. Es un poco tarde para hacer terapia.

—Pero ¡estabas de acuerdo!

—¿Con lo del divorcio o con la terapia? Porque no estoy muy segura de haber aceptado ninguna de las dos cosas. Y ahora, encima, quieres decidir de qué hablamos.

—¿De qué quieres hablar, Diana? —interviene Miriam.

—¿Quieres hablar de nuestra vida sexual? Vale.

—Dejo de mirarlo y me vuelvo hacia Miriam—. Quizá deberíamos hablar de por qué mi marido sabía que yo fingía los orgasmos, pero seguía haciéndome el amor exactamente de la misma forma todas las veces.

—¿Acaso importaba? —pregunta Oliver.

—Parece que no.

—Lo único que quería era complacerte. Hacerte feliz. Y el sexo era un recordatorio constante de que no lo conseguía.

—Pues ¡haber dicho algo! Podrías haber hablado conmigo. Yo estaba ahí, ¿sabes?

—Yo también.

—Tal vez deberías haber visto un tutorial en YouTube —le suelto. Eso ha sido un golpe bajo y Oliver se encoge en el sofá. Trato de enmendarlo—: O tal vez deberías haber preguntado a la persona con la que te acostabas.

Oliver no contraataca. Se queda callado.

—No podía —dice al fin.

—¿Por qué no?

—No lo sé. Ya me sentía como un fracaso. Como un tipo soso y aburrido, un don nadie.

Me clavo las uñas en las palmas de las manos.

—¿Diana? Parece que quieres decir algo —sugiere Miriam.

—En realidad, quiero gritar.

—Vale.

—Pero no puedo. Porque, si grito, Oliver se sentirá peor y eso solo servirá para que los dos nos sintamos peor. Así es como va. Es por eso por lo que nunca podía decir nada, porque creía que me quedaría atrapada en el bucle eterno de hacer que Oliver se sintiera peor.

—¿Oliver? ¿Qué piensas de lo que ha dicho Diana?

No mira a Miriam, sino que sigue con la mirada clavada en mí.

—¿Sabes en qué pienso todo el tiempo? En la primera vez que nos acostamos. En mi cuarto de cuando era pequeño. Te pregunté si te habías corrido y dijiste que sí. Y una parte de mí no te creyó, pero me pareció una tontería sacar ese tema. Y, por mi propio ego, necesitaba creer que sí. Pero supongo que sentó un precedente.

Yo también pienso en esa noche, en lo segura que me sentí con Oliver en cuanto lo conocí. Era tan estable cuando, a mi alrededor, todo lo demás se desmoronaba: tenía el corazón roto y estaba sola en una ciudad nueva. Y el sexo entre nosotros fue tierno y estuvo bien, pero no genial, y yo no me corrí. Mentí y volví a mentir. Y, entonces, las mismas cosas de Oliver que me daban seguridad empezaron a molestarme. Mis necesidades cambiaron, y las suyas, también; ambos lo sabíamos y seguíamos sin poder tener una maldita conversación al respecto.

—Lo único que quería era que me desearas —dice Oliver—. Que me desearas de verdad. Que quisieras arrancarme la ropa.

—Debería haber sido sincera contigo —reconozco.

—¿Y cómo habría sonado eso? ¿Tú siendo sincera con Oliver?

Se lo debo. Le debo la verdad.

—Lo hacíamos siempre igual, durante años. Y, por alguna razón, tenía la sensación de que estaba mal sugerirte que probáramos otras cosas. Me sentía sucia. Como si fuera a escandalizarte. O decepcionarte.

—¿Qué querías hacer?

—No se trata de que quisiera probar otra postura: era una sensación, nuestra forma de abordarlo. El sexo contigo parecía anticuado. Como si fueras mayor de lo que eres. O más joven. Una de las dos cosas.

—Tampoco soy tan mojigato, Diana. No como tú crees.

—Pero cuando... cuando escuchaste esa fantasía...

—¿Qué fantasía?

Ahora me estoy adentrando en terreno peligroso y lo sé.

—La grabación que te puse una vez, en nuestra cama, cuando Miriam nos pidió que compartiéramos un secreto. Te puse una grabación de una mujer que hablaba de sexo...

—Pero no eras tú la que hablaba. No era tu fantasía...

—¡Podría haberlo sido! Y la expresión de tu cara...

—Sentí que me habías tendido una trampa. No sabía qué querías que dijera.

—Cualquier cosa menos que era «asqueroso».

—No dije en ningún momento que fuera asqueroso.

—No hizo falta, Oliver. Lo percibí.

—Pero ¡es que no eras tú!

Me vuelvo hacia Miriam. Bingo. A Oliver le parecía bien juzgar a otras mujeres, o juzgar sus deseos. Sus fantasías. Y estaba bien porque no era yo. Pero eso solo sirvió para que quisiera encerrarme aún más en mi caparazón. ¿Qué fantasías se me permitían? ¿Y por qué sentía que necesitaba permiso? Es como si una versión de mi deseo se hubiera consolidado hacía mucho tiempo y cualquier desviación se viera como una especie de traición que tratamos de sobrellevar o evitar dando un rodeo.

Salgo corriendo de terapia y me voy al colegio, donde he quedado con L'Wren. Soportamos una larga reunión de planificación en un salón de actos abarrotado de padres entusiastas que tratan de decidir qué hacer para el festival benéfico de otoño, después de que el club de golf, que había prometido organizar un torneo, se echara atrás en el último momento.

Es la novena tarea voluntaria a la que me apunto desde que empezó el colegio. Al menos, cuando las otras madres cotilleen sobre mí y sobre Oliver, tendrán que decir cosas tipo: «¿Te refieres a la Diana que organizó la Feria de Jardinería? ¡Qué pena que su matrimonio no haya funcionado!».

Después de darle muchas vueltas al tema, y de muchas ideas pésimas —una subasta silenciosa; un espectáculo de magia a cargo del exdirector, que debe de tener por lo menos noventa años; y el patético y predecible *Mujeres ricas de Rockgate*—, uno de los padres propone escribir una carta a Cher y preguntarle si estaría dispuesta a actuar en el colegio. L'Wren pierde la paciencia y toma las riendas.

—Hagamos un baile, solo para los padres. Lo llamaremos «Evento con Propósito» y será un baile de bienvenida al estilo de los ochenta, para que todo el mundo pueda llevar el pelo muy largo y el vestido muy corto. ¿Os parece?

Tras una votación unánime a su favor, L'Wren me acompaña hasta el coche.

—Joder, ¿por qué los padres no admiten que necesitan una excusa para emborracharse una noche entre semana? Adiós, Penny. Lamento que no haya triunfado tu propuesta de fiesta temática sobre Bluey. Habría sido genial. —Me coge del brazo y pregunta por Jasper—. Bueno, ¿qué? ¿Os veréis antes de Islandia?

—Coge un avión este fin de semana y me prepara la cena. Los dos solos.

—¿En el hotel?

—No. Esta vez ha reservado un Airbnb. Solo para el fin de semana.

—Eso parece un paso en la dirección correcta. Pronto será un alquiler renovable por meses, luego un contrato de arrendamiento, luego...

—Vale, vale, lo pillo.

—¡Lástima que no estará aquí para el baile de bienvenida! Podríamos llevar a Jasper y a Arthur, y así dar pie a un montón de cotilleos... —Se detiene cuando llegamos a mi coche—. Tengo que decírtelo otra vez, me alegra muchísimo que estemos pasando por esto juntas. Me sentiría muy perdida si fuera solo yo y todas las otras madres tristes y divorciadas. Bueno, eso no es justo. Pero ya me entiendes. —Y luego, con un sonido gutural, añade—: Penny.

—¿Le has dicho a Kevin que estás saliendo con otro?

—Mmm. Espero que se lo diga su asistente.

—¡L'Wren!

—¿Qué? Yo le pagaría para que lo hiciera. Quiero decir, ella lo conoce mejor que nadie. ¿Sabes que a veces solía desear que tuvieran una aventura? Lo digo en serio. Algunos días, en el fondo de mi mente, pensaba: «¿No sería genial que se estuviera follando a otra, para que yo pudiera cortar por lo sano?». —Suspira y pasea la mirada por el aparcamiento de la escuela, que poco a poco se va vaciando—. Pero no. Así que ahora nos pasamos todo el tiempo repartiéndonos los bienes y evitando hablar de temas personales. En la esquina hay una casa en venta y Kevin ha hecho una oferta. Pensamos que sería bueno para él estar cerca. Un divorcio muy considerado.

—Vaya, pues sí que vais rápido.

—Todo esto es cosa de las sesiones de mediación. Porque vosotros también estáis con la mediación, ¿verdad?

Al ver que no digo nada, entrecierra los ojos.

—¿Al menos habéis presentado los papeles? ¡Diana! ¿Por qué tardáis tanto?

Intento cambiar de tema.

—Creo que será genial para Halston que tú y Kevin seáis vecinos.

—En realidad, prefiero el apartamento de Arthur. Es tan acogedor. Y fácil de limpiar. Solo estamos nosotros.

—¿Y cuántos gatos?

—Siete.

—Joder, lo decía en broma.

—Relájate. Solo tres son permanentes. El resto son de acogida.

—L'Wren, no sé si debería alejarte de él o agradecerle a Dios que hayas encontrado una versión masculina de ti misma.

—Dos de ellos son incontinentes. ¿Sabes lo grande que hay que tener el corazón para exprimir manualmente la vejiga de un gato en plena noche?

—Bastante grande, sí.

Abro la puerta del coche, pero L'Wren se queda fuera. Se muerde una uña y se coloca bien el bolso con un gesto nervioso.

—Desde que volvimos de París, no dejo de pensar en lo afortunadas que somos tú y yo. Tenemos más historia, ¿sabes? Me sentía un poco como... si todo acabara aquí. Que esta iba a ser mi vida. Feliz pero infeliz. —Le brillan los ojos, bañados en lágrimas—. No tenía ni idea de que hubiera tantas cosas ahí fuera.

Y lo más curioso es que quiero que Kevin encuentre lo mismo. Quiero que tenga una conexión increíble con alguien y que sepa que el amor de verdad es muy diferente.

18

Jasper tiene la lengua dentro de mí y la mueve rítmicamente. Estoy tumbada bocarriba, contemplando una mancha en el techo de mi casa, justo debajo de la bañera de Emmy. Tomo nota mental de llamar al fontanero.

Es el segundo techo que contemplo desde que ha venido Jasper. Primero, nos hemos duchado juntos y lo hemos hecho apoyados en el lavabo; el techo del baño está en buen estado, solo hay una pequeña zona de pintura desconchada en una esquina. Ahora estamos desnudos sobre la mesa del comedor y Jasper tiene la cabeza entre mis piernas. Intento concentrarme en el placer, en la sensación que me provocan sus labios, pero, cada vez que Jasper sugiere que nos traslademos a otra parte de la casa, pierdo la concentración y la placentera sensación desaparece.

—¿Estás cómoda? —pregunta, con expresión preocupada—. Vamos al sofá. Es la última vez que nos movemos. Te lo prometo.

Me coge de la mano y nos dejamos caer en el sofá. Vuelve a cubrirme de besos el estómago y sigue bajando hasta detenerse en la piel suave de mis muslos. Tenso los músculos en torno a su cabeza, para que no se mueva.

—Eso es. Justo ahí.

No voy a mirar al techo. No voy a añadir lámparas de araña a mi lista de la compra.

—No pares...

Jasper sabe que estoy cerca y me mete los dedos. Cuando se me escapa un grito ahogado, dice:

—La cocina. Acabemos allí.

—Jasper...

—¿Qué? Nunca hemos tenido sexo en tu cocina. Dios, eres perfecta. Nunca en mi vida había deseado tanto que alguien se corriera.

—Estoy a punto...

—Espera. Todavía no.

Me lleva a la cocina. Despeja la isla y me coge por las caderas.

—Túmbate.

—Jasper, creo que me gustaría dejarlo ya.

—Pero no te has corrido.

—¿No quieres hacerlo después en la habitación de invitados? Podemos esperar hasta entonces.

—Me gusta la idea. —Me cubre de besos el cuello, hasta llegar al hombro—. Estoy conociendo tu casa.

—Estás marcando tu territorio antes de irte a Islandia.

—No. Lo estoy disfrutando. Estar aquí es excitante. Parece real. Vamos, aún no hemos terminado.

Me coge en brazos y me lleva por las escaleras hasta mi dormitorio. Hay algo obsesivo en sus movimientos, una especie de desesperación. Me recuerda a cuando estaba con Emmy en el parque y le decía que faltaban cinco minutos para que nos marcháramos. Entonces, ella corría desesperadamente de un lado a otro, dispuesta a subirse a cada columpio y bajar por cada tobogán una vez más antes de irnos. Trato de ahuyentar esa idea, porque a nosotros no se nos está acabando el tiempo.

Ya en la cama, nos acariciamos despacio, con las piernas entrelazadas, pegados el uno al otro. No dejamos de mirarnos: Jasper me aparta el pelo de la frente y besa cada centímetro de mi cara, entrando más y más dentro de mí hasta que nos corremos juntos. Podría pasarme el resto de mi vida así, y eso es justo lo que lo hace que resulte tan desgarrador: que nuestro tiempo se mide en viajes de trabajo y fines de semana, nunca en vidas.

Me besa el cuello y se acurruca junto a mí.

—Pues se acabó la visita guiada de la casa. —Sonrío.

—Es muy bonita —murmura, con los labios pegados a mi cuello.

—Vamos a darnos una ducha —propongo—. Pero, esta vez, una ducha de verdad.

—Espera. Ven aquí. Túmbate conmigo un segundo más. Quiero enseñarte algo.

Jasper desaparece y vuelve al rato con una cámara nueva.

—Me he pasado la tarde haciendo fotos con ella.

—Pero te encanta tu Leica.

—Claro, pero no como esta. Ni siquiera parece una cámara. Parece una extensión de mí.

—Lo que parece es nueva.

—Me encanta lo nuevo.

—Yo soy nueva.

—Y familiar. En los mejores sentidos. —Me besa los dedos—. Te conozco aquí. Y aquí. Sé que te gusta esto...

—Ninguno de los dos es exactamente igual que antes. Somos nuevos: esto, nosotros, ahora.

—Sí. Tan nuevos que tengo que follarte de todas

las maneras posibles para recordar lo perfecta que eres.

—¿Y luego qué?

—¿Qué quieres decir?

—Después de que me hayas follado de todas las maneras posibles, ¿qué pasa?

—Lo hago otra vez. Y otra vez. Durante el resto de nuestras vidas.

—¿Y si me pongo enferma? ¿O tengo una depresión? ¿Y si se me caen los dientes?

Jasper se apoya en el codo, con expresión seria.

—¿De qué va esto?

—De nada. Podría pasar.

—Cuéntame...

—Jasper, ya he intentado antes tener tu atención.

—Eso fue hace un millón de años. No volvamos a esa vieja discusión.

—No es una discusión.

—Pues lo parece.

—Voy a ducharme.

Me levanto de la cama, pero él me agarra de la mano.

—Quiero conocer cada parte de ti. Quiero saber lo que piensas y lo que haces, y las cosas que te gustaría hacer. Quiero saberlo todo sobre tu vida y tu casa, y quiero saberlo todo sobre tu hija, su colegio, sus amigos, su talento, lo que hace y las cosas que le gustaría hacer.

Me ablando y Jasper me atrae con suavidad hacia él.

—Diana, todavía me queda mucho por saber de ti... —Me rindo y me tumbo a su lado—. Sin ir más lejos, por qué crees que algún día se te van a caer los dientes.

Me río y él rueda hasta quedar encima mí e inmovilizarme contra la cama. Está listo para el segundo asalto, pero no puedo dejarlo pasar.

—¿Te vas esta noche?

—Mi vuelo sale a las ocho. No es demasiado tarde. Podría meterte en la maleta.

—Es demasiado tarde.

—¿La próxima vez, entonces?

—Claro.

Pero a los dos nos ha invadido la sensación de que nos hundimos. Jasper se esfuerza para que ambos regresemos a la superficie.

—¿Qué tal este verano? ¿Y si volvemos a vernos en París? Quiero decir, más tiempo esta vez.

—Eso suena genial.

Todavía faltan ocho meses para el verano. ¿Estamos los dos diciendo en voz baja «a lo mejor nos vemos entonces»? Estamos tumbados en mi cama, mirando el techo, tan cerca que nuestros brazos se rozan. Y, sin embargo, ninguno de los dos lo dice.

Vuelvo la mejilla hacia él.

—Cierra los ojos.

—¿Por qué?

Se gira para mirarme, como si quisiera descubrir qué clase de juego le estoy proponiendo.

—Jasper.

Le pongo la mano sobre los ojos.

—Los tengo cerrados, te lo juro —protesta, al tiempo que apoya la palma callosa y cálida sobre mi mano.

—¿Qué ves?

—La última foto que he hecho.

—Descríbemela.

—Tú, con un vestido azul, en el jardín de tu casa. Estás descalza, con las piernas desnudas. Me das la espalda, como si estuvieras mirando algo en la hierba. Tienes la mano cerca de la cara, a punto de recogerte el pelo detrás de la oreja.

Tras una larga pausa, aparto la mano de sus ojos, pero él me la coge y se la lleva al pecho.

—¿Es mi regalo de despedida? —pregunta.

Le sonrío.

—La foto la has hecho tú. Es tuya.

—¿Y tú eres mía?

—Esa foto siempre será tuya. Me toca a mí.

344

Le cojo la mano y me la pongo sobre los ojos.

Se queda callado un segundo, como si no quisiera seguir jugando. Pero entonces pregunta, con voz ronca:

—¿Qué ves?

Cierro los ojos con más fuerza.

—No es un cuadro, parece más bien... ¿una película?

—¿Sí?

—Sí. Mi sujeto es demasiado inquieto para posar para una foto. Se mueve demasiado.

—Ya veo. —Jasper se ríe—. Parece... Bueno, doy por sentado que es guapísimo.

Yo también me río.

—¿Cómo lo has adivinado?

—Te lo noto en la voz.

—Pues sí, es guapísimo. Y me gusta cómo se mueve, cómo camina, cómo entra y sale de la escena. Eso solo lo hace... aún mejor.

En mi habitación todo está en calma. La mano de Jasper sobre mis ojos.

—¿Está solo? En tu película, quiero decir.

—No —respondo, negando con la cabeza—. No siempre. Hay una mujer. Ella va y viene, pero él nunca se siente solo. —Le aparto la mano de mi cara y le beso los dedos—. Es feliz.

—El vestido azul es real. Y la foto también.

—Y también lo es la película. Y mi fantasía de nosotros.

Jasper me rodea con los brazos y me estrecha contra su pecho. Pienso en París y en que tal vez nos volvamos a ver allí, o tal vez no. Los ojos se me llenan de lágrimas y las dejo caer sobre su pecho.

—No lo entiendo. ¿Habéis roto? —pregunta L'Wren, mientras recogemos pelotas en la pista de tenis.

—Es lo que hacemos. Somos así.

—¿Lo que hacéis? ¿Deciros adiós? Pues no me gusta.

—Nadie dijo que fuera para siempre.

—Diana, ya lo sé. Que yo esté enamorada no significa que crea que todo el mundo lo está, pero..., no sé, noto una energía especial en el aire cuando estoy con vosotros.

—Agradezco haberlo sentido a los veinte y de nuevo a los cuarenta.

Intento convencerme de ello y me siento agradecida.

—O sea que, si pudieras, si fuera el momento adecuado..., ¿estarías con Jasper?

—Sí.

—Pero ¿también quieres estar con Oliver?

—¡No! No. No es eso.

—Bien —dice, y la veo relajar la postura—, porque estaba dispuesta a matarte, literalmente. Quiero que celebremos juntas el divorcio. ¿Y si organizamos una fiesta? ¿No es eso lo que se lleva ahora?

—¿Por qué tenemos que celebrar nada?

—Así controlamos lo que dice la gente.

—No le has contado a Kevin que Arthur y tú vais a vivir juntos, ¿verdad?

—No. Me han enredado para copresidir el Evento con Propósito y necesito una donación generosa. Si se lo cuento, no sé cómo se lo tomará. La bruja esa de Penny siempre recauda mucho dinero. El año pasado me superó de largo en la venta de papel de regalo, así que me muero de ganas de ver si pone el mismo careto de engreída cuando yo recaude seis cifras.

—Siempre y cuando lo hagas por la razón correcta.

—Ya sabes lo que quiero decir.

—O sea, ¿se lo dirás a Kevin después del baile?

—Sí. Justo después. Cuando reciba su cheque.

—Entonces ¿irás con Arthur al baile?

—No. Sí. Quiero decir, no. Quiero decir que Arthur... —titubea, mientras lanza nuestra última bola a la tolva de pelotas—. Tiene no sé qué... Bueno, que está ocupado.

Miente fatal.

—L'Wren, que yo esté soltera y vaya sola no significa que tú no puedas llevar a un ligue sexy.

—¿Qué? No. Es que tiene que ir a una convención sobre esterilización y castración. Él estará fuera y yo..., libre como un pájaro... ¡Te lo juro!

Entrecierro los ojos, pero ella se niega a dar su brazo a torcer.

—L'Wren, ¿me estás invitando al baile de bienvenida?

—¡Alquilaré una limusina!

—Vale. Pero no pienso abrirme de piernas.

—Ya veremos. —Me da un golpecito en el culo con su raqueta—. Puedo ser muy persuasiva después de unos cuantos *strawberry coolers*.

—¿Qué os parece si continuamos donde lo dejamos la semana pasada? —pregunta Miriam.

En vista de que Oliver no responde, miento.

—No recuerdo dónde lo dejamos, pero quizá podríamos empezar por algún tema nuevo. Me he dado cuenta de que recoger a Emmy de casa de Oliver los domingos por la noche puede ser una transición difícil para ella y me pregunto si hay alguna forma mejor de...

—Dijiste que te daba miedo acostarte conmigo —me recuerda Oliver—. Ahí es donde lo dejamos.

—Cierto.

—¿Quieres profundizar en eso, Diana?

—Bueno. Oliver reconoció que estábamos rotos. Como personas. Y como pareja. Y las personas que están rotas no quieren acostarse juntas. Oliver no me parecía atractivo cuando estaba roto.

—Pues yo seguía encontrándote atractiva.

—Tú siempre querías acostarte conmigo. No estoy segura de que eso sea lo mismo. Si fuera por ti, lo harías a cualquier hora del día. En un funeral. Después de que yo vomitara. Con nuestra hija en la cama.

—Eso no es justo. Emmy era un bebé...

—Da igual. Entiendo que siempre estás listo para el sexo. Pero yo necesito más.

—No me encontrabas atractivo.

—Tú no te encontrabas atractivo a ti mismo. —Oliver guarda silencio. Lo que he dicho es cierto—. Empecé a tener la sensación de que era como rellenar una receta médica. Si tu mal humor se volvía insoportable o estabas deprimido, el sexo hacía que resultara más fácil estar cerca de ti. Y luego, durante el sexo, te mostrabas del todo ajeno a mi placer. Como si lo único importante fuera que tú te corrieras.

Miriam toma nota antes de preguntar:

—¿Oliver? ¿Cómo te sientes después de escuchar lo que ha dicho Diana?

—Incómodo, supongo. No quiero que esto me incomode. Es una de las razones por las que estamos aquí. Para hablar de nuestra vida sexual. Es el motivo de que haya estado presionando a Diana. Pero, ahora, me están entrando ganas de marcharme.

—¿Por qué crees que hablar de esto te incomoda?

—¿A cuántos de tus clientes les gusta oír que su esposa teme acostarse con ellos?

—Te estás convirtiendo en la víctima de nuevo.

—No es verdad. Pero no es fácil escuchar todo esto.

—Menos mal que ya no tenemos que hablar del tema. Nunca más. Quiero decir, ¿por qué nos estamos torturando? —interrumpo.

Oliver, sin embargo, insiste.

—No lo sé. Nunca pensé que el sexo fuera algo de lo que debía hablar.

—¿Por qué? —pregunta Miriam.

—Porque así es como me educaron. El sexo es algo que todo el mundo hace, pero de lo que no se habla. El sexo es para tener hijos. Masturbarse es pecado. Toda esa mierda que te dicen cuando eres pequeño...

—¿Cómo te sentías cuando te masturbabas de adolescente?

—No lo hacía.

—¿Y ahora?

—Sí. Por supuesto. No quiero ser como mis padres. No quiero ser así. Sé lo anticuado que es. Te casas con la chica buena y tienes fantasías con la otra...

—¿Quién es la otra?

—La que no es tu esposa.

—¿Sentías que podías experimentar en el dormitorio con Diana o no estaba permitido?

—No. En realidad, no experimentábamos.

—¿Diana? —pregunta Miriam, girándose hacia mí.

—No. Casi siempre lo hacíamos de la misma manera —respondo, con sinceridad.

—¿Disfrutabas del sexo con Diana?

—El sexo era sexo. Estaba bien. En aquella época, pensaba que lo disfrutaba —admite Oliver.

—¿Por qué dices «en aquella época»?

—Porque, desde que nos separamos, he tenido mejor sexo. Sexo que disfruto más.

—Vaya —digo, sin poder contenerme.

—No te lo tomes a mal.

—¿Y cómo se supone que tengo que tomármelo?

—Bueno, has dicho que no disfrutabas mucho del sexo conmigo y la verdad es que yo tampoco. Estaba bien, pero podía ser mejor. Ahora lo sé.

—Me alegro mucho de que estés disfrutando del buen sexo, Oliver. Yo también.

351

—Genial. Porque quiero de verdad que lo disfrutes. El sexo es mucho mejor cuando la mujer lo disfruta.

—¿En serio? ¿Y eso lo acabas de aprender?

—Te quedabas allí tumbada, Diana. ¡Era como hacerlo con una almohada!

—¡Vete a la mierda! En serio, ¡vete a la mierda, Oliver! Me quedaba ahí tumbada porque quería que se acabara.

—Lo sé. Me has dicho cien putas veces lo mucho que te asqueaba. Pues resulta que puedo hacer que las mujeres se corran. Y es una puta pasada.

—Me alegra tanto que Katherine tenga orgasmos satisfactorios. Cuéntame más, por favor.

—Puedo hacer que se corra con los dedos y con la puta polla. Incluso puedo hacer que se corra cuando me la follo por el culo.

Silencio. La vergüenza de haber ido demasiado lejos chisporrotea en el aire. Nosotros no somos así. Nunca nos peleamos. Nunca nos mostramos tan vehementes con nada. A Oliver le palpitan las venas del cuello. Tiene los puños apretados y la mandíbula tensa. Estamos vivos.

—Recapitulemos. Lo que creo que quieres decir, Oliver, es que desearías que Diana hubiera disfrutado más del sexo contigo porque, cuando una mujer antepone su placer, el sexo te resulta más satisfactorio.

—Solo quiero hablar de ello. Tampoco es que esté prohibido, ¿verdad? No hay que avergonzarse, estamos hablando de nuestros putos cuerpos. Estuvimos casados. Debería conocer cada parte de su cuerpo, hasta el último puto centímetro, pero no es así. Y lo deseo.

«Deseo», en presente. ¿Habrá sido un lapsus? ¿No habrá querido decir que lo deseaba, cuando estábamos juntos?

Como si ella también se hubiera dado cuenta, Miriam pregunta:

—¿Qué le dirías a Diana si pudieras volver atrás en el tiempo?

—Le diría que yo también tenía ideas... de cosas que podíamos hacer. Cosas que nunca le dije.

—Ah, ¿sí?

—Constantemente. Pero me las guardaba en la cabeza. Incluso me daba miedo masturbarme pensando en esas ideas. Me sentía como si fuera un pervertido o algo así.

—¿Y cuáles eran esas ideas?

Oliver se pone rojo de vergüenza.

—Oliver —lo tranquiliza Miriam—, una vida de fantasías excitantes es saludable.

Él, sin embargo, titubea, aún inseguro.

—Te garantizo que no es nada que no haya oído..., o que no haya leído.

Oliver cambia de postura en el sofá.

—Quería esposarte al lavabo de nuestro cuarto de baño. Y encerrarte dentro. Quería que te pusieras medias sin entrepierna. Quería que fueras mi juguete. Quería controlar cuándo te corrías. Quería castigarte.

En un instante, la energía de la habitación cambia.

—¿Es algo que hubieras estado dispuesta a intentar, Diana?

Siento una oleada de calor en el cuerpo y la sangre me sube de golpe a la cara.

—Ejem... —carraspeo, intentando hablar con la misma contundencia que Oliver al expresar sus deseos—. Sí, creo que sí. Me habría gustado.

19

Pese a que estamos ya en octubre, en Rockgate hace calor y hay mucha humedad. Estoy en mi escritorio con el aire acondicionado puesto, cuando Allen asoma la cabeza.

—Toc, toc. —Aunque solo fuera para variar, me gustaría que alguna vez llamara en vez de decir «toc, toc»—. ¿Estás ocupada? —pregunta, aunque en realidad no le importa.

—Siempre viene bien un descanso. Pasa.

Mi despacho es tan pequeño que cualquier reunión aquí dentro parece íntima. Puedo oler en el aliento de Allen el sirope que ha echado a sus gofres. Coge el marco con la foto de cuando Emmy tenía dos años y sonríe, como si no la hubiera visto un millón de veces; luego vuelve a dejarla sobre la mesa.

—Supongo que habrás visto la última casa ruinosa que Oliver está tratando de endosarle a alguien, ¿no?

—Sí. Parece un buen negocio.

—¿En serio? —Se reclina en la silla—. Supongo que se ha animado después de la primera venta.

—Se le da bien. Es muy feliz.

—Por ahora. A ver qué trabajo decide probar la semana que viene.

—Diana —nos interrumpe Talia, que está de pie en la puerta—, tienes una llamada del colegio de Emmy. Dicen que es importante.

Cuando llego al colegio, después de pisar el acelerador a fondo durante todo el trayecto, Oliver ya está sentado ante la puerta del despacho del director. Se levanta cuando entro corriendo y me relajo de inmediato: Oliver está aquí y parece tranquilo, y no estoy sola en mi preocupación por Emmy.

—Está bien, Diana. Es su... comportamiento.

¿Comportamiento? ¿Emmy? Desde preescolar, todas las reuniones con los tutores de Emmy han empezado con una oda a lo bien que se le da escuchar y seguir las instrucciones, como si tenerla en clase fuese un regalo para sus profesores.

El director Vance abre la puerta para recibirnos. Guarda un extraño parecido con Papá Noel.

—Esto es solo un seguimiento, no una emergencia.

—Ha pedido vernos de inmediato.

—Emmy no se ha metido en ningún lío. Y ustedes tampoco. No sé quién se pone más nervioso en mi despacho, si los padres o los niños. En fin, he visto de todo.

Se echa a reír, pero lo único que oigo es un «jo, jo, jo» a todo volumen.

Miro a Oliver, que frunce el ceño.

—Nunca hemos hecho un seguimiento de estos. Parece importante.

El director Vance cruza las manos sobre el escritorio que tiene delante. Parece que disfruta siendo el único de este despacho que puede estar tranquilo, el único que sabe por qué estamos aquí reunidos.

—Es un tópico, lo sé. Pero hace décadas que me dedico a esto y tengo que preguntarlo: ¿está pasando algo en casa que yo deba saber?

—¿Por qué? —pregunto—. ¿Ha ocurrido algo en clase?

El director Vance abre la carpeta roja que tiene delante y saca una hoja DIN A4 con un dibujo en trazos negros. Representa a una niña con coletas y un coche. La niña se está cayendo al suelo porque el coche acaba de atropellarla.

—Oh —me limito a decir.

Oliver coge el dibujo y lo estudia con atención.

—¿Ese es mi coche?

Entrecierro los ojos.

—Se parece más al de L'Wren.

—Esta fue la primera señal de alarma.

—¿Hay más dibujos como este? —pregunto.

—Emmy parece cada vez más retraída este curso. No juega con su grupo de amigos y no se termina la comida.

—No es que coma demasiado bien —digo—. Nunca se termina...

—Así que he pensado en hacer un seguimiento con ustedes. Estamos aquí para ayudar a Emmy en todo lo que haga falta y asegurarnos de que progrese de forma adecuada. Como saben, me jubilo el año que viene y no voy a dejar a ningún alumno atrás. ¿Hay algo que deba saber para ayudar a Emmy?

—Ya no vivimos los tres juntos —suelta Oliver, sin dejar de mirar el dibujo—. Tenemos la custodia compartida de Emmy.

—Vale. Esa información es nueva —comenta.

Veo en sus relucientes ojos azules un fugaz y repulsivo destello que significa «me lo imaginaba».

—Sí —convengo. «Sí, Sherlock, has conseguido resolver el caso.»

—¿Emmy está hablando con alguien sobre esto?

—¿Con un terapeuta, quiere decir?

—Nosotros sí, pero Emmy... no —responde Oliver.

—Bien, bien. Bueno, tenemos algunos recursos.

Abre otra carpeta, esta vez de color verde, y nos entrega un folleto con una imagen prediseñada de un helado. En la parte superior dice: «¡Únete a los Banana Splits! ¡Todos los miércoles! ¡¡Para niños con padres divorciados o a punto de divorciarse!!». Me quedo mirando el doble signo de exclamación. De todas las actividades extraescolares que he imaginado para Emmy, esta no formaba parte de la lista.

—Es un club fantástico, que puso en marcha una madre del colegio. ¿Conocen ustedes a Raleigh?

No me hace falta mirar a Oliver para darme cuenta de que se revuelve en su silla, incómodo.

Cojo el folleto y lo doblo por la mitad.

—A nosotros nos parece que Emmy está bien. Estamos muy pendientes de ella, atentos a cualquier cambio —digo.

Sin embargo, me siento como una fracasada incluso mientras pronuncio esas palabras. ¿Por qué no me he dado cuenta de ninguno de estos cambios? ¿O los he visto y no he querido admitirlo?

—Aparentemente está bien. Y estoy seguro de que es así, pero podría estar ocultando cosas para no preocuparlos a ustedes. Como si tratara de protegerlos.

Dios, ahora el director Vance parece Miriam, y yo soy Emmy, protegiendo erróneamente los sentimientos de Oliver. Ahora soy yo la que se revuelve en el asiento, incómoda por la vergüenza.

Oliver me acompaña al coche e intento no llorar hasta que entro, pero no puedo evitarlo: las lágrimas se derraman antes incluso de que abra la puerta. Oliver me abraza.

—La hemos cagado —digo, con la cabeza apoyada en su hombro—. Apenas come.

—Diana. —Se aparta un poco y me ofrece su pañuelo azul con monograma. Es uno de esos detalles anticuados de Oliver que echo de menos—. Esta mañana, en mi casa, se ha comido como tres tazones de Cheerios. Ese tipo es un imitador barato de Papá Noel que apenas conoce a nuestra hija.

—¿Tú también te has fijado?

—Claro que me he fijado. Se mete totalmente en el papel. ¿Quién se pone un chaleco rojo con este calor? Venga ya...

Me río y me sueno la nariz al mismo tiempo, pero mi alivio dura poco. El director Vance acaba de reforzar mi mayor temor: que el daño que nos hemos hecho el uno al otro haya afectado también a Emmy.

—Emmy adora a sus amigos, ¿por qué no juega con ellos?

—Vete a saber, a lo mejor está harta de ellos. Tiene algunas amigas muy intensitas, como esa tal Addie, la que les pone esos nombres tan largos y ridículos a sus animales de peluche.

—¿Como Pinkie Pie Cuchicuchi?

—Uf. No me lo recuerdes.

—Pero ella también debe de estar sufriendo por todo esto, igual que nosotros. Si para ti y para mí es arrollador, como un tsunami enorme que se nos echa encima, imagina cómo debe de sentirse una niña de siete años.

—No sabía que aún te parecía un tsunami.

—Claro que sí. Es horrible.

—Sí que lo es.

—¿Y si nunca tiene una relación sana por nuestra culpa? —le pregunto.

—¿Puedo decirte una cosa triste?

—¿Qué?

—No te agobies. Solo te lo digo porque ha sido dulce, pero también un poco desgarrador.

—Dime.

—Esta mañana, cuando estaba desayunando Cheerios, el segundo tazón para ser más exactos, se comía dos cada vez. Cada cucharada era un poco de leche y dos Cheerios. Y así todas las veces.

—¿Por qué?

—Decía que no quería que estuvieran solos en su barriga.

—Ay, Dios.

—Ha tardado una eternidad, pero se ha comido los tres tazones así.

—Por favor... Ni siquiera hemos sido capaces de proporcionarle su propio terapeuta. Hemos dejado que trabajara su propio dolor con la ayuda de un tazón de cereales.

—Buscaré a alguien hoy mismo.

—No podemos traumatizarla. Emmy es lo mejor que hemos hecho.

—No está traumatizada. Es una niña perfecta e interesante. Lo superará y saldrá más fuerte de todo esto —me asegura.

—¿Y si no es así? ¿Y si todo esto le deja una cicatriz que no podemos curar?

—No lo sé. Pero estoy en esto contigo. No quiero que te sientas sola.

Oliver me observa unos instantes con una mirada larga y significativa. Está demasiado cerca, y su mirada es demasiado intensa y me resulta demasiado tentador dejar que me consuele como solía hacer antes. Rehúyo el contacto visual.

—Tengo que irme. Tengo que volver a la oficina.

—No te vayas. Hoy no.

—Tengo que irme, Oliver.

—Nos llevamos a Emmy del colegio. Tú y yo, ahora mismo. Podemos ir a Buc-ee's y luego al parque acuático de Waco. A la mierda el colegio. Nuestra hija es genial.

Durante todo el trayecto a Buc-ee's no hacemos más que ver carteles que nos dicen que ya casi estamos en Buc-ee's. Emmy lee cada cartel en voz alta, y eso es más de lo que ha leído en todo el curso escolar. «¡La carne es buena! ¡La cecina, mejor!», «¡Mi sobremordida es sexy!», «Las dos razones principales para parar en Buc-ee's: n.º 1 y n.º 2».

—¿Qué significa eso? —pregunta.

—Creo que se refieren a los baños limpios. Ya sabes, lo que harías en un baño limpio...

—Qué asco.

—¿Sabes qué cartel no ves? —interviene Oliver—. «Buc-ee's. Nos define la elegancia.»

A juzgar por el aparcamiento lleno, la mitad de Texas tiene n.º 1 o n.º 2. Pero los baños están limpios y el aire acondicionado enfría de verdad. Y todo el mundo nos recibe con una sonrisa y un bocadillo de carne de cerdo mechada.

Emmy empieza a correr por los pasillos y se entusiasma con todo, desde los saleros Buc-ee's hasta los flotadores en forma de castor para la piscina.

—Oooh, mira la fiambrera. ¿Me la compras para el cole? —suplica, como si añadir «para el cole» justificara cualquier compra.

—Primero vamos a echar un vistazo, Emmy. Hay muchas cosas que ver.

Salimos de la tienda con tres bocadillos de carne de cerdo mechada, masa para galletas congelada que viene en porciones pequeñas, refrescos tamaño extragrande, caramelos con forma de chapa antigua de botella, dos peluches Buc-ee's y una gofrera.

—Quiero volver a parar aquí de camino a casa —dice Emmy, bebiendo Fanta de su vaso de 30 cl.

Cuarenta minutos después, me entra el pánico al pensar que nos hemos pasado la salida. La carretera es árida y polvorienta, y cada vez parece más difícil que haya un oasis de surf en mitad de... ¿Waco? Pero nuestro GPS nos dice que salgamos, así que salimos. No hay ni un triste semáforo, solo una señal.

Al parecer, el parque acuático de Waco recibe visitas de surfistas de todo el mundo. ¿En serio? ¿Y dónde está, en medio de la nada?

Una señal dice que sigamos la flecha y obedecemos. Nos adentramos por una carretera polvorienta rodeada de campos de cultivo y torres de agua.

Cuando llegamos al parque acuático, entendemos enseguida por qué tiene tanto éxito. Desprende ese aire lánguido de los setenta mezclado con un espíritu hawaiano. Todo el mundo comparte el mismo objetivo: surfear la ola perfecta. Hay una gran playa de arena artificial y un enorme «lago» para surfistas que produce una ola perfecta tras otra. Hay camiones de comida que sirven pizza y granizados, y una hilera de carpas en la orilla. Y, un poco más apartadas, varias cabañas para surfistas, que se alquilan por noches.

—¿Qué tal, *grommet*? —dice un surfista larguirucho, vestido con unos pantalones de color fucsia, mientras le da una palmadita a Emmy.

—Creo que se refiere a ti —dice Oliver.

—Soy Pops —se presenta el joven—. Bueno, ¿quién se va a meter en el agua?

—Ah, no. Solo estamos mirando. A lo mejor nos metemos en el río lento.

—No te lo recomiendo. Ves a la gente entrar en el río lento, pero no ves a la gente salir del río lento. ¿Sabes lo que quiero decir?

—¿Qué quieres decir? —pregunta Emmy.

—Creo que se refiere a que nadie para en Buc-ee's.

—Exacto —afirma el chico—. En ese río hay más pis que agua. Pero acaba de quedar una plaza libre en la sesión para principiantes, por si la peque quiere surfear.

—¡Sí! —exclama Emmy.

—Bueno, es que nunca lo ha probado —respondo, preocupada por si Emmy se hace daño.

—No pasa nada, yo estaré allí por si necesita ayuda. Puede surfear sin problema en las olas blancas.

Emmy le da la mano a Pops y se alejan los dos juntos hacia la enorme piscina de olas.

—Deberíamos detenerla, ¿no?

—Espero que Pops trabaje de verdad aquí...

Pero Emmy parece feliz de verdad. ¿Está en su salsa? Pops imparte un apresurado cursillo de diez minutos para principiantes y, luego, todos se tumban bocabajo en las tablas y se levantan de un salto al mismo tiempo. Emmy le pilla el truco enseguida y el grupo se dirige hacia el agua. Emmy se vuelve para mirarnos, un poco nerviosa, y tengo que armarme de valor para hacerle un gesto con el tembloroso pulgar hacia arriba.

—¿De verdad vamos a dejar que lo haga?

—Eso parece.

Emmy se dirige hacia una enorme máquina de

bombeo de olas. Rema con los brazos y se coloca en la fila, junto a los demás, para esperar la primera ola. Es tan pequeña que casi ni la vemos. La máquina de olas empieza a producir lo que parecen olas sorprendentemente grandes, y se me encoge el estómago. El primero de la fila, un hombre calvo, se lanza hacia la ola y tres segundos después se cae; su tabla sale volando por los aires y aterriza a escasos centímetros de Pops. El segundo hombre de la fila es incapaz de levantarse, y en ese momento me meto en el agua, lista para rescatar a Emmy si hace falta.

—Es una locura. No está preparada para esto.

Delante de Emmy hay un grupo de chicas que forman parte de una despedida de soltera. Una de ellas pierde la parte de arriba del bikini en su primera ola y me entra oficialmente el pánico. No pueden esperar que Emmy se ponga de pie...

Y entonces le toca a ella. De un salto, apoya los dos pies en la tabla, flexiona las rodillas y surfea la ola como si llevara haciéndolo toda la vida. Me quedo con la boca abierta. Oliver aplaude. De repente, empezamos a saltar los dos y a abrazarnos como si Emmy acabara de ganar una medalla de oro.

En lugar de correr hacia nosotros para celebrarlo, Emmy vuelve a remar, se pone otra vez en la cola de la siguiente ola y se pasa una hora entera surfeando.

Tengo en el teléfono como tres mil fotos borrosas de una Emmy pequeñita con una enorme sonrisa en la cara.

—¿Deberíamos mudarnos a Hawái? —pregunta Oliver—. Allí podría practicar.

—Está clarísimo.

Pops sale del agua con una sonrisa de oreja a oreja.

—Lo ha bordado. ¡Menuda crack!

Le choca los cinco a Emmy mientras yo la cojo en brazos.

—¿Cuál es el nivel más alto? —me pregunta, limpiándose la nariz.

—¿Qué quieres decir?

—El más difícil.

—Pro. Nivel profesional, creo.

—Pues la próxima vez me apuntáis a ese —me dice, antes de saltar de mis brazos y dirigirse a la cola del puesto de granizados.

—¿Nos acaba de vacilar?

—Creo que sí.

Oliver y yo nos sonreímos y disfrutamos de la agradable sensación: nuestra hija ha destacado en algo increíblemente complicado. Tiene las piernas muy fuertes y un equilibrio asombroso. Ojalá yo fuera tan valiente.

Emmy no quiere marcharse del parque. Nos promete que, si nos quedamos una noche, ordenará su habitación, se cepillará los dientes todas las mañanas y todas las noches sin que tengamos que recordárselo y no volverá a decir ni una sola mentira durante el resto de su vida. Pops nos consigue la última cabaña disponible, frente al lago, y nos instalamos. Los vecinos de la cabaña de al lado comparten con nosotros sus perritos calientes y sus sándwiches de galleta, nube de azúcar y chocolate. Vienen de Florida y agradecen tener un poco de compañía. Su hijo Jackson, de dieciséis años, practica en su tabla de surf fija la técnica para ponerse de pie y le da algunos consejos a Emmy. Observo a mi hija, cuya expresión oscila entre la alegría y la concentración.

Después de cenar, contemplamos desde la orilla la pequeña isla que ocupa la parte central del lago artificial. Los de por aquí la llaman Isla de los Lémures. Al parecer, un lémur abandonado en la isla hace años se convirtió en dos y, a partir de ahí, se multiplicaron.

—¡Si los llamas te responden! —nos grita Jackson desde su porche—. ¡Mirad!

Imita exageradamente el grito de un lémur y, desde la isla, los primates le responden con débiles llamadas.

Emmy se entusiasma.

—¡Yo también quiero probar!

Imita lo mejor que puede la llamada de lémur que acaba de hacer Jackson y se pone a gritar en plena noche, pero la única respuesta es el silencio.

—Más gutural. ¡Así! —le explica el padre de Jackson, llamando él también a los monos.

Su vocalización, un conjunto de trinos, chillidos y chasquidos, es imposible de reproducir. Los lémures responden, excitados.

Oliver y yo lo intentamos, pero nos ignoran. Emmy vuelve a intentarlo. Silencio.

—A lo mejor están durmiendo —comenta Oliver.

—Pero ¡a Jackson le han respondido!

—Un poco más alto, Emmy.

Gritamos todos a la vez, de pie en una fila junto a la orilla del agua, como una familia unida. Una combinación de gruñidos y ladridos, cada vez más desesperados. «¡Por favor, despertad, lémures!» Y justo cuando estoy a punto de coger mi teléfono para poner un vídeo de lémures en YouTube, recibimos una respuesta.

¡Rrr-clic-clic-clic-ker-ker-ker-ker-ker-júúúúúú!

—¡Nos han oído!

—¡Prueba otra vez!

Emmy perfecciona el sonido y esta vez recibe como respuesta un sonoro coro de chillidos.

—¡Lo has conseguido!

Parece que hemos ganado. Aquí de pie los tres, con la piel aún ardiente por el sol y la barriga llena de perritos calientes, podemos fingir que volvemos a ser una familia. Nuestros problemas pueden quedarse en Rockgate una noche más.

Hay dos camas de matrimonio en la habitación, así que Emmy y yo nos quedamos una, y Oliver, la otra. Nos lavamos los dientes con dentífrico prestado y jugamos una ronda muy corta de «Acaba el cuento». Emmy ni siquiera llega a su turno, pues se queda dormida en cuestión de segundos. Fuera, el canto de los grillos es escandaloso y oigo risas procedentes de una hoguera, un par de cabañas más allá. A mi lado, Emmy se quita la sábana de una patada; su respiración es profunda y tranquila, y Oliver no hace ningún ruido. El aire acondicionado trabaja a marchas forzadas, parando y arrancando una y otra vez, como si no acabara de encontrar su ritmo. Hace demasiado calor para dormir.

Me dirijo de puntillas al cuarto de baño, con cuidado de no despertar a ninguno de los dos, y me tumbo en la bañera vacía. Es vieja y pesada, y tiene el fondo cubierto de pequeñas grietas, pero la porcelana blanca está fría. Me quito la camiseta y los pantalones cortos y me quedo en sujetador y bragas. Apoyo en la bañera todas las partes desnudas del cuerpo que puedo, hasta que la temperatura de mi piel empieza a bajar.

—Podemos salir fuera...

La voz de Oliver, que está de pie en la puerta, me sobresalta.

—Demasiados mosquitos. Solo quiero quedarme tumbada en esta bañera fría.

—¿Puedo meterme?

—Ni hablar. No quiero tu calor corporal.

—Hazme sitio —dice, metiéndose.

Por un momento, pienso en ponerme la camiseta, pero estoy cansada y tengo demasiado calor. Y, además, no hay nada que Oliver no haya visto antes.

Se acomoda junto a mí, con la cabeza al lado de mis pies.

—Ha sido un buen día.

—La hemos arreglado. —Sonrío.

—Es una niña feliz, D. Pase lo que pase.

—Es feliz. Y va camino de convertirse en surfista profesional.

—¿A que sí? —dice, y nos reímos los dos.

Fuera se oye un fuerte trueno y, en un instante, la humedad que ha flotado en el aire todo el día da paso a las gotas de lluvia. Caen rápidas y fuertes, rebotando pesadamente contra el techo. Casi por instinto, los dos prestamos atención por si Emmy se levanta de la cama, pero sigue dormida. Me echo hacia atrás y cierro los ojos, escuchando la lluvia.

—Bueno —dice Oliver—, ¿qué tal ese chico que ha entrado en tu vida?

—¿Qué?

Levanto la cabeza justo a tiempo de ver el intento de Oliver por adoptar una expresión natural.

—Sé que estás saliendo con alguien.

—La verdad es que no.

—Ah, perdona. ¿Quieres hablar de ello?

—No. Aún no hemos hecho suficiente terapia para hablar de eso.

Oliver se ríe.

—¿Y la baronesa? —pregunto—. ¿Cómo le va? Parece estupenda.

—Sí. Resulta que no se me da muy bien hacer malabarismos con más de una mujer.

—Al menos disfrutaste del sexo.

—Admito que me pasé un poco después de marcharme de casa.

—¿Y ahora?

—Estar con una sola persona hace que todo sea mucho más sencillo.

—¿La atas al lavabo del baño?

Oliver sonríe.

—Venga ya.

—¿Sí o no? —le pregunto, arqueando las cejas.

—No. Esa fantasía era contigo.

Una sensación nos invade a ambos y apartamos la mirada brevemente. La lluvia es más ligera ahora.

—Bueno, pues espero que la baronesa esté disfrutando del nuevo y mejorado Oliver.

—¿De verdad he mejorado?

—Sí.

—¿Y no querrías darle una oportunidad a mi nuevo yo?

—¿Qué?

—Es broma —dice, pero no parece que lo sea, en absoluto. De repente, veo cansancio en su mirada—. Es triste —añade al fin—. Nuestro divorcio. —Sus palabras calan hondo en los dos. Me quedo callada. Oliver respira hondo—. Algunos días creo que no lo superaré nunca.

—Oliver. —Intento hablar en un tono ligero mientras le toco el pecho con los dedos de los pies desnudos—. He vuelto a quedarme soltera hace nada. Emmy dibuja accidentes de coche. Necesito que me digas que todo va a ir bien.

Oliver me sostiene el pie entre las manos y me lo frota suavemente, como ha hecho durante tantos años, sobre todo cuando estaba embarazada de Emmy. Sus manos son fuertes y familiares.

Cuando por fin me mira, tiene los ojos húmedos de lágrimas. Y, cuando sonríe, las lágrimas le ruedan por las mejillas. Pienso que hace años que no lo veo llorar: desde el día en que llamó a sus padres para decirles que Emmy ya estaba aquí y que era perfecta.

—¿Oliver?

Me observa con sus brillantes ojos azul verdoso y sonríe.

—Todo va a ir bien. Lo superaremos. —Sin soltarme el pie, se echa hacia atrás y, tras apoyar la cabeza en la bañera, se queda mirando los lentos y perezosos giros del ventilador—. Te toca a ti —dice, con la voz cargada de emoción.

Ha dejado de llover, las cigarras cantan y la humedad regresa, como si nada la hubiera perturbado.

—Lo superaremos.

20

L'Wren llega en una limusina rosa brillante y asoma la cabeza por el techo corredizo. Lleva el pelo ondulado y recogido en una coleta lateral.

—No puede ser.

—Claro que puede ser. Paramos delante y nos bajamos del coche como si fuéramos las putas amas.

Entramos cogidas del brazo por la puerta principal del gimnasio, decorado en plan años ochenta para la ocasión.

—Es mucho mejor que hayamos venido solas. ¡Fíjate en todas esas parejas tristes!

—Eres una buena amiga, L'Wren. La mejor.

—Tú también. Bueno, ¿y qué vas a hacer? ¿Meterte en alguna app de citas? ¿Quieres que le pregunte a Arthur si tiene algún amigo?

—Creo que me voy a tomar las cosas con calma.

—Ay, mi madre. Ha venido Oliver. No mires. Lleva un esmoquin blanco.

—¿Qué? Pero si dijo que se quedaba con Emmy.

—Pues habrá buscado canguro.

—Vaya.

—Puto Oliver. Ojalá pudiera decir que no le queda bien ese esmoquin, pero la verdad es que sí. —Abre mucho los ojos—. No, Diana. Ignóralo. Vamos a probar el ponche. Esperemos que esté cargadito.

—Tenemos la custodia compartida, L'Wren. No puedo ignorarlo. Ni siquiera estamos legalmente divorciados.

—Hola —saluda Oliver, y nos besa a las dos en la mejilla.

—Hola. Estás muy guapo —dice L'Wren, que no puede evitar ser cortés.

—He decidido pasarme por aquí. ¿Cuándo, si no, iba a tener la oportunidad de ponerme este esmoquin?

—¿Ya has extendido un cheque? Diana ha trabajado mucho en la fiesta.

—Pues sí. Y tengo otro de mi padre.

—Ah. Bien. Me alegro. Mierda. La subasta silenciosa. ¿No podríais pujar por el fin de semana en una cabaña de Telluride? La zorra esa de Penny se muere de ganas de ir. Lo sé.

L'Wren se aleja revoloteando para averiguar cuándo empieza la subasta.

—Estás muy guapa —comenta Oliver, fijándose en mi vestido turquesa de tafetán.

—Tú también.

Se nos acerca un fotógrafo.

—¿Una foto?

—Eeeh... Claro.

Oliver me rodea con el brazo y yo sonrío a la cámara, sin saber qué hacer una vez que el fotógrafo se va.

—No hacía falta que vinieras a este rollo.

—Pero me apetecía.

—Ya. Ah, el martes no puedo ir a terapia. ¿Podemos cambiarlo al jueves?

—Claro. ¿Qué tienes que hacer? —pregunta. Antes de que pueda responder, añade—: Perdona, ya me parezco a mis padres. No es asunto mío.

La música cambia. *Right Here Waiting for You*, de Richard Marx.

—¿Quieres bailar?

—¿En serio?

Silencio.

—Sí.

—Vale.

Bailamos despacio y una especie de energía nos invade a los dos. Siento como si todos los vasos sanguíneos de mi interior estuvieran a punto de explotar.

—¿Recuerdas nuestro primer baile en la boda?

—Sí.

—¿Y te acuerdas de ese chico que intentó eclipsarnos?

—Tu primo segundo. Jeffrey.

—Qué tonto era.

—Y qué mal bailaba.

—Nosotros lo hacíamos mucho mejor, pero ahí estaba él. Compartiendo la pista de baile con los novios. Al final lo eclipsamos nosotros a él.

—Fue una gran noche.

Lo miro y él me acerca aún más. Quiero decirle tantas cosas. Quiero decirle que aún hay esperanza para nosotros. Que si pasamos por este infierno y lo superamos, tal vez —solo tal vez— salgamos fortalecidos. Que tal vez nuestra chispa aún no se haya apagado del todo.

—Oliver...

—Sí.

Y entonces es cuando la veo. Katherine. Con un minivestido de tafetán turquesa, dirigiéndose hacia nosotros con una sonrisa fácil.

Aparto al instante las manos de los hombros de

Oliver y las dejo caer a los lados del cuerpo. Me alejo de él como si quemara.

—¡Diana! Esperaba verte por aquí. ¿A que está guapísimo? Él tenía miedo de que fuera demasiado, pero le he dicho que el traje era perfecto.

—Sí. Le queda genial.

—He estado buscando por todas partes a alguien a quien darle esto. Ya sé que es un baile para recaudar fondos.

—Puedo dárselo a L'Wren. Ella es la presidenta.

—Estupendo, muchas gracias. ¿Te importa si interrumpo? Me encantaría poder disfrutar de un baile antes de convertirme en calabaza. Tenemos que estar de vuelta a las nueve, para que la canguro pueda irse a casa.

—Claro. Por supuesto. Que os divirtáis.

L'Wren aparece de inmediato a mi lado.

—¿Estás bien?

—Solo necesito un poco de aire fresco.

—Por supuesto. Venga. Estás guapísima y nadie está mirando.

L'Wren empuja la pesada puerta del gimnasio para abrirla.

—¿Qué hace aquí? Si ni siquiera tiene hijos en este colegio. O sea, ¿quién se apropia de un baile escolar benéfico así por las buenas? La odio, ¿sabes?

—No, en realidad es muy agradable. Y ha hecho una donación.

Le entrego a L'Wren el cheque y se le iluminan los ojos.

—Joder. Es muy difícil odiarla, ¿verdad?

—No tienes por qué odiarla.

—También es bastante agradable a la vista. De una manera genérica, por supuesto. Como uno de esos anuncios antiguos de Neutrogena. Pero tú pareces una modelo de alta costura.

—L'Wren, tengo que decirte algo.

—¿Qué pasa? ¿Qué es esa cara? ¿Estás enferma? No me jodas..., ¿estás enferma?

—No.

—¿Emmy? Por favor, no me digas que Emmy...

—No, no, no es nada malo. O, al menos, no creo que sea malo.

Llevo meses preguntándome si L'Wren pensará que está mal. Hasta su divorcio, ha protegido a capa y espada nuestras vidas y las dos nos hemos mantenido a salvo en la pequeña burbuja de las esposas perfectas de Rockgate. Almorzábamos en los mismos sitios que las otras madres, prácticamente llevábamos el mismo uniforme que ellas y nos sentábamos juntas en los mismos recitales. Aprendí trucos de fiesta, como por ejemplo compartir una confesión acerca de un «error de crianza», sin compartir en realidad ningún error ni confesión. Me adapté a las dinámicas sociales y descubrí qué aspectos de mí no encajaban. Pero, ahora que estoy aquí con L'Wren, todo me parece un molesto y gigantesco error de cálculo.

—He estado trabajando en un proyecto y no te lo he contado. La verdad es que no sé por qué. Para mí es importante y quiero que lo conozcas. Es una página web llamada Dirty Diana.

—¿Dirty?

—Publico bocetos y pinturas y entrevisto a mujeres sobre sus fantasías eróticas y sus deseos. Las imágenes de las mujeres representan cómo se sienten, cómo se ven a sí mismas cuando se permiten fantasear. Debería habértelo contado hace mucho tiempo. Liam dijo que te parecería bien, pero...

—¿Liam?

—Me ha estado ayudando con la web. Se ha portado genial, de verdad. Es tan inteligente...

—A ver, espera. ¿Qué? ¿Le has estado dando trabajo a mi hijastro durante... cuánto tiempo? ¿Y haciendo... arte erótico?

—Ahora que digo todo eso en voz alta, me estoy dando cuenta del gran error que cometí al no contártelo. Como si fuera algo que hubiera que ocultar. Iba a decírtelo en París, pero en realidad tendría que habértelo contado mucho antes.

—¿Cuánto tiempo lleva Liam trabajando contigo?

—No lo sé. Unos meses. Alicia y yo llevamos más tiempo trabajando en el proyecto.

—¿Alicia?

—Te he subestimado y eso es lo peor.

—¿Cómo que me has subestimado?

—Y te he juzgado mal...

Se le llenan los ojos de lágrimas.

—A quien has juzgado mal es a Liam, desde luego. ¿Por qué no pedirle que diseñe un cohete para la NASA? Venga ya, Diana... ¿Arte erótico? Por favor, pero si Liam solía masturbarse con mis ejemplares de *Good Housekeeping*. Todavía se ríe cuando oye la palabra *pene* y se marchó del salón cuando estábamos viendo *Instinto básico*. Así que sí, lo has juzgado mal, pero que muy mal.

—En realidad ha sido muy útil. No con el contenido, claro, pero me ha apoyado tanto...

—Soy tu amiga, Diana. Yo también podría haberte apoyado.

—Lo sé y lo siento mucho, L'Wren.

—No quiero enfadarme contigo, Diana. En realidad, te necesito de verdad.

—Y yo a ti. ¿Podemos volver a empezar? ¿Fingir que esto no ha pasado?

—Pero sí ha pasado. Lo que no entiendo es... ¿qué creías que te diría si me lo contabas?

—¿Sinceramente? Pensaba que intentarías disuadirme.

—¿Pensabas que intentaría disuadir a una madre recién separada que vive en un barrio residencial de Texas para que no hiciera arte erótico con mi hijastro? ¿Eso es lo que pensabas?

—Dicho así, parece una locura, ¿verdad? —pregunto esperanzada.

—No tengo un palo metido en el culo, Diana. Quiero decir, vale, nunca seré la mujer que habla con libertad de sus orgasmos en la mesa durante la cena, pero eso no significa que sea una monja, ¿sabes?

—Lo sé.

—No puedo creer que me obligues a tener esta discusión con el puto pelo ondulado. —Sonríe, pero me doy cuenta, por el rubor que le tiñe las mejillas, de que está dolida.

—No quiero discutir contigo.

—Y supongo que Oliver no lo sabe, ¿verdad?

Niego con la cabeza.

L'Wren suspira.

—¿Quieres un consejo, Diana? De una amiga que, según parece, es más como toda esta gente —dice, haciendo un gesto vago con el brazo para abarcar el gimnasio del colegio—. Creo que deberías aparcar de forma temporal ese proyecto. Al menos hasta que Emmy se gradúe. Rockgate no está listo. Y Oliver tampoco.

21

Llamo por FaceTime a Alicia. Cuando ve que estoy en la cama, con las mantas por encima de la cabeza, me dice:

—Espera. —La oigo gritarle a Nico que se asegure de que la tostada de Elvis no se queme, y luego se mete en la cama y también se tapa con las mantas—. Vale, cuéntame.

Le cuento todo lo que aún no le he contado: lo de Waco con Oliver, lo de nuestra última terapia, lo del esmoquin blanco y el baile, lo de la discusión con L'Wren... Cuando llego a esa parte, no puedo evitar echarme a llorar. Le cuento que el único lugar donde me gusta estar últimamente es en el estudio, pero, cada vez que Petra se ofrece a ayudarme con Dirty Diana, la rechazo.

—¿Qué coño te pasa?

—No lo sé. Lo he fastidiado todo. Estoy muy confundida.

—Vale. Respiremos. Lo aprendí en el retiro de silencio. Mil doscientos pavos me costó el consejito.

Respiramos juntas, cogiendo el aire y expulsándolo durante un minuto largo.

—Muy bien —comenta Alicia al fin, interrumpiendo el silencio—. Déjame decirte lo que interpreto porque no es exactamente lo que me estás diciendo...

—Hablas como Miriam.

—Gracias. Está claro que Miriam es una puta leyenda que ha conseguido que Oliver diga que lo siente de verdad y admita que quiere atarte a un lavabo. Y también ha conseguido que tú admitas unas cuantas cosas. Es probable que con mucho retraso.

—¿Hola? Te acuerdas de que me siento muy frágil, ¿no?

—Vale, esto es lo que interpreto: Dirty Diana es algo que disfrutas y te estás permitiendo disfrutarlo. Tú y L'Wren habéis tenido vuestra primera pelea, que solo servirá para haceros más fuertes una vez que os reconciliéis. Y, por cierto, sabíamos que eso acabaría pasando algún día, con lo tensas que estáis las dos.

—Sigo sintiéndome muy frágil.

—Oliver vuelve a ser el de antes, lo cual te excita, y quiero que me cuentes más sobre ese tema. Lo que no dices es que no estás segura de querer renunciar a Jasper. De acuerdo. Pero puedes echarlo de menos con locura y, aun así, haber tomado la decisión correcta. Él nunca ha sido una solución permanente. ¿Lo he clavado?

—Sí.

—Entonces ¿qué es lo que da tanto miedo?

—¿Qué piensas de lo que ha dicho L'Wren? Lo de aparcar de forma temporal el proyecto.

—Diana. Es Rockgate, no Gilead. Y no creo que lo piense de verdad. Está dolida, eso lo entiendo. Es normal herir a veces los sentimientos de los amigos, pero, si la amistad es sincera, se acaba olvidando.

—Es que... ¿Y si...?

—¿Y si la gente descubre que te gusta el sexo?

—Ya sabes lo que quiero decir.

—¿Se supone que no debemos hablar de sexo? Déjame decirte una verdad absoluta. Te mereces el placer, eso ya lo sabes. Pero puede gustarte el sexo y también puede darte pavor y aburrirte. Y todas esas cosas están bien y son normales. No le debes sexo a nadie para tener un matrimonio feliz. ¿Lo estás apuntando todo?

Durante la semana siguiente, llamo al trabajo para decir que estoy enferma y me paso todos los días en mi mesa del edificio de oficinas de Petra, bajo la ventana abierta. Rompo el boceto en el que me dibujé a mí misma y decido pintar la imagen que tengo en la cabeza. Pienso en Sandrine mientras trabajo, en mostrar al mundo mi yo más vulnerable, como ha hecho ella. De momento, solo es el contorno de mi hombro, que he borrado y vuelto a empezar tres veces. Petra entra y sale, siempre tapándose los ojos.

—¡Ya me lo enseñarás cuando esté terminado!

Llamo a L'Wren a primera hora de la mañana, luego a la hora de comer y todos los días cuando vuelvo a casa en coche. Nunca contesta ni me devuelve los mensajes. Pero el viernes, cuando se cumple una semana exacta desde el baile, Liam entra en la oficina y deja caer un paquete envuelto en papel de aluminio sobre mi mesa, junto a un tarro lleno de pinceles sin lavar.

—Bizcocho de plátano de L'Wren —me dice cuando levanto la vista.

—¿Para mí? —exclamo, sin poder disimular la esperanza.

—Lo ha horneado ella misma.

—¿Para mí? —vuelvo a preguntar.

—Sí. Para ti.

—¿Está envenenado?

—No lo creo.

Lo desenvuelvo, aún caliente del horno.

—Esto es bueno —me asegura Liam—. Ya lo he

visto antes. Es la forma que tiene L'Wren de decir que está trabajando cosas sin tener que decir «estoy trabajando cosas». —Se sirve una porción generosa y le doy una servilleta de papel para que recoja las migas—. Además, me deja quedarme en casa, incluso ahora que el hombre gato vive con nosotros. Ha reconocido que le gusta tenerme cerca y que, decida lo que decida acerca de dónde quiero vivir, a ella le parece bien. Estás como a dos días de que te coja el teléfono —concluye, con la boca llena.

Esa noche, me quedo trabajando hasta tarde en mi escritorio, completamente sola. Me como casi todo el bizcocho de plátano para cenar y pinto hasta que me duelen las manos. Durante un largo rato, me quedo mirando la calle desde la gran ventana del estudio. Es tarde y está todo muy tranquilo, pues las tiendas ya han cerrado. Al final de la manzana, un hombre alto y delgado camina por la acera haciendo eses. Se dirige hacia mi edificio, pero se detiene en seco delante de una furgoneta oxidada, bajo el resplandor de la única farola. Lo observo mientras rebusca algo en los bolsillos del pantalón. Se queda quieto un momento con una mano apoyada en el techo del coche, como si quisiera recuperar el equilibrio. Así, encorvado, mete la mano en el bolsillo del abrigo y, esta vez, encuentra las llaves del coche. Estoy a punto de llamarlo y decirle que no está en condiciones de conducir, pero justo entonces las llaves se le escurren de los dedos y caen al suelo con un tintineo. El hombre se pone de rodillas. Palpa la acera oscura durante un buen rato, pero al final se da por vencido y se pone en pie despacio, tambaleándose. Cuando ya está de pie, lo veo estremecerse y, por un segundo, creo que va a vomitar, pero da una larga zancada, luego otra, y se aleja por la acera hasta desaparecer. Exhalo, empañando el cristal, y solo entonces me doy cuenta de que he estado conteniendo el aliento.

—Muy logrado.

Doy un respingo al oír la voz de Petra.

—Lo siento —me dice—. Creía que me habías oído entrar.

—Me he quedado un poco embobada. —Me sonrojo, como si me hubieran pillado leyendo algo que no debería—. ¿Qué haces aquí tan tarde?

Petra frunce los labios.

—¿Quieres la verdad? Tenía la sensación de que ya habrías terminado.

Sigo su mirada hacia el lienzo.

—Ah, casi.

Después de terminar el hombre, me he dedicado al torso, y luego a las caderas y las piernas. Me he pintado a mí misma sentada en el borde de una bañera. Me gusta cómo me ha quedado la cara de perfil, pero las manos me han salido fatal.

—Quiero añadir algo de sombra, cerca de la muñeca...

—Es perfecto, Diana.

Petra me aprieta los dedos entre los suyos. Apoyo la cabeza en su hombro y me quedo allí.

Duermo acurrucada en el sofá. Quería coger el coche e irme a casa, pero se me cerraban los ojos. Y sentía la extraña necesidad de quedarme cerca del cuadro hasta que estuviera lo bastante seco para moverlo o, al menos, hasta que la oficina dejara de estar tan oscura y silenciosa. Me dije que solo iba a echarme un sueñecito, pero cuando he vuelto a abrir los ojos el sol de la mañana se colaba ya por las ventanas.

De camino a casa, me siento más ligera. Imagino que así se sintió Oliver cuando dejó de trabajar para su padre. Me lo imagino volviendo a casa en coche, con los hombros por fin relajados, la respiración cada vez más lenta y tranquila con cada kilómetro que lo alejaba de la oficina.

A medida que me acerco, me preparo para disfrutar de la tranquilidad de la casa y las horas que faltan para que Emmy vuelva después de pasar el sábado con sus abuelos. Pero, cuando enfilo el camino de entrada, me doy cuenta de que la casa no está vacía. Oliver está en el jardín, plantando flores bajo un sol otoñal inusualmente cálido.

Lleva los auriculares puestos y está tan concentrado en empujar una carretilla de tierra que no se fija en mi coche. Me quedo sentada tras el volante mientras lo observo echar tierra en los parterres. Tiene la camisa empapada de sudor y se le marcan los músculos de la espalda. Cada pocos segundos se aparta el pelo de los ojos con el dorso del guante de trabajo. Por un instante me permito imaginar que sigue siendo mi marido y que vuelvo a casa con él. En mi ensoñación, no hay tensiones persistentes, ni la resaca de cientos de discusiones: se alegra de verme y ya está. Apago el motor. Sigue sin reparar en mi presencia. El corazón se me acelera mientras oculto la fantasía en el rincón más pequeño de mi corazón, donde ocupa un espacio tan pequeño que nada puede destruirla.

—¿Oliver? —lo llamo. No lo digo en voz muy alta, pero él levanta la vista—. ¿Qué haces?

Apaga la música y se incorpora.

—Plantar zinnias. Por todo el sendero, como siempre quisiste. —Tengo la sensación de que le falta un poco el aliento—. Iba a plantar rosas también, pero luego he recordado el fiasco de la noche en el hotel... y me lo he pensado mejor.

—Estamos a treinta grados aquí fuera.

—Ya casi he terminado.

Saca su pañuelo azul y se seca el sudor de la frente.

—¿Por qué? —No he movido un dedo, pero de repente tengo la sensación de que a mí también me falta el aliento. Estoy rodeada de flores brillantes—. ¿Por qué lo haces?

Capto un destello en la mirada seria de Oliver.

—¿No es obvio?

Reduce la distancia que nos separa.

—No. —Me tiembla la voz, pero, cuando me coge las dos manos, le digo—: Dímelo.

Oliver se inclina hacia mí y me susurra al oído. Su aliento en mi cuello me produce un escalofrío electrizante.

—Porque quiero esposarte al lavabo.

AGRADECIMIENTOS

Nuestro más sincero agradecimiento a:

Nuestra editora de ensueño, Whitney Frick. Whit, ¿recuerdas cuando te propusimos la historia de una madre delincuente y... asesina? (¡Nosotras sí!) Gracias por guiarnos siempre —y a Diana— con sabiduría, gracia y confianza.

A Anna Worrall y Alia Hanna Habib. Este libro no existiría sin vuestro apoyo. Gracias por preocuparos tanto por nosotras y, al mismo tiempo, por llevar al día unas sesenta y tres agendas diferentes. Gracias a todo el mundo en Gernert Company y, muy especialmente, a Sophie Pugh-Sellers, Ellen Goodson Coughtrey y Rebecca Gardner.

Gracias también al increíble equipo de Dial/Penguin Random House. Estamos muy agradecidas por compartir esta aventura con vosotros. Un agradecimiento especial a Talia Cieslinski, Debbie Aroff, Avideh Bashirrad, Vanessa DeJesus, Corina Diez, Laurie McGee, Michelle Jasmine, Cassie Gonzales y Donna Cheng por todo el amor que nos habéis mostrado a nosotras y a nuestros libros.

A Rocío Montoya. Gracias por dar vida a Diana de una forma tan deslumbrante.

A Amanda Hymson, la mejor agente cinematográfica que una chica puede desear; y a Sean Marks, el abogado más leal del mundo.

A Kate Meltzer. Gracias por un viaje esclarecedor y de ensueño por París.

A Lynette Howell, Beau St. Clair, Jenno Topping, Pam Abdy, Stephanie Savage, Tracy Falco, Effie Brown, Alex Saks y Bea Sequeira, por su valentía y esfuerzo en la lucha por los derechos de las mujeres.

A Marie Lu y Melissa de la Cruz, pioneras y amigas, siempre.

Y a nuestras grandes y hermosas familias. Gracias por aguantar nuestras dudas y plazos, y esas épocas en las que nos duchábamos menos. Os queremos.